KB246100

독경 壽經

허담 新무협 판타지 소설
FANTASTIC ORIENTAL HEROES

독경 5

허담 新무협 판타지 소설

초판 1쇄 찍은 날 § 2011년 11월 2일
초판 1쇄 펴낸 날 § 2011년 11월 9일

지은이 § 허담
펴낸이 § 서경석

편집부장 § 권태완
편집책임 § 어정원

펴낸곳 § 도서출판 청어람
등록번호 § 제1081-1-89호
등록일자 § 1999. 5. 31
어람번호 § 제2-2173호

주소 § 경기도 부천시 원미구 심곡2동 163-2 서경B/D 3F (우) 420-822
전화 § 032-656-4452 팩스 § 032-656-4453
http://www.chungeoram.com
E-mail § chungeoram@chungeoram.com

ISBN 978-89-251-2673-9 04810
ISBN 978-89-251-2582-4 (세트)

독경

毒經

5
파금검

만 가지의 독 중 가장 무서운 독은 심독(心毒)이라…

심독을 다루는 자 천하를 얻게 되리라.

FANTASTIC ORIENTAL HEROES

허담 新무협 판타지 소설

청어람
도서출판

目次

第一章
재회

독경
毒經

단 한 순간이라도 잊은 적이 있었던가. 백두에서, 어린 그를 바라보던 험상궂은 얼굴에서 빛나던 따뜻한 눈을!

단 한 순간도 잊은 적이 없었다. 곰 발바닥처럼 두꺼운 손으로 전해지던 그 따스한 온기를!

한시도 그립지 않은 적이 없었다. 함께 걷던 숲과 길, 함께했던 모든 자취들이!

화살을 쥔 허소산의 손이 부르르 떨렸다. 아무도 허소산에게 말을 건네지 않았다. 폭발할 듯한 긴장감이 장내를 휘감았다. 길을 안내하던 주표는 그제야 왜 사람들이 이 젊은 사내를 그토록 존중하는지 본능으로 깨달았다. 그는 고수였다. 그것도 강호의 절대고수들을 기운만으로 압도할 만한 고수였던 것이다.

"다녀올게요."

침묵 끝에 허소산이 입을 열었다. 말이 채 끝나기도 전에 허소산의 신형은 이미 산비탈을 타고 오르고 있었다.

"나도 가자."

원보가 뒤늦게 허소산의 뒤를 따랐다.

쐐액!

다시 한 대의 화살이 허공을 갈랐다. 화살은 마치 시간을 멈추어 놓은 것처럼 믿을 수 없는 속도로 나무와 나무 사이를 통과해 사내의 옆구리에 파고들었다.

퍽!

"윽!"

옆구리에 살을 맞은 사내가 그 자리에서 고꾸라졌다.

"놈!"

사내의 세 동료 눈에 차가운 살기가 번뜩였다. 그리고 누가 먼저랄 것도 없이 사내들이 세 방향으로 흩어졌다.

파파팟!

숲을 가르는 사내들의 움직임이 만들어내는 소리가 숲에 반사되어 사방으로 퍼져 나갔다. 사내들은 마치 사냥감을 가운데로 몰듯 큰 원을 그리며 삼면에서 흉수가 숨어 있는, 수백 년은 족히 됐음 직한 소나무를 향해 모여들었다.

파팡!

두 번의 파공음이 터져 나왔다. 그러자 좌측과 우측에서 달려들던 사내들을 향해 두 대의 화살이 동시에 쏘아져 나갔다.

"놈, 이젠 얕은 수는 통하지 않아!"

깡!

날아오는 화살을 튕겨내며 오십대의 중년 사내가 소리쳤다. 반대편에서 달려오던 사내 역시 자기 몸통만 한 나무 뒤에 숨어 화살을 피해냈다. 그 사이 북쪽에서 다가오던 사내가 어느새 그들이 목표로 했던 장소에 도착했다.

"죽어랏!"

동료들에 비해 먼저 장내에 도착한 사내가 허공으로 일장 이상 도약하며 소나무 뒤쪽으로 흐릿하게 보이는 사람의 그림자를 향해 도를 떨쳤다.

콰아앙!

단번에 모든 공력을 쏟아낸 사내의 도에서 강력한 파공음이 일어났다. 순간 소나무 뒤쪽에서 검은 인영이 모습을 드러내더니 마치 산짐승처럼 나무를 타고 올랐다.

"도주할 곳은 없다."

검은 인영을 공격했던 사내가 도주하는 상대를 쫓아 나무 위로 솟구쳤다. 그런데 순간!

쐐액!

소름끼치는 파공음과 함께 벼락처럼 한 대의 화살이 그의 이마를 향해 떨어져 내렸다.

"헉!"

도주하는 자가 재차 살을 쏘아낼 거란 생각을 하지 못했던 사내가 기겁을 하며 본능적으로 몸을 틀었다.

퍽!

"악!"

화살이 애초에 목표했던 추격자의 머리가 아닌 그의 어깨에 꽂혔다. 그러나 그것만으로도 추격자를 나무 아래로 떨어뜨리기에는 충분했다.

"이놈!"

그러나 그 순간 살수 역시 위험에 빠졌다. 어느새 양쪽에서 달려온 사내들이 나무를 타고 올라 활을 든 살수를 향해 검을 뻗어내고 있었다.

파곽!

사내들의 검에 살수를 에워싸고 있던 나뭇가지들이 순식간에 베어져 나갔다. 그러자 드디어 살수의 얼굴이 모습을 드러냈다.

악귀와 같은 얼굴에 사람의 뱃속을 파고들 듯한 강렬한 안광, 자신의 목숨을 노리고 다가오는 검기에도 아랑곳하지 않는 대범함! 살수는 보통의 살수와는 전혀 다른 모습으로 적을 맞이했다. 그런 살수의 손에 어느새 한 자루 투박한 검이 들려 있었다. 도라기보다는 푸줏간에서 짐승의 뼈를 자를 때 쓰는 육도와 같은 모습의 검 역시 살수에게는 어울리지 않았다.

"죽어랏!"

두 명의 사내가 좌우에서 살수를 향해 검을 그어댔다. 그러자 살수의 신형이 한순간 땅으로 꺼지듯 나무를 타고 아래로 내려갔다.

서걱!

두 자루 검이 나무기둥을 좌우에서 베고 지나갔다.

쿠쿠쿵!

수백 년 묵은 나무가 허무하게 생의 종말을 고했다.

"서랏!"

살수가 나무 아래로 내려서자 두 사내도 재빨리 살수를 따라 땅으로 내려섰다.

"걱정마라. 도망갈 일을 없을 테니."

살수가 야차와 같은 모습으로 입을 열었다. 순간 살수를 추격하던 두 사내가 흠칫한 표정으로 한 걸음 뒤로 물러났다. 무공의 고하를 떠나 그들이 마주한 살수는 사람을 전율시키는 처절한 모습을 하고 있었다. 이렇게 험하게 생긴 사람이 세상에 있을까 싶은 생각에 평생 강호를 종횡한 두 사내 역시 본능적으로 두려움을 느꼈다.

그러나 그도 잠시, 두 사내가 이내 투기를 되살렸다. 스스로의 무공에 대한 자신감이 두려움을 일거에 사라지게 만든 것이다.

"놈, 정체가 뭐냐?"

사내 중 하나가 차가운 안광을 흘리며 물었다. 그러나 살수는 사내의 말에 답을 하는 대신 음울한 음성으로 오히려 질문을 던졌다.

"금천장에서 왔겠지?"

"우리 정체를 알고 있었구나. 그렇다면 역시 네놈이 최근 연이어 본 장의 형제들을 살해한 놈이 분명하구나."

"맞아. 항주에서 제법 손맛을 봤지."

"정체가 뭐냐? 하고 있는 형색으로 보아선 평범한 살수 같지는 않은데?"

"흐흐, 물론 평범한 살수는 아니지."

"도대체 우리 금천장과 무슨 원한이 있길래 본장의 형제들을 살해한 것이냐?"

"네놈들이 죽어야 할 이유가 어디 한두 가지겠느냐? 하지만 궁금하면 대답해 줄 수도 있다. 대신 네놈들도 내 질문에 답을 해 줘야겠다."

괴살수의 말에 두 사내가 살수를 노려보다 차갑게 물었다.

"알고 싶은 것이 뭐냐?"

"금천장과 금가는 어떤 관계지? 둘 중 어디가 종가냐? 그리고 진실한 금천장의 장주는 누구냐? 더불어 봉황문과 내림 목산원이 항주에 온 이유까지 알아야겠다."

순간 두 사내의 눈빛이 변했다.

"네놈, 단순히 금천장에 원한이 있는 자가 아니었구나."

"내 질문에 답을 하면 내 답도 들을 수 있을 것이다."

"미안하구나. 우린 다른 방식으로 네놈 입을 열어야겠다."

"다른 방식? 그럴 기회가 없을 터인데?"

"죽음보다 더한 고통이 존재한다는 걸 아는 순간 네놈 입은 자연히 열릴 것이다."

"흐흐, 죽음보다 더한 고통이라……. 난 지난 육 년간 매일 그 고통 속에 살아왔어. 이젠 너무 익숙한 고통이지, 오래된 친구처럼. 하지만 네놈들은 그 고통을 경험하지 못했으니 참을 수 없을 게다. 이제 그 고통을 느끼게 해주겠다. 나도 네놈이 말한 바로 그 방식으로 내 질문에 대한 답을 들을 생각이니까."

살수가 천천히 투박한 검을 들어올렸다.

"놈, 한낱 살수 주제에!"

"그 살수에게 이미 네놈들 동료 셋이 죽었다."

번쩍!

벼락같은 검초가 사내들 머리 위로 떨어졌다. 불문곡직하고 떨어져 내리는 살수의 검은 무지막지하기 이를 데 없었다. 정통으로 무공을 익힌 자들의 눈에는 마구잡이로 휘두르는 검처럼 보이는 초식, 그러나 그 초식을 상대해야 하는 자들은 결코 살수의 검을 무시할 수 없었다.

무엇보다도 살수의 검에 실린 살기가 너무 강렬해 그 초식의 정묘함 따위를 따지고 있을 겨를이 없었던 것이다.

캉!

엉겁결에 들어 올린 사내의 검이 살수의 검을 막아냈다. 사내가 살수의 기세를 이기지 못하고 서너 걸음 뒤로 물러났다. 그러나 그러면서도 사내는 살수를 향해 일초의 반격을 가했다.

팟!

한줄기 검기가 물러나는 사내에게서 살수의 심장을 향해 뻗어 나갔다. 그 전광석화와 같은 빠름에 살수의 심장이 한순간에 관통될 것처럼 느껴졌지만 살수는 동물과 같은 움직임으로 중년 사내의 검을 피해냈다. 그런데 그 순간 뒤쪽에 있던 또하나의 사내가 살수의 등을 향해 검을 휘둘렀다.

파아앙!

공기를 가르는 사내의 검에 어릿하게 검기가 어렸다. 순간 살수가 재빨리 땅 위를 굴렀다. 강호의 고수들이라면 좀처럼 쓰지 않는 수법이었으나 살수의 움직임은 극히 자연스러웠다.

쿵!

살수를 공격했던 검이 땅에 깊은 웅덩이를 만들었다. 그러는 사이 살수는 어느새 방향을 틀어 검을 든 자의 다리를 잘라왔다.

"어딜!"

검을 든 자가 한마디 냉소를 흘리며 훌쩍 신형을 띄워 올렸다. 그러자 살수의 검이 아슬아슬하게 사내의 발끝을 스치고 지나갔다.

"어디서 삼류의 검을 배웠구나. 이제 죽어랏!"

애초에 살수를 상대했던 자가 빈틈을 노려 살수를 향해 검을 휘두르며 소리쳤다.

우웅!

그의 검에 검기가 일어나며 강력한 파공음을 만들어냈다.

그리고 이번에야말로 사내의 검기가 살수의 등을 사선으로 벨 것이 확실해 보였다. 그러나 그 순간 살수의 몸이 기이한 각도로 꺾이며 자신의 등으로 닥쳐드는 검기를 교묘하게 옆구리 아래쪽으로 흘려보냈다.

동시에 검을 들어 자신의 몸을 스치고 지나가는 상대의 검을 멀찍이 밀어내더니 왼손으로 번개처럼 화살 하나를 꺼내 사내의 등판에 꽂아 넣었다.

"헉!"

생각지도 못했던 공격을 당한 사내가 헛바람을 흘리며 몸을 틀었다. 그러나 살수가 찔러낸 화살은 어느새 사내의 등을 지나 허벅지 뒤쪽에 깊게 박혀들었다.

"욱!"

사내의 입에서 묵직한 신음성이 흘러나왔다. 그러자 살수가 지체없이 발을 들어 허벅지에 살을 맞은 사내의 허리를 가격했다.

"컥!"

허리에 일격을 허용한 사내가 신음성을 흘리며 땅 위를 나뒹굴었다. 그런 사내를 향해 살수가 독수리처럼 날아들며 검을 휘둘렀다.

창!

순간 사내의 손에 들려 있던 검이 살수의 검에 튕겨져 허공으로 날아갔다.

"죽고 싶다면 움직여도 좋다!"

살수의 입에서 차가운 살기를 담은 목소리가 흘러나왔다. 그러자 사내가 움찔하는 표정을 짓다가 반항을 포기하는 대신 자신의 동료에게 시선을 돌렸다. 그러나 그의 동료는 그가 제압되는 순간 이미 장내를 벗어나 도주하고 있었다. 그런데 살수는 도주하는 자를 굳이 쫓으려 하지 않았다.

"이제 네가 말하던 그 죽음보다 더한 고통을 맛볼 시간이 되었다."

살수의 입에서 무심한 음성이 흘러나왔다. 그러자 살수에게 제압당한 사내의 몸이 부르르 떨렸다. 그때 사내는 알아챘다, 살수의 검보다 그의 심성이 더욱 무섭다는 것을. 그러나 이제 그가 살수의 손에서 벗어날 방법은 없었다. 도주한 동료가 사람들을 데리고 오기엔 무창까지의 거리가 너무 멀었다. 그 사이 그는 분명 처참한 고통 속에 이승을 떠나게 될 터였다.

살수는 급히 서두르지 않았다.

"자, 이제 시작해 보자."

살수가 투박한 검을 들어 올렸다. 살수는 자리를 벗어나지 않고 사내의 입을 열게 할 생각인 듯싶었다. 그것은 기이한 일이었다. 비록 거리가 있다고는 해도 도주한 자가 자신의 동료를 데려올 수도 있었다. 그러나 살수는 그런 걱정 따윈 하지 않는 것 같았다.

"형제들이 와서 반드시 네놈을 죽일 것이다."

사내가 호기를 부렸다.

퍽!

그 순간 살수의 검이 사내의 어깨를 가격했다.

"악!"

사내의 입에서 참을 수 없는 고통의 소리가 터져 나왔다. 그렇다고 그의 팔이 몸에서 떨어져 나간 것은 아니었다. 그의 팔은 멀쩡하게 어깨에 붙어 있었다. 살수는 검날이 아닌 검등으로 사내의 어깨를 가격해 그 뼈만을 부스러뜨린 것이다.

"넌 내가 묻는 말에만 대답할 수 있다. 묻는 말에 답을 하지 않아도, 묻지 않았는데 말을 해도 똑같은 고통을 느껴야 할 거다. 일단 이름부터 알까? 이름이 뭐냐?"

순간 사내가 자신도 모르게 입을 열었다.

"사… 사무강!"

"사무강이라……. 금천십이호(金天十二虎)의 사무강?"

"그렇다."

"이거… 강아지인 줄 알았는데 늑대를 잡았군."

살수가 눈빛을 번뜩였다.

"넌 누구냐? 악!"

살수의 정체를 묻던 금천십이호 사무강이 다시 격렬한 신음을 토해냈다. 어느새 살수의 검이 그의 명치를 찔렀던 것이다.

"고통의 기억은 짧지. 수시로 그 고통을 상기시켜 주지 않으면 사람은 금세 자신의 처지를 잊는 법이란 말이야. 넌 내가 묻는 말에만 대답할 수 있다는 걸 잊지 마. 하지만… 싸움을 시작하기 전 네가 내 물음에 대답을 해주면 나도 네 물음에 대답을 해주겠다고 했으니 말해주지. 내 이름은… 허산왕이다!"

그런데 그 순간, 자신의 이름을 밝히던 허산왕의 안광이 번뜩였다. 등 뒤에서 사람의 인기척이 느껴졌던 것이다. 눈앞에 사내를 놓아두고 천천히 신형을 돌렸다.

"너무 빠른데……?"

도주했던 자가 다시 돌아왔다고 생각한 허산왕이 중얼거렸다. 그러자 십여 장 밖에서 떨리는 음성이 들려왔다.

"아뇨. 너무 늦었어요."

순간 허산왕의 몸이 돌처럼 굳어졌다. 그의 눈이 꿈을 꾸는 것 같은 몽롱함 속으로 빠져들었다.

"내가 늙었나? 헛것이 보이는군."

허산왕이 세차게 고개를 흔들었다. 그러나 그에게 말을 건 젊은이는 여전히 그 앞에 서 있었다. 그러자 허산왕이 서늘한 시선으로 젊은이를 뚫어지게 바라보다 떨리는 목소리로 물었다.

"소산이냐?"

허산왕의 질문에 허소산이 한줄기 미소와 함께 고개를 끄덕였다.

"정말… 소산이냐?"

"설마 제 얼굴을 잊은 거예요?"

"그럴 리가. 단지 내 머리가 이상해진 건가 그게 의심스러울 뿐이었다. 산아!"

허산왕의 신형이 새처럼 날아 허소산 앞에 내려섰다. 그리고는 허소산의 얼굴 바로 앞에 다가서서 그를 살폈다. 그러자 허소산이 손을 들어 허산왕의 얼굴을 가린 머리칼을 쓸어 올리고는 주름진 그의 얼굴을 쓰다듬었다.

"왜 이렇게 늙으셨어요?"

그러자 허산왕이 어눌하게 대답했다.

"걱정 마라. 이제 다시 젊어지마. 널 만났으니까. 난 뭐… 으흐흐흐!"

웃음인지 울음인지 모를 기괴한 소리가 허산왕의 입에서 흘러나왔다.

"아버지!"

허소산이 아이처럼 허산왕의 품으로 뛰어들었다. 그러자 허산왕이 거친 손으로 부드럽게, 그러나 다시는 잃어버리지 않겠다는 강렬함으로 허소산을 부둥켜안았다.

*　　　　*　　　　*

"제길, 다 늙어서 이게 무슨 고생이야!"

원보가 투덜거리며 산길을 오르고 있었다. 그의 어깨에는 건장한 체구의 중년 사내가 올려져 있어서 늙은 그의 허리가 땅에 닿을 듯 휘어져 있었다. 그러나 원보의 무공을 아는 사람이라면 그가 짐짓 엄살을 부리고 있다는 것을 누구나 알 수 있었다.

그래서인지 원보에 앞서 산길을 가고 있는 허소산과 허산왕은 서로의 얘기에 깊이 빠져 투덜거리는 원보의 불평을 모르는 척했다.

"이봐라. 소산!"

드디어 원보가 참지 못하고 허소산을 불렀다. 그러자 허소산이 걸음을 멈추고 뒤를 돌아봤다.

"왜 그러세요. 어르신?"

"왜 그러세요? 에잇, 네녀석이 언제부터 그렇게 버르장머리 없는 녀석이 되었는지 모르겠구나. 앞서 도주하던 놈의 처리도 내게 맡기더니, 이놈도 나에게 맡기는 거냐? 나 이놈 버리고 갈란다."

쿵!

원보가 어깨에 메고 있던 중년 사내 사무강을 땅에 던져 버렸다. 그러자 사무강의 얼굴이 고통으로 일그러졌다. 이미 허산왕의 손에 여러 군데 뼈가 부러져 있는 사무강이었다.

"안 돼요. 금천장의 속내를 파악하려면 그자가 필요하다고요."

허소산이 고개를 저으며 말했다.

"솔직히 나완 상관없는 일이다."

원보가 고개를 돌리며 퉁명스럽게 말했다. 그러자 허소산이 미소를 지으며 원보 곁으로 되돌아왔다.

"화나셨어요?"

"화는 무슨! 단지 난 이제 몸이 늙어서 이런 놈을 오래 메고 갈 수가 없다는 거지."

"하하, 죄송해요. 제가 아버지를 만난 기쁨에 그만 어르신이 힘없는 노인이시라는 걸 잠시 잊었어요. 제가 데리고 가지요."

허소산이 훌쩍 손을 뻗어 쓰러져 있는 사무강을 자신의 어깨에 둘러멨다. 그러고는 성큼성큼 걸음을 옮기기 시작했다.

"망할 녀석, 진즉에 그럴 것이지."

탁탁!

원보가 원하는 대로 되었다는 표정으로 손을 털고는 언제 힘이 없었냐는 듯 힘차게 걸음을 옮겼다. 그러자 허산왕이 다가와 원보에게 굽신거리며 사과를 했다.

"이거 죄송하게 되었소이다. 본래 제 아들 녀석이 버릇이 없는 녀석은 아닌데 오늘은 날 만난 통에 정신이 없었나 보오."

허산왕은 언제나 허소산에 관련해서는 비굴할 정도로 다른 사람의 비위를 맞추는 사람이었다.

"아아, 알고 있소이다. 허 엽사의 아들이 얼마나 착한 놈인지 내가 어찌 모르겠소이까?"

허산왕의 태도와 달리 원보는 조금 퉁명스럽게 응대했다. 그는 허소산이 허산왕을 만난 이후 뭐가 불만인지 줄곧 얼굴을 펴지 않고 있었다. 그러자 허산왕이 험상궂은 얼굴에 어울리지 않는 미소를 지으며 말했다.

"원 노사에 대한 이야기는 오면서 소산에게 들었소이다. 소산을 아들처럼 돌봐주셨다고 하니 정말 감사드리오."

"뭐, 아들처럼 돌봐준 것이 진짜 아들을 돌보는 것만 하겠소이까? 너무 괘념치 마시오."

원보가 고개를 젓고는 훌쩍훌쩍 걸음을 옮겼다. 여전히 표정이 밝지 않은 원보였다. 그러나 원보의 퉁명스러움에도 불구하고 허산왕은 전혀 불쾌한 기색을 드러내지 않았다. 그는 이미 원보의 심사를 훤히 읽고 있었다.

"소산이 원 노사를 무척 좋아하더구려."

허산왕이 다시 은근한 목소리로 말했다. 그러자 원보가 퉁명스럽게 대답했다.

"어디 아버지만 하겠소이까?"

여전히 뚱한 대답의 원보였지만 허산왕은 그에 대한 친근함을 감추지 않았다.

"지난 칠 년간 어르신께선 소산에게 아버지와 같은 존재였다고 하더이다."

순간 원보의 표정이 살짝 변했다.

"정말 저 녀석이 그런 말을 했소?"

원보가 앞서가는 허소산을 보며 되물었다.

"그러더구려. 그 말만 들어도 노사께서 소산을 어찌 대하셨는지 짐작이 가더이다. 사실 소산이가 빈말을 하는 아이는 아니지요."

"암, 그렇지요. 밝은 성정이지만 가볍지는 않은 아이요. 나도 소산에게 허 엽사에 대한 이야기를 귀가 닳토록 들었소이다."

"그러셨소이까?"

"소산은 허 엽사를 무척 걱정했다오."

"그랬을 것이오. 사실 내가 소산의 아비이기는 해도 고려에 있을 때 이미 소산이 날 보살필 정도였소이다. 후후, 녀석……."

허산왕이 흐뭇한 미소로 허소산을 보며 말했다. 그러자 원보가 지금까지의 짐짓 뚱했던 표정을 거두고 정색을 하며 말했다.

"소산이 걱정한 것은… 사실 허 엽사가 혹 마인의 길로 가지 않았을까 하는 것이었소이다. 소산을 잃은 분노를 누르지 못하고……."

원보가 정면으로 허산왕을 돌아봤다. 말을 전하는 것뿐이 아니라 허산왕의 대답도 듣고 싶은 모양이었다.

"기우는 아니지요. 본시 제가 성정이 좀 급한 면이 있소이다. 생김새도 이러려니와……. 그리고 사실 소산이 걱정한 것과 크게 다르지 않게 지냈지요. 단지 아직은 온전한 살인마가 된 것이 아니었을 뿐이지. 하지만 뛰어난 살수가 되기 위해 노력은 했소이다."

"내가 보기에도 허 엽사는 강호에서 가장 뛰어난 살수가 된 것 같구려. 그들은 분명 금천장에서 고르고 고른 고수들일 터인데 홀로 그 다섯을 상대하다니……."

"음, 제 본성에 살수의 기질이 없다고는 할 수 없소이다. 사냥꾼으로 살아온 세월 동안 자연스레 생명을 앗는 일이 손에 익었었나 보오이다. 사람을 짐승 보듯 하니 살수행이 그리 어려운 것은 아니더구려."

"너무 깊이 빠지면 헤어나올 수 없는 마인이 된다오."

"요즘 들어 그걸 걱정하고 있었소이다. 아니 솔직히 말씀드리면 살인마가 된들 뭐 어쩌랴 하는 생각도 있었지요. 난 소산이 죽었다고 생각하고 있었으니까. 그래서 소산의 죽음에 한 올이라도 연관된 자는 모두 죽이겠다고… 그렇게 생각하고 있었소이다."

허산왕이 말을 하는 동안 원보는 정말 이 늙수레한 사냥꾼이 무서운 살수가 될 천부적인 자질을 타고 태어난 사람이란 것을 깨달았다. 사냥꾼과 살수가 다른 것은 오직 그 상대가 누구냐는 것이었다. 허산왕의 화살과 검이 사람에게로 향하는 순간 그는 누구보다 무서운 살수가 될 수 있는 사람이었던 것이다.

"그래도… 살마에 온전히 빠진 것 같지는 않소이다만……."

"곁에 좋은 사람들이 있었지요."

"그렇구려. 홀로 지낸 것은 아니었겠구려."

"그 사람들이 아니었다면… 아마도 미친듯이 살검을 휘두르다 벌써 예전에 죽었을 것이오."

"만재방엔 뛰어난 사람이 많지요. 무공으로나 심성으로나……."

"사실 절 지금까지 지켜준 분들은 만재방 사람들이 아니오. 물론 조명 아가씨가 항상 곁에 있기는 했지만……."

"하면?"

"곧 만나시게 될 터인데, 혹 망산오선이라고 아시는지?"

순간 원보의 눈이 크게 떠졌다.

"망산오선!"

"아시오?"

"당연히 알고 있소. 그들이라면……. 음, 그런데 그들과 함께 지내고 계신단 말이오?"

"항주에 올 때는 모두 함께 오셨소이다. 그런데 지금은 두 분만 계시오. 나머지 세 분은 반년 전에 고려로 돌아가셨소이다. 고려의 사정을 좀 알아봐야 될 것 같으시다면서……."

"음, 그분들이 만재방을 도왔다면 항주에서 만재방이 그렇게 허무하게 물러났다는 것은 이해가 되지 않는데……."

"항주에서 물러난 것은 만재방주님의 계획에 의한 것이었소. 금천장과 금가의 배경이 무엇인지 확실히 모르는 상황에서 그들과 생사결을 치를 수는 없다는 것이 방주님의 생각이셨소이다."

"그렇구려. 그럼 서역행을 나간 것도 저들을 속이기 위함이었겠구려."

원보의 말에 허산왕이 고개를 저었다.

"서역행은 꼭 그래서만 이뤄진 것은 아니오. 사실 이번 서역행은 만재방이 건곤일척의 승부를 건 상행이오. 그래서 만재방의 거의 모든 사람들이 서역행에 나선 것이오."

"무슨 특별한 목적이 있나 보구려."

"그렇소이다. 음, 자세한 건 내가 입에 올리기 어렵구려. 아시다시피 난 만재방의 손님과 같은 처지라……. 나중에 자연히 알게 되실 거요."

"알겠소이다. 더 묻지 않으리다. 이런, 우리를 찾아오고들 있었군."

원보가 문득 산비탈을 타고 오르는 감천홍 등을 보며 말했다.

"저들이 소산과 함께 지냈던 사람들이오?."

"일부는 그렇고, 일부는 아니외다. 그런데 소산이 엄청난 사람이 되었다는 건 들었소?"

"엄청난 사람이라니요?"

"아직 소산이 말을 하지 않은 모양이구려? 허 엽사, 그대의 아들은 무림천하에 가장 강한 힘을 지닌 사람 중에 하나가 되었다오."

"그게 무슨 말씀이오?"

"하하, 자세한 건 아드님께 직접 들으시구려."

원보가 뚱했던 태도는 어디로 갔는지 호탕한 웃음을 터뜨렸다.

허산왕의 얼굴에선 연신 웃음이 떠나지 않았다. 그를 잘 아는 사람은 순박하다고 하고 그를 처음 보는 사람은 야차 같다고 할 그의 외모에 어울리지 않는 밝은 웃음이 가끔 산중을 뒤흔들기도 했다.

감명과 감아라는 그런 허산왕이 두려운지 허산왕과 멀찍이 떨어져 있었다. 감천홍은 담담한 시선으로 들뜬 허산왕을 지켜보고 있었고, 설도우는 어려운 사람을 만났다는 표정이었다.

반면 허산왕과 죽이 맞아 신나게 떠들고 있는 사람은 원보였다. 애초에 허소산을 이제 허산왕에게 내줘야 한다는 상실감에 언짢았던 기분도 사라진 지 오래, 두 사람은 마치 수십 년된 형제처럼 거친 농담까지 주고받으며 좌중을 떠들썩하게 만들었다.

그러던 중 설도우가 조심스런 어조로 허산왕에게 물었다.

"그럼 역시 망향원이 만재방의 사람들이 모여 있는 곳이었군요?"

설도우는 구십을 바라보는 노고수였다. 그런 설도우였지만 허산왕을 무척 어렵게 대하고 있었다. 그건 허산왕이 독경의 경주인 허소산의 아버지이기 때문이었지만 허산왕은 그런 설도우의 행동이 여간 불편한 것이 아니었다.

"그, 그렇지요. 사실 망향원은 전 방주께서 중원에 오자마자 준비해 둔 비처지요."

허산왕이 어색하게 대답했다. 그러자 설도우가 이번에는 허소산에게 물었다.

"경주, 그럼 이제 망향원으로 가시겠습니까?"

그러자 허소산이 잠시 생각에 잠겼다가 입을 열었다.

"모두 가는 것은 아무래도 좋지 않을 것 같군요. 혹시 사람들의 눈이 있을 지도 모르니……."

"하지만 경주님을 홀로 보내는 것은……."

"제가 걱정되십니까?"

허소산이 웃으며 물었다.

"아! 물론 아니지요. 천하에 누가 있어 경주님을 위협하겠습니까? 다만 제 소임이 경주님 곁을 지키는 것이니……."

"괜찮습니다. 만약 함께 가시면 만재방의 사람들이 불편해 할 지도 모릅니다."

"알겠습니다. 경주께서 그리 말씀하시니 전 오릉이나 찾아 보겠습니다."

설도우가 미소를 지으며 고개를 끄덕이고는 뒤로 물러났다. 그러자 원보가 물었다.

"나도 가지 말아야 하냐?"

"아뇨. 고려에서 오신 분들이야 함께 가셔야죠."

"하하. 고맙구나."

"그게 어디 고마울 일인가요? 아버지, 괜찮죠?"

"아마 아가씨도 고향분들을 만나면 반가워하실 게다."

허소산은 오산금림의 사람들과 헤어진 후 허산왕을 따라 무창으로 향했다. 송산에서 무창에 이르는 길은 험하지는 않지만 사람의 왕래가 없던 길이었는데 일행이 무창으로 향하는 도중에는 수많은 사람들의 모습이 길 위에 나타났다 사라졌다. 그리고 그들 대부분은 송산을 향해 움직이고 있었다.

허산왕은 여전히 사냥꾼의 버릇을 지니고 있었다. 그는 일행을 인적이 드문 산길을 따라 안내했다. 그래서 분주하게 송산행을 하는 사람들의 물결 속에서도 일행은 사람들의 눈에 띄지 않게 무창으로 들어섰다.

"저기다."

어느 순간 허산왕이 걸음을 멈추고 손을 들어 담 높은 장원을 가리켰다. 장원은 뒤쪽에는 작은 산을, 아래쪽으로는 장강의 지류를 두고 서 있었는데 어찌 보면 금방이라도 강 아래로 무너져 내릴 듯 위태로워 보였다.

"무너질 염려는 없소?"

원보가 강에서 이어진 산비탈에 위태롭게 서 있는 장원을 보며 물었다.

"겉으로 보기엔 위태로워 보여도 그럴 염려는 없소이다. 지반이 바위라오."

"아, 그렇소? 전혀 그래 보이지 않는데……?"

"애초에 무척 신중하게 준비를 한 장원이지요. 저게 지은 지 채 오 년이 되지 않은 장원이라면 믿으시겠소이까?"

"오 년? 내가 보기엔 백 년은 더 되어 보이는데……."

"애초에 만재방의 암가로 지어진 장원이라 일부러 낡아 보이게 지었지요. 그러나 그 안쪽은 마치 성채처럼 단단하오. 특별히 강과 산을 앞뒤로 두고 장원을 지은 것도 만약의 경우 탈출로를 확보하기 쉽게 하기 위해서고."

"음… 최악의 경우를 대비한 비처구려."

"그렇소이다. 그래서 저 장원에 들 때 만재방 사람들의 심정이란 게 비장하기 이를 데 없었소이다. 그래서……."

허산왕이 잠시 말꼬리를 흐렸다. 무언가 말을 하려다 마는 눈치였다.

"그들은 어떻게 지냈어요? 아버지와 같나요?"

허산왕이 하고자 하는 말이 뭔지 짐작하고는 허소산이 먼저 질문을 던졌다. 그러자 허산왕이 고개를 끄덕였다.

"네 짐작대로다. 그들은 이제 상인이랄 수 없다. 그들은 그동안 모든 시간을 무공 수련에 쏟아부었다. 특히 살법을 익히는 데 주력했지. 상단으로서의 만재방은 서역행을 한 사람들의 몫이고……."

"오선께서 만류하지 않으시던가요?"

"음, 오선께서 걱정하지 않으신 건 아니다. 그러나 만재방 사람들의 결심이 워낙 단호해서……. 그래서 결국 오선께서도 독한 검을 지녔다하여 마인이 되는 건 아니라고 하시며 끝까지 만류하지는 않으시더구나. 다만……."

허산왕이 다시 무슨 말인가를 입으로 삼키며 머리를 긁적였다. 그러자 이번엔 원보가 말했다.

"다만 허 엽사의 살수행에 대해선 만류했다는 말이겠구려."

"아니 어찌 그걸 아셨소이까?"

"고수의 눈으로 보자면 당연한 일이었을 것이오. 소산을 잃은 분노로 허 엽사가 살업의 불구덩이에서 죽을 수도 있다고 생각했을 터이니……."

"맞소이다. 그분들이 가장 강하게 만류한 사람은 바로 나였소. 하지만 그 누구도 날 만류할 수는 없었소. 당시에는… 아니, 바로 오늘 아침까지만 해도 난 만인의 피를 두려워하지 않왔소. 오늘의 일도 사실은 제가 독단적으로 벌인 일이라오."

허산왕이 스스로 생각해도 끔찍하다는 듯 몸을 떨었다.

"그럼 만재방의 사람들은 오늘 허 엽사께서 금천장 고수들을 상대할 거란 걸 몰랐단 말이오?"

"짐작은 하고 있었을 것이오. 하지만 제 일에 관여할 수는 없었소. 그건 내가 용납하지 않았으니까……. 사실 그 사람들은 날 무척 부담스러워하고 있었소. 아마 조명 아가씨와 오선 어른들이 아니었다면 벌써 난 망향원에서 나와야 했었을 거요. 내가 워낙 위험하게 일을 벌이고 다녀서……."

"그렇구려. 그동안 정말 고생이 많았겠구려."

"고생이라기보단… 점점 나 자신을 잃어가고 있다는 느낌을 받았었소이다. 제가 사냥꾼이긴 해도 생명을 앗는 일은 무척 조심하던 사람인데. 커흠, 뭐 그렇다고 예전에 사람을 죽여보지 않았던 것은 아니지만……."

허산왕이 겸연쩍은 듯 머리를 긁적였다. 원보는 그런 허산왕을 보며 이 순박한 사람이 정말 그 무서운 살행을 하던 사람인가 문득 의심이 들었다.

슥슥슥!

고색이 창연한 망향원의 정문 앞에서 늙수레한 노인 한 명이 비질을 하고 있었다. 일정한 간격을 만들어내며 문 앞 공터를 쓸고 있던 노인이 문득 비질을 멈추고는 고개를 들었다. 장원을 향해 다가오는 허소산 일행을 발견했던 것이다.

노인은 경계 어린 시선으로 일행을 살피다가 그 사이에 섞여 있는 허산왕을 보고는 고개를 갸웃했다. 노인이 알기로 허산왕은 절대 백주대낮에 얼굴을 드러내 놓고 다니는 사람이 아니었기 때문이었다. 더군다나 모든 일을 홀로 처리하는 것으로 유명한 허산왕이 아니었던가.

"뉘신지……?"

질문은 일행 앞에 서 있는 허소산에게 하고 있었지만 눈길은 자연히 허산왕에게로 향했다.

"내 손님들이오. 황노!"

허산왕이 투박하지만 부드럽게 대답했다. 그러자 황노라 불린 노인이 어리둥절한 표정을 지었다. 그가 아는 허산왕은 이 중원 땅에서 맞이할 손님이 없는 사람이었다. 더군다나 평소의 그답지 않게 부드러운 이 음성은 뭐란 말인가.

"손님이라고 하셨수?"

황 노인이 혹시 미친 것 아닌가 하는 눈으로 허산왕을 보며 물었다.

"그렇소이다. 내 손님일 뿐더러 아가씨의 손님이기도 하오."

"아가씨의?"

황 노인의 표정이 변했다.

"아마 무척 반가워하실 거요."

허산왕이 빙그레 미소까지 지었다. 그러자 황 노인이 정말 괴물을 본 것처럼 재빨리 문을 열고 일행을 재촉했다.

"일단 안으로 드시우. 세간의 이목이 있으니……."

황 노인의 재촉에 일행이 서둘러 장원 안으로 들어갔다.

장원의 내부는 겉에서 보는 것과는 전혀 달랐다. 모든 건물들이 새로 지어진 듯 보였을 뿐만 아니라 어떤 외적의 침입도 막아낼 수 있을 만큼 장원 곳곳에 외부의 공격에 대비한 담장들이 미로처럼 세워져 있었다.

"장원이 아니라 난공불락의 요새군."

허산왕이 이끄는 대로 따라 걸으며 원보가 중얼거렸다.

"듣기로 이 장원을 짓는 데 만재방의 전 재산 중 삼 할을 쏟아부었다고 하더구려."

앞서가던 허산왕이 말했다.

"만재방은 여전히 부잔가요?"

문득 감명이 호기심을 드러내며 물었다. 그러자 허산왕이 더욱 나긋한 목소리로 대답했다.

"오냐. 만재방은 여전히 부자다. 그들의 재물은 사실 세상에 알려진 것보다 훨씬 대단하단다. 만재방의 삼선 중 금선에 실려 있던 금은보화는 성 한 채를 사고도 남음이 있을 정도였지."

"그런데 왜 군이 서역행을 간 거죠? 재물은 충분하다면서?"

"여러 가지 이유가 있단다. 그 이야기는 나중에 듣도록 하거라."

허산왕이 부드러운 목소리로 대답하는 사이 어느새 미로 같던 담장들이 사라지고 다섯 채의 기와집이 일행의 눈앞에 모습을 드러냈다. 그리고 그중 한 채의 기와집에서 일단의 사람이 급히 밖으로 걸어나오고 있었다.

"아저씨!"

가장 앞서 달려나온 스무살 가량의 여인 입에서 날카로운 음성이 흘러나왔다. 그러자 허산왕이 앞으로 나서며 입을 열었다.

"아가씨!"

"아저씨, 도대체 왜 그러세요! 제가 이젠 위험하니까 혼자 나가시지 말라고 했잖아요. 도대체 왜 제 말을 듣지 않으시는 거에요. 만약 아저씨까지 잘못되시면 난 정말… 정말……."

여인이 곧이라도 울어버릴 듯한 표정으로 소리쳤다. 그러자 허산왕이 재빨리 입을 열었다.

"아가씨, 내가 잘못했습니다. 앞으로는 절대 그런 일 없을 겁니다."

순간 여인의 표정이 변했다. 지금껏 허산왕의 행동을 만류하지 않은 것이 아니었다. 허산왕이 홀로 살행을 나설 때마다 매번 수없이 그를 만류했던 여인이었다. 그러나 지금까지 허산왕은 단 한 번도 그녀의 말에 따르겠다고 대답한 적이 없었다. 그저 묵언으로 대답을 대신했을 뿐이었다. 그런데 그런 허산왕이 오늘은 순순히 그녀의 말을 따르겠노라고 대답하고 있었다.

"아저씨……?"

여인이 허산왕의 얼굴을 자세히 살폈다. 허산왕의 말뿐만 아니라 그의 얼굴 역시 그동안과는 무척 다르다는 것을 알아챘던 것이다. 예전 험상궂지만 그 누구보다도 따뜻한 눈을 가지고 있던 사냥꾼 허산왕의 표정이 오늘 그의 얼굴에 다시 드리워져 있었다.

"아가씨, 하지만 오늘 살행은 정말 잘 나갔던 것 같습니다."

"무슨 일이 있었군요?"

"아주… 아주 대단한 일이 있었지요."

"도대체 무슨 일이 있었던 거죠?"

여인이 황급하게 물었다. 그러자 허산왕이 신형을 돌려 뒤쪽에 서 있던 허소산을 가리키며 말했다.

"아가씨, 누가 왔나 보세요."

허산왕의 말에 여인이 시선을 돌려 허소산을 바라봤다. 처음 보는 듯하지만 낯설지 않은 얼굴이 거기 있었다. 그리고 여인은 곧 그 얼굴의 주인을 알아봤다. 그건 그녀가 지난 칠 년간 단 한 번도 잊지 않았던 사람의 얼굴이었다.

"소… 산?"

第二章

망향원

독경
壽陵

"소산!"

여인이 도저히 믿을 수 없다는 표정으로 몇 번이고 허소산
의 이름을 불렀다. 그리고는 한순간 바람처럼 날아와 허소산
의 얼굴을 손으로 쓰다듬었다.

"소산······. 정말 소산 너니?"

"아가씨······."

허소산이 감개무량한 표정으로 여인을 불렀다. 여인은 만재
방주 전욱의 딸 전조명이었다. 그녀는 어느새 소녀의 티를 벗
고 젊음의 아름다움이 만개한 여인이 되어 있었는데 그 미모
가 소산과 함께한 어린 시절에 비할 바가 아니었다.

"소산, 소산, 소산!"

전조명이 마치 꿈을 꾸고 있는 것이 아닌가 하는 표정으로 계속해서 허소산의 얼굴을 어루만지며 그의 이름을 불렀다.

"네, 아가씨. 저예요. 소산이에요."

"아, 소산!"

전조명이 한순간 허소산을 힘껏 끌어안았다. 그녀는 마치 다시는 허소산을 놓지 않을 것처럼 그를 안고서 소리쳤다.

"다시는, 다시는 널 보내지 않겠어. 난 네가 정말 죽은 줄 알았어. 우리가… 아저씨와 내가 그동안 어떻게 살았는지 알아?"

전조명의 말에 허소산이 전조명을 떼어내며 말했다.

"알아요. 저도 같은 심정으로 살았으니까요."

"그런데 왜 이제 온 거니?"

전조명이 원망이 깃든 목소리로 물었다.

"그럴 일이 있었어요. 아주 먼 길을 돌아와야 했거든요. 나중에… 나중에 말씀드릴게요."

허소산이 가볍게 전조명의 손을 잡으며 말했다. 그런데 그때 다시 허소산 곁으로 두 명의 노고수가 다가왔다.

"소산……. 정말 네가 왔구나."

"소산, 기다리고 있었다. 우린 절대 네가 죽었으리라 생각하지 않았다. 네 관상이 결코 단명할 상이 아니었거든!"

"어르신들!"

두 노고수는 주오요와 이세교였다. 주오요의 눈에 뿌연 이슬이 맺힌 듯도 싶었다. 망산오선의 두 사람이 허소산과 인연을 맺은 시간은 비록 짧았지만 그들의 허소산에 대한 애정은 무척 깊었다.

"소산, 잘 자라주었구나."

주오요가 할머니가 손주를 보듬듯 허소산을 안았다. 평소의 주오요라면 할 수 없는 행동이었으나 오늘 다른 사람이 되어 있는 듯 보였다.

"저기… 아가씨. 그만 안으로 드시지요."

허산왕이 조심스럽게 전조명에게 말했다. 그러자 전조명이 고개를 끄덕이며 말했다.

"알았어요. 제가 소산을 만나 정신이 없네요. 안으로 들어가요."

전조명이 활짝 웃으며 일행을 집 안으로 이끌었다.

"큰일 났네. 큰일 났어."

일행을 따라 전조명의 처소로 향하던 감아라가 혀를 찼다.

"뭐가 큰일 났다는 거니? 소산 형님이 가족을 만났으니 기쁜 일이지."

감명이 퉁명스럽게 물었다.

"가족을 만난 것이야 다행이지만 난 맡은 일을 해낼 자신이 없어졌어요. 오라버니."

"맡은 일? 네가 무슨 일을 맡았는데?"

"아원 언니가 부탁한 일 말이에요."

"아, 강호의 여인들로부터 소산 형님을 지키겠다는 약속?"

"네."

"아서라. 애초에 지킬 수 없는 약속이었잖아. 소산 형님이 마음속에 두고 있는 여인이 있다는 걸 알았잖아?"

감명의 말에 감아라가 고개를 저으며 대답했다.

"물론 그건 알고 있었지요. 하지만 그 여인이 저렇게 아름다운 사람일 줄 누가 알았겠어요. 아원 언니도 아름답지만 저 전씨 아가씨를 따라 잡을 수는 없겠어요. 그러니……. 아, 불쌍한 아원 언니!"

"넌 안 불쌍하니?"

"내가 왜요?"

"솔직히 말해! 너도 소산 형님을 좋아했지?"

그러자 감아라가 당황하며 말문을 닫았다. 어느새 그녀의 볼이 발그레 물들어 있었다. 그러다 잠시 후 나직하게 입을 열었다.

"하지만 뭐 영웅은 삼처사첩을 거느려도 된다고 했으니……."

"흥, 소산 형님은 절대 그럴 사람이 아닐걸?"

"그래도 내가 유리한 점이 있어요."

"뭐가?"

"내가 전씨 아가씨나 아원 언니에 비해 훨씬 어리다는 거죠. 젊음은 끝이 있고 아름다운 사람도 결국은 늙게 되지요. 언니들이 늙기 시작할 때 난 아직 젊을 거예요."

"아이구, 어느 세월에?"

"세월 금방 가요."

"어이쿠야. 요 맹랑한 것!"

감명이 번개처럼 감아라의 머리를 쥐어박았다.

본래 망향원은 침묵의 장원이었다. 장원 밖에서 보면 사람
이 살고 있는 게 맞나 의심이 들 만큼 조용한 장원이었다. 장
원에서 생활하는 사람들도 마찬가지였다. 그들도 결코 목소리
로 높이지 않았다. 높고 넓은 담장이 장원을 둘러싸고 있다곤
해도 담장 밖으로 사람들의 목소리가 흘러나가는 경우는 거의
없었다.

그런데 그런 망향원에 오늘 밤 생기가 넘쳐흐르고 있었다.
간간히 사람들의 목소리가 담장을 넘어 장원 밖으로 전해지기
도 했다. 더군다나 보통 해가 지면 동시에 어둠에 싸였던 장원
이 오늘은 여러 방에서 흘러나오는 불빛들로 대낮처럼 환했
다.

"정말 원 노사일 줄은 몰랐소이다."

이세교와 주오요에게는 오늘 하루가 놀람의 연속이었다. 죽
은 줄 알았던 허소산이 살아 돌아온 것이 놀람의 시작이었다
면 허소산과 함께 망향원을 방문한 원보의 존재는 그들을 더
욱 흥분시켰다.

"나도 망산오선께서 만재방에 머물러 계신다는 걸 이곳에
와서 알게 되었소이다. 소산이 그런 이야기는 통 하지 않아
서……. 송산에서 허 엽사께서 말씀해 주셨지요. 그런데 나머
지 세 분은 고려로 가셨다고요?"

"그렇소이다. 고려를 떠난 지 오래되어 일단 세 사람이 먼저 들어갔소이다. 이제 곧 만재방주도 돌아올 테고 그리되면 고려의 사정을 자세히 알 필요가 있지요."

"망산오선께서 도움을 주고 계시니 만재방의 재기는 그리 어렵지 않을 것이오."

"하하하, 과찬이시오. 우리도 만재방이 고려를 떠나는 걸 막지 못했으니 사실 그리 큰 도움이 될 수는 없지요. 하지만 원 노사께서 도와주신다면 만재방의 재기가 훨씬 수월해질 겁니다. 원 노사께선 고려에 든든한 기반이 계시니……."

이세교의 말에 원보의 얼굴에 씁쓸한 미소가 지어졌다.

"말씀하시는 기반이란 것이 봉황문이라면 그 기대를 충족시켜 드릴 수 없을 것 같소이다."

"하지만 원 노사께서는 봉황문의……."

이세교가 말하는 도중에 원보가 손을 들어 이세교의 말을 막았다. 그리고는 주변을 돌아보며 말했다.

"봉황문과의 인연은 더 이상 말하고 싶지 않구려. 그들과 나의 인연은 끝났소이다. 아니… 인연이 끝난 것은 아니구려. 단지 선연이 악연으로 변했다 해야 할까?"

"아니 어쩌다가……?"

"글쎄요. 아마도 전 십수 년간 누군가에게 속고 있었던 듯싶소이다."

"음……. 설마 원 노사께서 고려를 떠나 중원에 나오신 것도 봉황문 때문인 것이오?"

이세교가 침중한 어조로 물었다.

"그렇소이다. 하지만 결국 내 잘못이라고 할 수 있지요. 내가 너무 방심했던 것 같소이다. 세상은 그리 호락호락하지 않은 곳인데……."

원보가 한숨을 쉬며 말했다. 그러자 이세교가 고개를 끄덕였다.

"그렇지요. 사람의 속내라는 것이 눈으로 보아서는 알 수 없는 일이지요. 그런 일이라면 우리 망산오선이 모를 수 있겠소이까?"

"그렇구려, 오선께선 저보다 먼저 그 일을 겪으셨으니. 하지만 오선께선 결국 과거의 원한을 모두 정리하지 않으셨소이까? 그러나 난 이제부터 그 일을 시작해야 하니 막막하외다. 나이는 들고, 이미 허리가 굽고 있는데……."

"상대가 봉황문이라면… 쉬운 일은 아니겠소이다."

이세교도 무거운 표정으로 고개를 끄덕였다.

이세교와 원보가 한쪽에서 이런저런 이야기를 나누고 있을 때 다른 사람들은 대부분 허소산 주변에 둘러앉아 있었다.

"그랬구나. 그랬어. 그래서 무인도에서 탈출을 할 수 있었구나."

이야기의 대부분은 감명이 하고 있었다. 가끔 사람들이 허소산에게 질문을 던지기도 했으나 해적선을 탄 이후의 일들은 거의 감명의 입을 통해 만재방의 사람들에게 전해지고 있었다.

"그래서 오산금림의 사람들과 신황림엔 간 것인가요?"

전조명은 누구보다 허소산의 지난날에 대해 관심을 보였다.

"네. 본래는 승룡에서 헤어질까도 생각했지만 나중에 고려로 돌아가기 위해선 오산금림의 도움이 필요할 것 같아서 결국 신황림까지 동행을 했어요. 아, 그 길은 정말 무서운 길이었어요."

감명이 다시 생생하게 독림과 독호수를 지나 신황림에 도달한 이야기를 전했다. 사람들은 온통 신비한 여행 이야기에 빠져들어 시간가는 줄 모르고 있었다.

"신황림은 어떤 곳이던가, 소협?"

질문을 던진 것은 전조명이 어릴 때부터 그녀를 호위해 온 오룡이었다. 오룡은 이제 중년의 사내가 되어 있었는데 본래 허소산과는 호형호제하는 사이였기에 허소산의 생환을 전조명만큼이나 반긴 인물이었다.

전조명을 호위해 망향원에 남은 사람 중에는 허소산과 안면이 있는 사람들도 여럿 있었는데 그중에서 만재방 칠대 행수 중 지풍하와 이덕송이 중원에 남은 만재방 사람들을 이끌고 있었다.

"신황림은… 천외천이에요."

"천외천? 대체 어떤 곳이기에……?"

"그곳의 사람들은 모두 절대무공을 지니고 있어요. 숫자는 많지 않지만 그들은……."

"명아!"

감명이 신이 나서 천황림에 대해 이야기를 늘어놓으려는 순간 뒤에서 지켜보고 있던 감천홍이 감명의 말을 막았다. 그러자 감명이 흠칫하며 감천홍을 돌아봤다.

"제가 무슨 실수를 했나요?"

감명이 조심스럽게 감천홍에게 물었다.

"신황림은 은거지문이다. 그들에 대한 이야기는 하지 않는 게 좋겠다. 그들이 세상에 드러나길 원치 않는다는 걸 알고 있지 않느냐?"

감천홍의 훈계에 감명이 힐끗 허소산의 눈치를 살피고는 고개를 끄덕였다.

"알았어요. 신황림에 대한 이야기는 더 이상 하지 않을게요."

감명이 감천홍의 말에 수긍하자 만재방 사람들 얼굴에 아쉬움이 깃들었다. 그 아쉬움 때문인지 이번에는 대행수 이덕송이 슬쩍 질문을 던졌다.

"그래, 그곳에서 그 오산금림의 전대고수라는 삼왕이란 자들을 만났는가?"

이덕송의 질문에 감명이 다시 감천홍과 허소산의 눈치를 살피더니 나직하게 대답했다.

"네, 그분들을 만났어요."

"오, 그럼 오산금림의 반란은 해결이 되었겠군."

"뭐 결국 해결이 되긴 했지요. 하지만 그 오산금림의 분란을 해결한 사람은 삼왕이 아니라 소산 형님이에요."

"응? 아우가?"

이번에는 오룡이 물었다. 사람들의 시선이 자연스레 허소산에게로 향했다.

"소산 형님이 반역자들의 우두머리를 무릎 꿇렸지요. 뭐, 결국 그자가 여우처럼 다시 도주하기는 했지만……."

"소산, 이 소협의 말이 정말이냐?"

오룡이 허소산에게 물었다. 그러자 허소산이 미소를 지으며 대답했다.

"운이 좋았지요. 자, 명아. 이제 그만하면 지난 이야기는 모두 한 것 같구나."

"알았어요, 형님. 그럼 이쯤에서 그만두죠. 그 이후에는 이곳에 온 일밖에 없으니까요."

허소산까지 나서자 드디어 길었던 감명의 이야기가 끝이 났다. 그러나 만재방 사람들에겐 여전히 아쉬움이 남아 있는 듯 보였다. 그때 장내를 정리하고 나선 사람은 망산오선 이세교였다.

"자, 오늘은 먼 곳에서 온 사람들이 피곤할 터이니 그만 쉬도록 해주십시다. 특히 부자간에 할 말이 많을 테니……."

이세교의 말에 전조명이 얼른 대답했다.

"그렇게 하도록 해요. 듣고 싶은 말은 많지만 수년을 기다렸는데 하룻밤을 더 못 기다리겠어요? 망향원에 방은 충분하니 편히들 쉬세요."

전조명의 말에 사람들이 제각기 자리를 털고 일어났다.

허소산은 전조명의 거처를 벗어나 허산왕의 처소로 이동했다. 원보와 감천홍 등은 전조명이 마련한 다른 방에 여장을 풀었다.

"여기가 내가 지내는 곳이란다."

허산왕이 조금 미안한 표정으로 말했다. 그도 그럴 것이 허산왕의 거처는 다른 망향원의 건물들과 달리 나무로 얼기설기 만든 오두막이었기 때문이었다. 망향원 내에 이런 건물이 있다는 것이 어울리지 않을 정도였다.

"좋은데요. 백두 생각이 나요."

허소산이 오히려 밝은 모습으로 말했다.

"그러냐? 사실 나도 그 생각으로 이런 오두막을 만들었단다. 너와 함께 지냈던 시절을 잊을 것 같아서……. 들어가자."

허산왕이 허소산을 오두막 안으로 이끌었다. 그런데 오두막 안에 들어선 허소산이 한순간 걸음을 멈췄다. 오두막 내부의 정경을 보는 순간 허소산은 숨이 탁 막히는 느낌을 받았다. 오두막 안은 그동안 허산왕이 어떻게 살아왔는지를 한눈에 보여주고 있었다.

한줄기 빛도 없는 오두막의 내부는 그야말로 텅 비어 있었다. 그 흔한 서탁 하나 존재하지 않았다. 오직 나무판자로 대충 만든 침상만이 덩그러니 놓여 있었다.

그속에서 허산왕은 허소산에 대한 그리움과 뼛속까지 사무치는 고독을 가슴에 안고 살았을 것이다.

"다른 방을 달라고 할까?"

허소산이 아무 말이 없자 허산왕이 슬며시 물었다. 그러자 허소산이 고개를 저었다.

"아뇨. 여기서 자요."

"이게 사람 잘 만한 곳이 아니라서……."

"그런데 왜 이렇게 사셨어요?"

허소산이 원망하듯 물었다. 그러자 허산왕이 머리를 긁적였다.

"미안하다, 소산아. 난 그냥… 별로 먹고 자는 게 중요치 않아서……. 미안하다. 아니 그런데 이렇게까지 지저분하진 않았던 것 같은데……."

허산왕이 재빨리 손을 놀려 침상 위 먼지를 털어냈다. 그리고는 조금 높은 곳에 만들어놓은 창을 열었다. 달빛이 들어와 오두막 안을 비췄다. 그러자 늙은 살수의 방이 좀 더 자세히 눈에 들어왔다. 푸르스름한 달빛을 받자 허산왕의 방이 더욱 처량하게 느껴졌다.

"흠, 내일부터라도 손을 좀 봐야겠어요."

"그래야겠지?"

허산왕이 머리를 긁적였다.

"하지만 오늘은 이대로 자요."

"그러자꾸나. 그런데 잠자리가 불편할 텐데……."

"걱정 마세요. 무인도에서 육 년이나 살았는걸요. 아, 편하다!"

허소산이 허산왕의 침상에 벌렁 드러누우며 말했다. 그러자 허산왕이 미안한 듯 때 묻은 이불을 덮어주며 말했다.

"내일은 이불도 새로 마련하자꾸나."

"아뇨. 좋아요. 아버지 냄새가 나서……."

"흐흐, 그러냐? 그럼 나도 누워볼까?"

허산왕이 슬며시 허소산 곁에 누웠다. 장정 두 사람이 눕기에는 좁은 침상이었지만 두 사람 중 누구도 침상이 좁음을 불평하지 않았다.

"아주 오래전으로 되돌아간 것 같아요."

허소산이 창을 통해 보이는 밤하늘을 보며 나직하게 말했다.

"그래도 백두의 하늘과는 좀 달라."

"가고 싶죠?"

"보고 싶구나."

"분명 돌아가게 될 거예요. 아니, 내일이라도 돌아갈까요?"

허소산의 말에 허산왕이 한참 침묵을 지키다가 고개를 저었다.

"그래도 사람 사는 정이 어디 그러냐. 조명 아가씨를 홀로 두고 우리만 갈 수는 없지."

"그런가요?"

"그럼, 사람 사는 도리가 있지. 더군다나 조명 아가씨는 너를…… 음……."

허산왕이 뭔가를 말하려다 입을 닫았다. 그러나 허소산은 이미 허산왕이 하고자 하는 말이 뭔지 알고 있었다. 이미 전조명은 두 사람의 삶에 깊숙이 들어와 있었던 것이다.

두 사람이 잠을 청했지만 모두 쉽게 잠이 오지 않았다. 혹 꿈을 꾸고 있는 것은 아닌지 가끔 서로의 얼굴을 찾기도 했다. 그러다 문득 허산왕이 나직하게 말했다.

"미안하구나."

"뭐가요?"

"널 지켜주지 못했던 거 말이다."

"아뇨. 아버지 잘못이 아니에요."

"그래도 미안하구나."

"그만 주무세요."

"그래. 너도 잘 자거라."

허산왕은 새벽부터 잠에서 깨어나 있었다. 아마도 그게 버릇이 되었던 모양인지 그는 어둠속에서 조용히 허소산을 바라보고 있었다. 마치 누구라도 다시는 허소산을 데려가지 못하게 지키겠다는 듯이. 그러던 중 문득 허소산이 입을 열었다.

"아버지, 전 독경의 경주가 되었어요."

"독경의 경주?"

허산왕이 허소산이 잠이 깨었다는 사실보다 그가 뱉어낸 말에 호기심을 보였다.

"네."

"그게 어떤 거냐? 혹시 위험한 거냐?"

"그렇지는 않아요. 이거 기억하시죠?"

허소산이 침상에서 일어나 품속에서 구리거울을 꺼내 보였다.

"음, 그건 천독공이 새겨진 동경 아니냐?"

"맞아요. 신황림에서 전 이 동경의 유래를 알게 되었어요."

"신황림에서?"

허산왕이 놀란 빛을 보였다. 허소산은 담담하게 독경과 신황림에 대해서 허산왕에게 이야기했다. 허산왕은 허소산의 이야기가 이어지는 동안 계속 탄성을 흘려댔다. 그리고 드디어 허소산의 이야기가 끝났을 때 조용히 입을 열었다.

"참으로 세상 인연이란 게 알 수가 없구나."

"그렇죠?"

"허덕송이란 선조분께서 백두의 한 동굴에서 그 동경을 발견했을 때부터 그 동경은 너와 연이 닿아 있었나 보다. 비록 수백 년 후의 인연이지만……. "

"그런가 봐요."

그런데 갑자기 허산왕이 근심스런 표정으로 말했다.

"하지만 걱정도 되는구나."

"뭐가요?"

"그 목인몽이란 자 말이다. 도주를 했다면 분명 네 손에 들린 독경을 노리지 않을까?"

"그는 제게 독경이 있는지 몰라요."

"하지만 네가 천독공의 다른 구결들을 지니고 있다는 것을 알고 있을 테니 결국 널 노리지 않겠느냐?"

"그에게 그런 배짱이 있다면 저도 좋지요. 굳이 그를 찾아다닐 필요가 없으니까요."

"내가 중원에 와서 느낀 거지만 무림이란 곳은 참으로 험하고도 비열한 곳이더구나. 음모가 중첩되어 한 치 앞도 내다보기 힘든 곳이다. 그러니……."

"알았어요. 조심할게요."

"녀석, 여전히 말귀는 잘 알아듣는구나."

"일단 청소부터 하고요. 수리도 좀 해야 할 것 같고요."

"오냐. 이제야 잔소리를 시작하는구나."

허소산과 허산왕은 아침부터 분주하게 움직이기 시작했다. 그동안 청소도 제대로 하지 않고 방치해 두었던 허산왕의 오두막을 손보기 시작한 것이다.

하루 종일 오두막에 매달려 뚝딱이는 두 사람을 다른 사람들은 신기하게 바라봤다. 감명은 손을 걷어붙이고 나서서 두 사람을 도왔지만 다른 사람들은 두 사람이 너무 오두막에 열중하고 있는 나머지 감히 끼어들 생각도 하지 못하고 있었다.

그렇게 며칠이 지나자 오두막은 처음과는 전혀 다른 모습으로 변해 있었다. 곧 무너질 것 같던 모습이 태풍에도 끄덕없을 정도로 단단해졌고, 폐가와 같던 분위기가 사라지고 생기가 넘쳐흘렀다.

"나도 이 옆에 하나 지을까?"

대충 오두막 정리가 끝나자 원보가 다가와 새롭게 변한 오두막을 살피며 말했다.

"그러세요. 제가 도와드릴게요."

허소산이 고개를 끄덕였다.

"아버지, 우리도 하나 지어요."

감명이 오두막을 손질하던 일이 즐거웠는지 감천홍을 보며 소리쳤다.

"글쎄다. 굳이 그럴 필요가 있겠느냐?"

"소산 형님이나 원 어르신이 모두 이곳에 계시겠다잖아요. 재밌을 것 같기도 하고요."

"흠, 생각해 보자꾸나."

감천홍이 고개를 끄덕였다. 그런데 그때 본채 쪽에서 오룡이 걸어오더니 허산왕에게 고개를 꾸벅이고는 입을 열었다.

"아가씨께서 뵙기를 청하십니다."

"날?"

"다른 분들도 함께 뵈었으면 하십니다."

"그런가? 무슨 일인가?"

"그 잡아온 금천장의 무사 있지 않습니까?"

"사무강이라는 자 말인가?"

"네. 그자가 입을 열었습니다."

"음, 그래? 알겠네. 조금 뒤에 가지."

허산왕이 고개를 끄덕이자 오룡이 슬쩍 오두막을 살피곤 허소산에게 말했다.

"소산 넌 뛰어난 목수구나."

"아버지가 하신 일이에요."

"그래? 그럼 미리 좀 이렇게 하고 사시지."

오룡이 타박하듯 허산왕에게 말했다. 그러자 허산왕이 만면에 웃음을 지으며 대답했다.

"그동안은 소산이 없었잖은가!"

전조명의 처소에는 망향원에 머물고 있는 만재방 사람들 거의 모두가 모여 있었다. 망산오선 이세교와 주오요는 물론 대행수 지몽하와 이덕송 역시 몇 명의 수하를 데리고 전조명과 심각하게 이야기를 나누고 있었다.

그 와중에 허소산 일행이 들어서자 전조명 등이 자리에서 일어나 일행을 맞이했다.

"집수리를 하셨다면서요?"

전조명이 허산왕을 보며 물었다.

"뭐. 아무래도 소산과 함께 지내려면……."

"굳이 오두막에 머무실 이유가 뭐예요. 제가 이곳에 빈 방이 많다고 했잖아요."

전조명이 샐쭉한 표정으로 말했다.

"호호, 그래도 산에서 살던 사람들이라……."

허산왕은 단 며칠 만에 살수였던 지난 세월을 완전히 잊어버린 것 같았다. 그의 눈빛에서 살수의 살기는 사라지고 산사람의 순박함만이 드러났다.

"참 나, 이렇게 다른 사람이 될 수 있는 건가? 하루 만에……"

이세교가 허산왕의 모습을 보며 혀를 찼다. 그동안 망산오선은 부던이도 허산왕이 살마의 길에 빠지지 않도록 주의를 줬건만 허산왕은 전혀 그들의 말을 받아들이지 않았던 것이다.

"허 엽사껜 소산이 약인가 봐요."

주오요가 부드러운 미소를 지으며 말했다.

"흐흠, 심마에서 벗어났으니 이제 뛰어난 무인만 남은 건가?"

이세교가 허산왕을 보며 말했다. 그러자 허산왕이 고개를 저으며 대답했다.

"그저 평범한 사냥꾼 하나가 남은 거지요."

"아니오. 지난 육 년간 허 엽사의 수련을 내가 모르지 않소. 그동안은 살기에 가려져 있었지만 허 엽사의 무공은 정말 놀라울 정도의 성취를 이루었소. 미안하지만 그 나이에 그런 성취를 이룬다는 것은 강호에 유례가 없는 일일 거요. 무공도 젊어서 익히는 것이라……. 그리 보면 그 살기가 도움이 됐다고 할 수 있겠구려."

"과찬이십니다."

허산왕이 순박한 표정으로 고개를 저었다. 그때 원보가 불쑥 입을 열었다.

"그런데 그 사무강이란 자가 입을 열었다고요?"

원보의 질문에 전조명이 대답했다.

"그래요. 그래서 여러분들을 뵙자고 했어요."

"그자가 금천장의 비밀을 토설했습니까?"

"우린 그자에게서 제법 많은 것을 알아냈어요. 그자는 금천장에서 제법 중요한 위치에 있던 자더군요. 금천장에는 두 명의 총관과 금천육웅이라 불리는 여섯 명의 노련한 인물들이 있지요. 그리고 그 아래로 금천십이호라고 무공이 뛰어나고 이재에 밝은 자들이 있는데 이들이 실질적으로 금천장의 대소사를 처리한다고 해요. 사무강은 바로 그 금천십이호 중 한 명이었어요."

"오! 그렇다면 정말 금천장에 대해 많은 것을 알고 있었겠군."

원보가 반색을 했다. 그러자 이번에는 만재방의 대행수인 지풍하가 입을 열었다.

"그에 의해 금천장의 대략적인 조직과 그 배경을 알 수 있었습니다."

"배경이라면… 금천장의 배후에 다른 자들이 있다는 말이오?"

"금천장은 참으로 무서운 곳이더군요."

"그렇게 대단한 배경을 지니고 있었소?"

"지금의 금천장은 중원의 대부호로 알려져 있지만 기실은 강호에서 손꼽힐 만한 세력을 움켜쥔 무문이라 해도 과언이 아니었습니다. 현재 금천장이 끌어들인 무계의 문파만도 해동에서 건너온 내림 목산원과 봉황문을 비롯해 십여 개에 이른 다고 합니다."

"음, 역시 봉황문이 그들과 손을 잡았구려."

원보가 어두운 안색으로 고개를 끄덕였다.

"하지만 그보다 더 중요한 사실이 있습니다."

"그게 무엇이오?"

"금천장의 배후엔… 아니, 금천장이 강호에 내세운 무림 문 파가 존재한다는 사실입니다. 그러니까 굳이 말하자면 금천장 이 그 문파의 배후가 되는 셈인데 그 문파가 바로 육왕탑이라 고 합니다."

"육왕탑! 그 괴인들의 문파 말이오?"

놀란 것은 원보만이 아니었다. 장내의 모든 사람들이 놀란 얼굴로 지풍하를 바라봤다.

"그 사무강이라는 자의 말로는 그렇습니다. 그는 그러면서 오히려 우릴 협박하더군요."

"음, 육왕탑이라……. 그 자들이 뒤에 있다면 그럴 만도 하 구려."

원보가 고개를 끄덕였다.

"어쨌든 금천장이 단순히 재물을 추구하는 상가는 아닌 것 은 확실합니다. 그들이 원하는 것은 재물이 아니라 다른 것인 듯합니다. 물론 그 진실한 목적까지는 사무강도 모르고 있더 군요."

지풍하의 말이 끝나자 장내에 잠시 침묵이 흘렀다. 그러다 잠시 후 이세교가 무심결에 중얼거렸다.

"설마 무림제패라도 하려는 걸까?"

"무림제패요? 설마……."

이덕송이 그럴 리 없다는 듯 고개를 저었다.

"하지만 이상하지 않은가? 이미 그들에게 유력한 무가 세 곳이 합류했네. 가만히 생각해 보면 강호에서 육왕탑이나 목산원 그리고 봉황문 같은 곳이 한 가문의 그늘 아래 모여든 적이 얼마나 있었던가. 그저 말을 하니 그런 거지 정말로 그 세 개의 세력이 힘을 합쳤다면 그건 충분히 무림제패도 노려볼 만한 세력이네."

"그, 그런가요?"

이덕송이 조금 질린 표정으로 되물었다. 그러자 전조명이 차분하게 말했다.

"그들이 목적이 무림제패가 아니라 할지라도 아마 그 이상 가는 목적을 가지고 있을 거예요. 세 개의 절대문파가 금천장을 중심으로 모였다는 것은 결코 단순한 일이 아니에요. 급한 것은 그들이 원하는 것이 진정 무엇인지 그걸 알아내는 일이 겠지요. 그래야 그들이 왜 우리 만재방을 몰락시켰는지 그 이유를 알 수 있을 테니까요. 단순한 상계의 싸움이 아니었다면 다른 방식으로 그들에게 진 빚을 갚아야 할지도 모르겠어요."

"그러자면 그들의 수뇌들을 만나야 할 터인데……."

원보가 걱정스런 표정으로 말했다. 금천장에 모여 있는 삼파의 수뇌들을 만나는 일은 그리 쉬운 일이 아니었다. 그들의 무공도 무공이려니와 그들이 외부에 얼굴을 드러낼 사람들도 아니기 때문이었다.

"이번 오릉의 일이 기회가 될지도 모르겠어요."

전조명이 눈빛을 빛내며 말했다.

"오릉의 일에 그들의 수뇌가 나섰을 거라 보시는가?"

이세교가 전조명에게 물었다.

"이곳에서 발견된 것이 진정한 오릉이라면 그렇겠지요. 아시잖아요? 무엇 때문에 사람들이 오릉에 들기를 원하는지⋯⋯."

"아니, 오릉에 뭐 특별한 것이라도 있소?"

원보가 궁금한 표정으로 물었다.

"아직 모르셨소?"

이세교가 오히려 의외라는 듯 물었다.

"달리 들은 말은 없소이다만⋯⋯."

"소문에 의하면 오릉에는 과거 오왕 손권이 위, 촉을 상대하기 위해 준비했던 천하의 기보들이 들었다고 하오. 특히 그중에는 오의 명장 여몽이 남긴 무학비서도 있다는 소문이오. 그래서 지금 천하의 무인들이 이 무창으로 몰려드는 것이라오."

"아, 그렇구려. 나도 사실 조금 이상하기는 했소. 보물만 있다면 굳이 무인들이 이렇게까지 몰릴 일은 아니라고 생각했었는데⋯⋯. 여몽의 무학비서라. 그런데 정말 오릉이 있기는 한 것일까요?"

원보가 근본적인 질문을 던졌다. 그러자 이번에는 지몽하가 입을 열었다.

"여러 경로를 통해 확인해 본 바에 의하면 분명 오릉은 존재하는 것 같습니다. 영락대인도 분명 실존하는 인물이고, 그가 확인했다는 유물 또한 진품임이 이미 여러 사람들에 의해 확인된 바가 있습니다."

"그런데 참으로 이상하지 않소?"

"무엇이 말입니까?"

"비록 오릉이 무창에서 제법 거리가 있는 송산에 있다고는 해도 진정한 오릉이라면 그 규모가 작지 않을 텐데 아직도 정확한 위치가 발견되지 않았다는 것이……. 그래서 난 의심이 드는구려. 혹 누군가가 오릉을 빙자해 다른 목적으로 무림인들을 끌어들이려는 것이 아닌가 하여……."

"그럴 수도 있겠군요."

지몽하가 고개를 끄덕였다. 그러자 전조명이 물었다.

"하지만 이렇게 천하의 무인들을 모두 모아놓고 음모를 꾸밀 인물이 과연 존재할까요? 이미 무창에는 팔황을 비롯해 은거기인들까지 모여들었는데……."

"세상일이란 그 흑막을 섣불리 알 수 없다네. 일단 송산 주변의 움직임을 면밀히 살피는 것이 먼저일 것 같네. 그리고 혹여라도 오릉의 위치가 확인되었다 하더라도 함부로 오릉에 접근하지 않는 것이 좋을 것 같네."

이세교의 충고에 전조명이 고개를 끄덕였다.

"알겠어요. 사람들에게 그리 당부를 전하지요. 그리고 일단은 오릉보다 금천장에서 나온 자들을 살피는 데 더 전력을 기울이도록 하겠어요."

"그렇게 하시게. 오릉의 보물이야 사실 우리와 관련이 없으니……."

이세교가 고개를 끄덕였다. 그런데 그때 갑자기 한 명의 중년인이 장내로 급히 들어섰다.

"아가씨."

사내는 들어서자마자 전조명에게 급히 다가섰다.

"무슨 일이죠?"

전조명이 침착한 표정으로 물었다.

"외인들이 장원을 탐색하고 있습니다."

순간 전조명의 얼굴색이 변했다.

"어떤 자들인지 알아보셨나요?"

"아무래도 금천장에서 나온 자들 같습니다."

"금천장……!"

전조명이 입술을 지그시 물었다.

"혹 우리의 정체가 드러난 것 아닐까요?"

지몽하가 걱정스런 표정으로 말했다.

"우리 정체를 쉽게 알아낼 리는 없어요. 단지 의심을 할 수 있겠죠. 만약 우리의 정체를 확인했다면 이렇게 사람을 보내 탐색을 하는 대신 일거에 밀어닥쳤을 거예요."

"그렇겠군요. 하지만 그들이 일단 의심을 품었다는 건 좋은 일이 아닌 것 같습니다."

"그렇지요. 행동에 각별히 신경을 써야겠어요. 그리고 밖에서 활동하는 방의 식구들에게도 조심하라 이르세요."

"알겠습니다. 아가씨."

금천장의 인물들이 망향원 주변에 나타나기 시작하면서부터 만재방 사람들의 움직임은 더욱 조심스러워졌다. 고려에서부터 외부 활동이 많았던 사람들은 거의 외출을 삼가고 있었고 외부에 나가 있는 방도들과의 연락도 신중하게 이뤄졌다. 그런데 그런 조심에도 불구하고 만재방 사람들이 예상치 못한 일이 벌어졌다.

하루 이틀 망향원을 살피던 금천장에서 좀 더 직접적인 방법으로 망향원의 정체를 알아보려 나선 것이다.

"어찌하면 좋을까요?"

금천장의 사람들이 망향원을 방문하기 위해 오고 있다는 기별을 받은 전조명이 망향원에 머물고 있는 사람들을 불러 모아 그 대책을 물었다. 전조명의 물음에 이덕송이 굳은 의지를 드러내며 말했다.

"그들이 이곳을 향해 오고 있다는 것은 그들이 우리의 정체를 어느 정도 확인했다는 의미일 겁니다. 이렇게 된 이상 이곳에서 그들과 건곤일척의 승부를 보는 것도 좋을 것 같습니다만⋯⋯."

"그건 안 돼요. 이곳은 아버님께서 각고의 노력으로 준비하신 본 방의 최후 거점이에요. 이곳에서 싸움을 벌이면 비록 승리한다 해도 이곳을 떠나야 해요."

"하지만 달리 방법이 없지 않습니까?"

이덕송이 되물었다. 그때 문득 감천홍이 입을 열었다.

"방법이 아주 없는 것은 아니지요."

"감 녹사님께 어떤 방책이 있으신가요?"

전조명이 반색을 하며 물었다. 그러자 감천홍이 담담한 표정으로 대답했다.

"잠시 망향원의 주인을 바꾸면 됩니다."

"그게… 무슨 말씀이시죠?"

"말 그대로입니다. 그들이 찾으려는 것이 만재방의 사람들이라면 만재방 사람이 아닌 사람이 그들을 맞이하면 되는 것 아니겠습니까?"

감천홍의 말에 이세교가 고개를 끄덕였다.

"그렇구려. 감녹사의 말이 맞소이다. 그들은 분명 벽란도와 항주에서 보았던 만재방의 식솔들을 찾으려 할 것이오. 그걸 확인하기 위해 밝은 대낮에 이곳으로 오고 있는 것일 테고 말이외다. 그렇다면 그들이 얼굴을 모르는 사람이 망향원의 주인이 되어 그들을 맞으면 되는 일 아니겠소이까? 다행이 여기 새로운 사람들이 왔으니 딱 들어맞는 계책이구려. 만약 그들이 힘으로 장원을 조사하려 한다 해도 원 노사와 소산이라면 충분히 그들을 제어할 수 있을 테고……."

"흐흐, 그럼 우리가 잠시 이 장원의 주인이 되란 말씀이구려."

원보가 가벼운 웃음을 흘리며 말했다.

"맞소이다. 남녀노소가 모두 골고루 섞인 일행이니 한가족 행세를 하기도 좋을 듯싶구려."

"으흠…… 어떠냐? 소산아."

원보가 소산을 보며 묻자 소산이 빙그레 미소를 지었다.

"한번 금천장 사람들을 만나보죠."

第三章
금천장의 고수들

"보시오!"

이십여 명의 사내가 빗자루를 들고 망향원의 정문을 지키고 있던 황 노인을 불렀다. 그러자 황 노인이 느리게 고개를 돌려 자신을 부른 자를 바라봤다.

"무슨 일이시오?"

황 노인이 조금 겁을 먹은 표정으로 물었다. 영락없이 허드 렛일을 하는 노인의 모습이다.

"이 장원의 장주를 만났으면 하오. 안에 기별을 넣어주시 오."

"뉘신지 알아야 장주께 말씀을 드리지요."

"장주가 안에 있기는 있나 보구려."

"그야 당연히……."

"알겠소. 그럼 들어가서 금천장에서 사람들이 왔다고 전해주시오."

"금천장의 누구라고 전할까요?"

황 노인의 계속된 질문에 금천장의 고수를 자처한 노인이 살짝 눈살을 찌푸리며 차게 말했다.

"금천장의 제이총관 비사도가 왔다고 전해주시오."

"그런데 무슨 일로 왔다고 전할까요?"

순간 비사도가 더 이상 참지 못하고 협박하듯 말했다.

"마당이나 쓰는 주제에 알고 싶은 것이 너무 많구나. 그냥 말이나 전하면 그뿐이다. 아니면 목을 베고 안으로 들어갈까?"

"아, 아닙니다. 잠시만 기다리십시오. 장주께 손님이 오셨다고 급히 전하겠습니다."

황 노인이 겁을 먹은 표정으로 머리를 굽신거리며 서둘러 장원 안으로 들어갔다.

"쯔쯔, 장원의 문을 지키는 자의 모습을 보니 우리가 잘못 생각한 것인지도 모르겠소이다. 총관!"

황 노인이 안으로 들어가자 또 다른 노인이 비사도를 보며 말했다. 그러자 비사도가 고개를 저었다.

"아니오. 그건 방 노사께서 잘못 생각하신 것이오."

"그럼 총관께선 달리 보셨소이까?"

"일개 일꾼 따위가 감히 우리에게 방문의 이유를 저토록 자세히 물어볼 수 있다고 생각하시오? 저 노인의 태도는 이 망향원이 절대 범상한 곳이 아니라는 의미일 거요."

"음, 듣고 보니 그렇구려. 문지기치고는 말이 너무 많았지. 그럼 역시 이곳이 만재방의 식솔들이 숨어사는 곳일 수도 있겠구려."

"그동안 조사한 바에 의하면 이 망향원의 인물들 중 과거 만재방이 항주에서 상계의 싸움에 뛰어들었을 때 활동했던 자들과 인상착의가 비슷한 자들이 있는 것이 분명한 것 같소이다."

"하긴 만재방이 그렇게 순순히 중원의 기반을 포기할 곳은 아니지요. 당시 그들은 너무 쉽게 항주에서 발을 뺐소이다. 물론 방주인 전욱이 식솔들을 이끌고 서역으로 상행을 갔다지만 중원의 기반을 완전히 포기한다는 것은 쉬운 일이 아니지요."

"그렇소이다. 전욱은 그렇게 호락호락한 인물이 아니지요. 그리고 근자에 본장에 일어나고 있는 혈사들도 만재방과 무관하다고 할 수는 없을 겁니다."

"하지만 설마 그들이 그렇게 대범하게 살수행에 나설 수 있겠소이까? 아무리 우리 금천장에 원한이 있다고 해도 그들은 결국 상가일 뿐인데……."

"만재방이 평범한 상가는 아니지요. 비록 그들이 몰락했다고는 해도 그들의 수중에는 만금의 재물이 여전히 남아 있소이다. 그 재물을 이용한다면 살수를 움직이는 것은 어려운 일이 아닐 것이오."

"하지만 강호의 웬만한 살수들은 우리의 눈에서 벗어나지 못하고 있지 않소이까?"

"어찌 천하에 숨은 살수들이 없겠소. 일단 이 장원을 샅샅이 조사합시다. 조금이라도 만재방의 흔적이 발견된다면 그냥 넘어갈 수는 없는 일이오."

"반발할 수도 있소이다."

"그럼 우리도 독한 수를 써야지요. 만재방의 저력을 생각한다면 그 싹을 잘라 버리는 일이 중요하외다. 그러자고 사람들을 데려온 것이고……."

"알겠소이다. 그런데 이 장원은 참 잘 만들었구려."

노인의 말에 비사도가 고개를 끄덕였다.

"맞소이다. 천혜의 요새와 같은 장원이오. 그래서 더욱 의심스럽구려."

비사도가 눈을 가늘게 뜨고 비탈진 산 위에 세워진 망향원을 자세히 살폈다.

황 노인이 장원에서 나온 것은 일각 정도의 시간이 흐른 뒤였다. 그런데 황 노인은 예상과 달리 혼자 모습을 드러냈다. 그리고는 냉랭한 목소리로 말했다.

"죄송합니다만 주인께서는 예정에 없는 손님을 맞을 수가 없다고 하십니다. 그러니 그만 돌아가 주시지요."

순간 비사도의 눈빛이 차갑게 변했다.

"우리가 금천장에서 왔다는 말도 전했는가?"

"당연한 일이지요."

"그럼에도 만나지 않겠다고 했단 말이지?"

"그렇습니다."

그러자 비사도 곁에 있던 노인이 말했다.

"만남을 피하는 걸 보니 점점 의심스럽구려."

노인의 말에 비사도도 고개를 끄덕였다.

"그렇구려. 아무래도 꼭 만나봐야 할 사람들인 것 같소. 이 보게."

비사도가 다시 황 노인을 불렀다.

"왜 그러십니까?"

"다시 한 번 자네 주인에게 말을 전해줘야겠네. 우린 오늘 망향원의 주인을 꼭 만나봐야겠다고 전해주게. 만약 계속 만남을 거절하면 험한 일이 일어날지도 모른다고 전하게."

"설마 문을 부수고 들어오시겠다는 말입니까?"

"그럴 수도 있겠지."

"이곳의 주인이 어떤 분이신지 알고 하시는 말씀입니까?"

황 노인이 제법 위협적인 어투로 물었다.

"물론 짐작은 하고 있네."

비사도가 고개를 끄덕였다. 그러자 황 노인이 감탄하며 말했다.

"참으로 배포가 두둑하신 분들이군요. 우리 주인께선 보통 분이 아니신데…… 혹 몸성히 돌아가지 못하실까 두렵습니다. 하지만 뭐, 그도 좋다면 말씀을 다시 전하긴 하지요."

황 노인이 고개를 젓더니 다시 장원 안으로 들어갔다.

"조금 이상하구려."

황 노인이 사라지자 비사도 곁의 노고수가 고개를 갸웃했다.

"뭐가 말이오?"

비사도가 물었다.

"저 늙은이의 경고가 허풍으로 들리지는 않아서 말이외다. 노인의 말대로라면 장원의 주인이 대단한 고수라는 말인데…… 혹 만재방 사람들이 아닐지도 모르겠구려. 그들 중에 그렇게 대단한 고수가 있을 리 없을 것이오. 만재방의 수뇌들은 모두 서역으로 갔으니……."

"하하하, 저 늙은이가 제법 특이해 보이기는 해도 어쨌든 마당 쓰는 하인이오. 그런 자의 눈에는 약간의 무공을 지닌 자라도 대단해 보이지 않겠소?"

"흠. 그럴 수도 있겠구려."

노인이 고개를 끄덕이면서도 얼굴에선 의구심을 지우지 않았다. 그런데 이번에는 황 노인이 무척 빨리 되돌아왔다. 그리고는 우려스런 목소리로 입을 열었다.

"아무래도 그만들 돌아가시는 것이 좋을 것 같습니다. 주인께서 여러분의 고집에 무척 노하셨소이다. 마침 이 시간은 주인께서 수련을 하는 시간이라 잡인의 출입을 금하실 때입니다."

"허허, 잡인이라. 우리 금천장의 사람들이 언제부터 강호의 잡인이 되었던가. 아무래도 안 되겠군. 우리가 잡인이 아니라

귀인이라는 걸 보여주는 수밖에! 늙은이는 그만 비켜서라. 문은 우리가 열겠다."

"그건 안 될 말이지요. 문을 지키는 것이 제 일인데."

"하면 죽겠단 말이군."

비사도가 뒤를 돌아보며 가볍게 고개를 끄덕였다. 그러자 그의 뒤에 서 있던 사내들 중 한 명이 앞으로 걸어나오며 망설임없이 검을 뽑아 들었다.

"비키지 않으면 베겠다."

사내의 서슬 퍼런 말에 황 노인이 당황한 빛을 보이다가 어쩔 수 없다는 듯 옆으로 몸을 피했다.

"나이를 허투루 먹은 것은 아니군. 살 길을 뭔지 알고 있으니!"

사내의 뒤쪽에서 비사도가 중얼거렸다. 그사이 중년 사내가 망향원의 정문으로 다가가 문을 힘껏 안쪽으로 열어젖혔다.

삐이꺽!

힘겨운 소리를 내지르며 무거운 나무문이 활짝 열렸다. 그러자 방문자들의 눈에 요새처럼 만들어진 색다른 장원이 모습을 드러냈다.

"보통 장원이 아니오!"

열린 문을 통해 망향원 안으로 들어온 노인이 비사도를 보며 말했다.

"그렇구려. 정말 보통 장원이 아니구려. 이건 마치 거대한 요새를 지어놓은 것 같구려."

외부의 침입을 막기 위해 장원 안쪽에 세워진 담장들을 보며 비사도가 고개를 끄덕였다.

"역시 만재방의……."

노인이 말을 하려는 순간 홀연히 금천장 일행 앞에 한 명의 노인이 나타났다. 원보였다.

"분명 장원에 들어오는 것을 허락지 않는다는 말을 들었을 텐데……. 감히 본 장의 경고를 무시하는 것인가? 금천장이 정말 대단하긴 대단한 모양이군."

원보의 퉁명스런 추궁에 비사도가 눈을 가늘게 뜨고 원보를 응시했다. 그러다가 한참 만에 고개를 갸웃하며 말했다.

"모르는 얼굴이군."

"당연히 모를 밖에. 본 장은 금천장과 어떤 인연도 맺은 적이 없는데 어찌 그대가 내 얼굴을 알겠는가?"

"당신이 이 장원의 주인이오?"

"아니, 주인은 따로 계신다. 하지만 주인께선 그대들과 같은 황금충들을 상대하실 분이 아니지."

원보의 말에 비사도는 물론 그와 함께 망향원을 방문한 금천장 고수들의 얼굴에 노기가 드러났다.

"황금충이라……. 정말 궁금하군. 도대체 이 망향원의 진정한 정체가 무엇이기에 감히 금천장을 이리도 무시할 수 있는지."

비사도의 자못 협박 어린 목소리로 물었다. 그러자 원보도

히죽 웃음을 흘리며 말했다.

"나도 궁금하군. 감히 일개 상가 따위가 허락도 없이 본 장에 침입하다니 목숨을 보전할 방도가 마련되어 있나?"

순간 비사도가 차갑게 말했다.

"아무래도 말로는 일을 해결하기 힘들겠군. 개를 때리면 주인이 나서겠지. 이보게."

비사도의 말에 앞서 장원의 문을 강제로 열었던 중년 사내가 다시 앞으로 나섰다.

"명을 내리시지요."

"저 늙은이에게 우리 금천장이 단순한 장사꾼이 아니라는 것을 확인시켜 주게. 그래야 이 장원의 주인을 만날 수 있을 것 같군."

"알겠습니다."

사내가 가볍게 고개를 숙여보이고는 원보를 향해 서너 걸음 앞으로 나섰다. 그의 손에는 어느새 시퍼런 속살을 드러낸 검이 들려 있었다.

"늙은이, 지금이라도 어서 주인을 불러오라. 죽지는 않겠지만 팔다리 하나쯤을 잘릴 수도 있을 것이다. 나 모도경은 손속이 매운 편이다."

모도경이라 스스로를 밝힌 사내가 원보에게 마지막 경고를 했다. 그러자 원보가 한줄기 미소를 지으며 대답했다.

"홍, 황금충이 검을 들어봐야 나뭇가지나 자를까. 네놈이야말로 그만 그 흉한 검을 내려 놓거라. 나 또한 도를 들면 사정을 봐주는 늙은이가 아니란다."

스르릉!

말을 하면서 원보가 등 뒤에 메고 있던 도를 가볍게 뽑아 들었다. 일단 원보의 손에 도가 들리자 그는 지금까지의 추레한 노인이 아니라 서늘한 기운을 내뿜는 일대고수의 모습으로 변모했다.

원보의 변신에 모도경뿐 아니라 비사도 등의 표정도 무겁게 변했다.

"보통 늙은이가 아니었구나."

모도경이 투기를 일으키며 소리쳤다.

"나이만 들었지 철모르는 어린애 같은 놈에게 늙은이 소릴 들을 내가 아니다."

원보가 모도경의 비위를 긁었다. 순간 모도경이 노기를 드러내며 원보를 향해 달려들었다.

"늙은이!"

모도경의 검이 허공에서 활처럼 휘어지더니 한순간 원보의 머리를 반으로 쪼갤 듯 떨어져 내렸다.

캉!

모도경의 검이 다가오자 원보가 도를 들어 바로 눈앞에서 모도경의 검을 막아냈다. 그리고는 그 상태 그대로 몸을 한 바퀴 회전하며 번개처럼 모도경의 옆구리에 일장을 꽂아 넣었다.

쾅!

비호 같은 원보의 움직임에 모도경이 미처 방비를 하지 못하고 일장을 허용한 채 훌훌 허공을 날아가 땅 위에 나동그라졌다.

쿵!

"으음!"

모도경이 땅에 떨어진 충격을 이기지 못하고 고통스런 신음성을 흘려냈다.

"또 한번 덤벼 보겠느냐?"

쓰러진 모도경에게 달려드는 대신 원보가 유들거리는 웃음을 흘리며 모도경에게 물었다.

"이……!"

모도경이 수치심을 이기지 못하고 벌겋게 달아오른 얼굴로 힘겹게 몸을 일으켰다. 그리고는 애써 검을 들어 자세를 바로 잡았다.

"멈추게."

그때 모도경의 뒤쪽에서 비사도의 목소리가 들려왔다. 그러자 모도경이 재빨리 신형을 돌려 비사도에게 말했다.

"제가 잠시 방심을 했습니다. 다시 기회를 주시면 저 늙은이를 총관 어른 앞에 무릎 꿇리겠습니다."

"아서게. 자네의 상대가 아니네."

비사도가 냉랭하게 말했다.

"총관 어른……!"

"이젠 내 말도 따르지 않을 생각인가?"

비사도의 추궁에 모도경이 억울한 듯한 표정을 지으며 뒤로 물러났다. 그러자 비사도가 앞으로 나서며 원보에게 물었다.

"과연 큰 소리를 칠 만한 무공이구려."

"부족함을 알았으면 그만 돌아가시구려."

원보가 심드렁하게 말했다.

"그대와 같은 고수를 부리는 이 장원의 주인이 더욱 보고 싶구려."

"후후후, 내 그대를 생각해서 충고 한마디 해주리다."

"말씀해 보시구려."

"진정 주인을 만나겠다면 내 말리지는 않겠소. 하지만 그 이후의 일에 대해선 각오해야 할 거요. 주인은 나와 같이 인정이 많은 사람이 아니오. 더군다나 나 같은 사람은 열이 있어도 주인을 상대할 수 없소. 그러니 그대들이 주인을 만나면 필히 죽음을 면치 못할 텐데 그래도 여전히 주인을 만나길 원하시오?"

비사도의 눈에 원보의 말이 과장처럼 들리지 않았다. 비사도의 눈빛이 깊어졌다. 잠시의 망설임이 비사도의 눈을 스치고 지나갔다. 그러나 비사도는 잠시 후 고개를 저으며 말했다.

"물론 그대의 무공이 대단하다는 것은 알겠소. 하지만 그렇다고 이대로 물러가는 것은 금천장의 명예를 땅으로 떨어뜨리는 일이니 역시 우린 그대의 주인을 만나야겠구려."

"허허, 권주를 마다하고 벌주를 마시려 하다니. 생각보다 금천장 총관 나리의 생각이 깊지 못하구려. 뭐 어쨌든 좋소. 그러나 역시 주인을 만나려면 날 꺾어야 가능한 일이오. 자, 다음엔 누가 나서 나를 상대하겠소?"

원보가 도를 어깨에 걸쳐 메며 물었다. 그러자 비사도가 잠시 생각에 잠겼다가 입을 열었다.

"내게 좀 더 좋은 생각이 있소."

"……?"

원보가 말없이 비사도에게 눈빛으로 물었다. 그러자 비사도가 빙그레 미소를 지으며 말했다.

"내 생각엔 말이오. 이 장원에 그대와 같은 고수가 여럿이 있을 것 같지는 않구려. 해서 우린 단번에 이 장원을 장악한 후 그대의 주인과 깊은 대화를 나눠보고 싶구려."

비사도의 말에 원보가 희미한 미소를 지었다.

"사람의 숫자로 일을 해결하겠다는 거구려. 하지만 당신 생각대로 일이 진행되지 않을 수도 있소. 어쩌면 그저 한두 명만 상하면 되는 일을 이곳에 온 금천장의 고수 모두가 다시는 금천장으로 돌아가지 못할 수도 있소이다. 그래도 하시겠소?"

"후후후, 난 오늘 이 망향원에 본 장의 식솔들을 단번에 물리칠 고수는 존재하지 않는다고 생각하오."

"하하하, 관을 봐야 눈물을 흘리겠다면 만류하지는 않겠소."

원보가 도를 비껴들며 말했다. 그러자 비사도가 한순간 날카로운 눈빛을 발하더니 이내 차가운 명을 내렸다.

"장원을 접수하라!"

비사도의 명이 떨어지자 근 이십여 명에 달하는 금천장의 고수들이 일제히 원보를 향해 달려들었다. 그런데 그순간!

파파팟!

갑자기 장원 안쪽에서 서너 대의 화살이 번개처럼 날아들었다.

"악!"

"억!"

"큭!"

설마 화살로 공격을 할 것이라고는 생각지도 못했던 금천장 고수들이 신음성을 흘리며 땅위에 나뒹굴었다. 날아온 화살 중 목표를 벗어난 것은 한 대도 없었다.

"조심하라. 상대의 숫자는 많지 않은 듯하니 부상자를 뒤로 물리고 안으로 들어가라!"

다시 비사도의 명이 떨어졌다. 그러자 금천장의 고수들이 신속하게 부상자들을 안전한 곳으로 물리고는 이내 다시 원보를 향해 날아들었다.

슈슉!

다시금 장원 안쪽에서 화살들이 날아들었다. 그러나 이번에는 금천장 고수들도 화살 공격에 대비를 하고 있었기에 그런대로 화살들을 쳐냈다.

카카캉!

화살들이 도검에 부딪치는 소리가 요란하게 흘러나왔다. 일단 화살을 막아낸 금천장의 고수들이 물밀듯이 장원 안쪽으로 밀려들어 갔다.

"날 원망치 마라!"

한순간 원보의 입에서 살기 어린 목소리가 흘러나왔다. 동시에 그의 도가 하늘에 월영을 만들어내기 시작했다.

우우웅!

원보의 도가 뿜어내는 도기들이 강력한 파공음을 일으켰다. 연이어 도기들이 무서운 속도로 달려드는 금천장 고수들과 격돌했다.

콰콰쾅!

"악!"

"욱!"

원보의 도기가 다가오는 금천장 고수들을 갈대 쓸어버리듯 쓸어대자 여기저기서 비명 소리가 흘러나왔다.

"상대는 하나다. 두려워 말고 공격해!"

비사도가 원보의 놀라운 도법에 놀라 뒤로 물러나려는 금천장 고수들을 독려했다. 그러자 금천장 고수들이 다시금 힘을 내 원보를 향해 날아들었다.

"불나방들 같구나!"

원보의 입에서 탄식이 흘러나왔다. 그런 원보를 순식간에 금천장 고수 넷이 에워쌌다. 그리고 나머지 고수들은 원보를 지나쳐 일제히 장원 안쪽에 서 있는 내담을 향해 달려들었다. 그런데 그 순간 갑자기 담 너머에서 한줄기 냉랭한 목소리가 흘러나왔다.

"누가 감히 나의 장원을 침범하느냐?"

목소리가 들려온다 싶은 순간 어느새 한두 줄기 검은 그림자가 담장을 날아 넘더니 다가오는 금천장 고수들 사이로 뛰어들었다.

번쩍!

한순간 두 줄기 섬광이 번뜩였다.

"악!"

"크악!"

두 마디 비명과 함께 담장을 넘어 망향원 안쪽으로 들어가려던 금천장 고수들이 절벽에 부딪친 듯 황급히 뒤로 물러났다. 장원 안쪽에서 뛰어나온 두 사람은 그런 금천장 고수들을 향해 망설임없이 검을 휘두르기 시작했다.

서걱!

허소산의 검이 한 차례 움직일 때마다 금천장 고수들이 여지없이 땅 위에 나뒹굴었다. 개중에는 목숨을 잃는 자도 생겨났다. 단 일각, 허소산과 감천홍이 모습을 드러낸 지 단 일각만에 장내의 분위기가 급변했다. 금천장의 고수들은 허소산의 전율적인 무공에 어찌 대처할 줄을 모르고 속절없이 쓰러졌다.

검을 쓰면서도 자유자재로 박투술을 사용하고, 일장에 실린 공력은 태산이라도 무너뜨릴 것 같은 허소산의 무공, 금천장 고수들은 지금껏 그들이 경험해 보지 못했던 무위를 선보이는 허소산에 의해 어느새 장원의 문 쪽까지 밀려나 있었다.

그러던 한순간 허소산의 신형이 구름을 타듯 허공으로 치솟아 올랐다. 그리고는 허공에서 마치 걸음을 걷듯 움직이더니 금천장 고수들 중 가장 뒤쪽에 있던 비사도 앞에 떨어져 내렸다.

삭!

날카로운 파열음과 함께 비사도의 옷깃이 잘라져 나갔다. 자신을 향해 다가오는 허소산을 보고 급히 대비를 하고 있었지만 비사도의 가슴 어름 옷자락이 길게 베어져 그 안의 속살을 드러냈다.

"놈!"

비사도가 노기를 드러냈다. 그러나 그의 목소리에는 상대를 위협할 만한 힘이 없었다. 비사도는 이미 자신들이 강호에서 말하는 절대경지에 오른 고수를 만났다는 것을 깨닫고 있었던 것이다. 그러나 대항하지 않을 수도 없는 상황, 비사도의 검이 허소산의 허리를 갈라갔다.

허소산은 다가오는 비사도의 검을 무심한 시선으로 응시했다. 그의 검식을 보건데 금천장이 일반적인 상가가 아님은 확실했다. 비사도의 검은 강렬한 살기를 담고 있어서 허소산의 풍로검 못지않은 살검임이 분명했다.

그러나 비사도의 검법이 아무리 험악해도 허소산을 위협할 수는 없었다.

차앙!

한순간 허소산이 검을 휘두르자 맑은 소성이 터져 나왔다. 동시에 비사도의 검이 허소산의 검에 휘말려 빙글 한 바퀴를 회전하더니 이내 그의 손을 벗어나 허공으로 날아갔다.

"그만 쉬시오."

다음 순간 한마디 말과 함께 허소산의 손이 비사도의 마혈을 찍었다. 그러자 비사도가 살 맞은 고기처럼 부르르 몸을 떨더니 그 자리에 쓰러졌다.

"모두 물러나라."

비사도가 쓰러지자 그와 함께 무리를 이끌던 금천장의 노고수가 급히 퇴각 명령을 내렸다. 그러자 금천장의 고수들이 일제히 망향원을 벗어나기 시작했다.

"쫓을까?"

물러나는 금천장 고수들을 보며 원보가 물었다. 그러자 허소산이 고개를 저었다.

"이미 사방으로 흩어졌으니 잡을 수 없을 거예요. 놓아두세요."

"그래도 필시 다른 무리를 이끌고 돌아올 텐데……."

"그때는 더 철저하게 상대해 주면 되지요. 일단은 이자의 말부터 들어보고 싶어요."

허소산이 쓰러져 있는 비사도를 보며 말했다.

"음, 금천장의 총관이라도 했던가?"

"스스로 그렇게 말했지요."

"그럼 들을 말도 제법 많겠군."

원보가 비사도를 어깨에 걸쳐 멨다.

투툭, 투툭!

촛불의 심지가 타들어가는 소리만이 침묵을 깨고 있었다. 방 안에 모인 사람들은 촛불에 비친 비사도의 얼굴을 주시하고 있었다. 비사도는 오늘 자신에게 일어난 일을 도저히 받아들일 수 없다는 듯 눈을 감고 입을 굳게 다물고 있었다.

"이봐, 말을 해봐! 말 잘하잖아?"

원보가 눈을 감고 있는 비사도의 이마를 툭 쳤다. 그야말로 모멸적인 대접이었다. 금천장의 총관 자리는 강호에서 보자면 존중받아 마땅한 자리였다. 그런데 원보에겐 상대의 지위를 인정해 줄 한 치의 아량도 없어 보였다.

"이거 갑자기 벙어리가 된 건가? 주인 나리, 설마 이자의 혀를 자른 건 아니겠지요?"

원보가 짐짓 심각한 표정으로 허소산에게 물었다. 그러자 허소산이 빙그레 미소를 지으며 대답했다.

"혀를 자르면 들을 수 있는 말이 없는데 왜 혀를 자르겠습니까?"

"하하하, 그렇지요. 그렇지요. 더군다나 우리 주인 나리는 인정이 넘치는 분이시라 절대 남의 혀를 자를 생각 같은 것은 하실 분이 아니지요. 나 같은 노복에게도 제법 사람 대접을 하시는 분인데 대금천장의 총관 나리야 어련히 알아서 모셨을라구요. 하지만!"

갑자기 원보의 목소리가 싸늘한 어조로 변하며 비사도의 귀에 입을 가져다댔다.

"난 우리 주인과 달라. 혀를 자르는 것뿐 아니라 네놈의 사지를 하나하나 잘라줄 수도 있어. 그리고 이제 그렇게 해볼 생각이야. 주인께선 말리시겠지만 난 궁금한 것은 참지 못하는 성미라서. 자, 마지막 기회를 주겠다. 지금부터 내가 묻는 말에 착실히 대답해. 답이 나오지 않으면 그때부터 네몸의 일부가 하나씩 사라질 거다. 팔과 다리, 귀와 코, 자를 곳은 너무 많아. 흐흐흐!"

원보가 싸늘한 살소를 흘렸다. 그러자 비사도가 번쩍 눈을 뜨며 낮게 으르렁거렸다.

"죽여라!"

"응? 역시 혀가 잘린 것은 아니었군."

"더 이상 수모를 주지 말고 그만 죽여라. 내게서 들을 말은 없을 것이다."

"후후후, 수모라. 마치 자신이 정인군자나 되는 것처럼 말하는군. 이봐. 금천장의 총관 나리, 당신이 지금껏 살면서 수모를 안긴 사람은 수백, 아니, 수천도 넘을 거야. 아닌가? 그런데 이제 와서 자신은 수모를 겪지 않겠다니 이게 무슨 이기적인 말이야. 세상일이란 게 본래 돌고 도는 거야. 이제 당신이 수모를 당할 차례가 된 거야. 하늘의 뜻에 순응하라고!"

펙!

"욱!"

비사도의 입에서 신음성이 흘러나왔다. 어느새 원복의 도가 비사도의 어깨를 내려쳤던 것이다. 원보 같은 고수의 일격에는 뼈를 부수는 위력이 있어서 비사도의 어깨는 한순간에 무너져 내렸다.

"이건 경고야. 다음부턴 정말 잘라 버릴 거야. 자, 그럼 먼저 가볍게 시작해 보자고. 이름이 뭐지? 아, 몰라서 묻는 건 아니야."

"금천장의 총관 비사도다!"

비사도가 이를 갈며 소리쳤다.

"좋아. 이제 대화가 되겠군."

원보가 허소산을 돌아봤다. 그러자 허소산이 고개를 끄덕였다. 계속하라는 의미였다.

"여긴 왜 왔어?"

"당연히 오릉을 찾아왔다."

"젠장할 말귀를 못 알아듣는군. 이 망향원에 왜 왔냐고? 무창에 온 목적이 아니라!"

원보의 호통에 비사도가 원보를 노려보며 말했다.

"이 망향원이 만재방의 후신이라는 의심이 있어서 그걸 확인하기 위해 온 것이다."

"만재방? 만재방이 뭐야?"

원보가 짐짓 시치미를 뗐다. 그러자 비사도가 눈빛을 반짝였다.

"만재방을 모르나?"

"젠장, 모르니까 묻지?"

"고려의 대상이자 몇 년 전 중원으로 건너온 상계의 거물을 모른단 말인가?"

"이 친구야. 우린 도검을 쓰는 무인이야. 상인 나부랭이들은 알 바 아니다."

원보의 말에 비사도의 눈에 생기가 돌았다.

"그렇다면 우린 화해를 할 기회를 가질 수도 있겠소."

비사도가 은근한 목소리로 말했다.

"화해? 젠장, 먼저 싸움을 건 쪽이 누군데? 싸우고 싶을 때 싸우고 화해하고 싶을 때 화해하는 것이 금천장의 방식인가? 미안하지만 우린 전혀 그 방식에 동의할 생각이 없는데?"

원보가 도를 들어 비사도 앞에 들이밀며 이죽거렸다. 그러자 비사도가 필사적으로 말했다.

"금천장과 원한을 맺어봐야 당신들도 좋을 것 없소. 금천장은 단순한 상가가 아니오. 지금 금천장에는 천하에서 손꼽히는 무가들이 여럿 모여 있소이다. 그런 금천장과 원한을 맺는다면 그대들 또한 안위를 장담하기 어려울 거요."

"호오? 협박인가?"

"협박이 아니라 현실이오."

비사도가 단호하게 말했다. 그러자 원보가 슬쩍 허소산을 보며 물었다.

"주인께서는 이자의 말을 어찌 생각하십니까?"

"금천장에 재물이 많다는 소리는 들었지만 고수가 많다는 소리는 듣지 못했군요."

"그들이 금천장에 머문 것은 근 일이 년 사이의 일이오."

비사도가 재빨리 말했다.

"그런데 왜 무가의 고수들이 금천장에 모였소?"

허소산이 아무것도 모르는 듯한 표정으로 물었다. 그러자 비사도가 잠시 망설이다 이내 입을 열었다.

"자세한 것은 말해줄 수 없소. 하지만 지금 금천장에 모인 문파들은 강호를 상대로 큰 도박을 할 수 있는 사람들이오."

"강호를 상대로 도박을 한다……. 설마 무림제패라도 하겠다는 건가?"

허소산의 말에 비사도가 흠칫한 표정을 지었다.

"허? 정말인 것 같은데요?"

원보가 놀란 표정으로 말했다.

"강호제패라……. 도대체 어쩌다가 그런 허황된 꿈을 꾸게 된 거지?"

허소산이 고개를 갸웃하며 비사도에게 물었다. 그러자 비사도가 단호하게 말했다.

"절대 허황된 꿈이 아니오. 금천장은 천하를 움직일 재물이 있고, 그곳에 모인 무림문파들은 천하에서 가장 강한 문파들이오. 그러니… 무림을 일통하려 한다고 해도 절대 허황된 일은 아니오."

"대단한 자신감이군. 하지만 강호에는 숨은 고수들이 모래 알처럼 많아. 오늘 그대들이 이 망향원에서 우리와 같은 고수를 만날 거라고 생각이나 했겠어?"

원보가 이죽거리며 물었다. 그러자 비사도가 고개를 끄덕였다.

"확실히 당신들을 만난 것은 의외였소. 좀 전에도 말했지만 우린 이곳이 만재방의 숨겨 놓은 안가라고 생각하고 온 것이었소."

"흐흐흐, 그래서 하는 말이야. 강호일통 같은 것은 결국 허황된 꿈이야."

"세상사는 결국 사람이 하는 일이오. 사람이 하고자 해서 못할 일은 없소. 내 한 가지 제안을 하리다."

"제안이라……. 말해봐."

원보가 심드렁하게 말했다.

"그대들도 우리 금천장의 대업에 동참하는 것이 어떻겠소? 오늘 본 그대들의 무공은 정말 놀라운 것이었소. 내 평생 그대들과 같은 고수를 본 적이 없소. 그대들이 금천장과 손을 잡는다면 아마도 최고의 대우를 받을 수 있을 거요."

"우리가 금자에 팔리는 낭인 나부랭이로 보였나?"

원보가 노기를 드러냈다. 그러자 비사도가 얼른 고개를 저었다.

"그, 그런 말이 아니오. 금자를 받고 금천장에 들어오라는 말이 아니라, 금천장과 동맹을 맺자는 말이오."

"동맹이라……. 그런데 이상하군."

"……?"

원보가 고개를 갸웃하자 비사도가 의문 어린 시선으로 원보를 바라봤다.

"그대의 위치에서 이렇게 함부로 타문파에 동맹을 제의할 수 있는 것인가?"

"물론 가능하오. 난 금천장의 총관이오."

"알아. 하지만 이렇게 허술하게 포로가 된 사람과 어떻게 깊은 이야기를 나눌 수 있겠나? 또한 동맹이라는 것은 결국 양쪽의 수뇌들이 만나서 논의해야 할 문제일 터인데……?"

"날 못 믿겠다는 거요?"

비사도가 불쾌한 듯 물었다.

"못 믿는 것이 아니라 확실히 해두자는 거지."

"뭘 원하시오?"

"적어도 금천장의 장주는 만나봐야 얘기가 제대로 되지 않을까?"

"장주님을… 만나고 싶은 거요?"

"그대는 금천장의 주인이 아니니 어찌 천하의 대사를 논의할 수 있겠는가?"

이번에는 허소산이 지금까지와 달리 무거운 목소리로 말했다. 그러자 비사도가 한참 고민하다 입을 열었다.

"좋소이다. 그럼 내가 장주님과의 만남을 주선하겠소."

"좋아. 그렇다면 나도 한번 만나보도록 하지."

허소산이 고개를 끄덕였다.

"하면 근일 내로 자리를 마련해 보겠소이다. 항주까지의 배편은 우리 금천장이 마련하겠소."

순간 허소산이 눈살을 찌푸렸다.

"항주?"

"장주님은 무창에 오지 않으셨소. 그분은 항주에 계시오."

"그렇다고 왜 내가 항주에 가야 하지?"

허소산이 오만한 눈빛을 흘리며 물었다.

"그… 그건……."

비사도가 마땅히 대답할 말을 찾지 못해 말꼬리를 흐렸다. 그러자 허소산이 의미를 알 수 없는 미소를 지으며 말투까지 바꿔 은근한 어조로 비사도를 얼렀다.

"총관 나리. 난 말이오. 지금까지 단 한 번도 누굴 만나기 위해 길을 떠난 적이 없는 사람이오. 누군가 날 만나려면 그가 날 찾아와야 한단 말이오. 그건 금천장의 장주도 마찬가지요."

허소산의 말투는 한결 예의를 차리고 있었지만 그 말의 의미는 오만하기 이를 데 없는 것이었다. 그러나 비사도는 쉽게 허소산의 말에 반발하지 못했다. 그건 허소산의 전율적인 무공을 보았기 때문이기도 하려니와 지금 그의 신세가 허소산과 말씨름을 할 상황이 아니기 때문이었다.

"알겠소이다. 내 장주께 그리 전하지요."

"그래 주시겠소? 그렇다면 나도 금천장과의 만남을 아주 중하게 생각하겠소."

"정말이시오?"

비사도가 반색을 했다. 허소산 같은 고수를 끌어들일 수 있다면 금천장주를 움직이는 무례는 용서받을 수도 있었다.

"물론이오. 일단 강호에 나설 때에는 장부가 큰 포부를 가져야 하는 것 아니겠소? 무림일통이라……. 하하하! 딱 내 배포에 맞는 일이야. 안 그렇습니까, 장로님!"

허소산의 물음에 졸지에 망향원의 장로가 된 원보가 고개를 끄덕였다.

"그, 그렇지요. 주인님의 행보는 천하를 향하는 것이 당연하겠지요."

"금천장이라면 큰 도움이 되겠지요?"

"물론입니다. 그들의 재물은 천하를 덮고도 남음이 있다지 않습니까?"

"하하하, 그럼 이제 우린 친구 사이니 총관 나리를 그만 풀어주시지요."

허소산의 말에 원보가 미소를 지으며 비사도 옆으로 다가와 제압했던 혈도를 풀었다. 그러면서 은근한 목소리로 말했다.

"총관 나리는 참 운도 좋소. 본래 우리 주인님은 무례를 범한 자를 결코 살려두지 않는 분인데……. 금천장이 대단하긴 한가 보오. 아무튼 앞으로 잘해봅시다."

"고맙소이다. 그럼 난 이만 가봐도 되겠소이까?"

비사도가 허소산과 원보를 번갈아보며 물었다. 허소산이 얼른 손을 저었다.

"아아, 뭘 그렇게 서두르시오. 이제 이 망향원의 손님이 되었으니 술이라도 한잔 대접해 보내야지. 원 장로님, 준비를 시키시지요."

"험, 그럴까요?"

그러자 비사도가 얼른 손을 내저으며 말했다.

"아, 아닙니다. 원주님과 장주님과의 만남을 주선하려면 서둘러야지요. 더군다나 무창에 와 있는 금천장 식솔들이 내가 잡혀 있는 줄 알고 무슨 일을 벌일지 모르니 서둘러 돌아가 봐야 할 것 같소이다."

"듣고 보니 그 말씀이 맞는 것 같구려. 그럼 원 장로께서 손님을 배웅해 주시지요."

"알겠습니다. 원주님!"

원보가 대답을 하고는 비사도를 이끌고 문밖으로 나갔다.

"그런데… 이 장원에는 사람이 얼마나 있소?"

정문으로 향하던 중 비사도가 재빨리 사방을 살피며 물었다.

"뭐, 사람은 그리 많지 않소. 십여 명이 있을 뿐이오."

원보의 대답에 비사도가 실망한 눈치를 보이며 말했다.

"망향원의 원주께서는 수하가 많지 않으시구려?"

"무창에 있는 사람은 그렇소."

"하면 무창이 본가가 아니란 말이오?"

"자세한 이야기는 나중에 금천장과 망향원이 뜻을 합친 뒤에 나눕시다. 지금으로선 솔직히 모든 것을 드러내 놓기가 서로 부담스럽지 않소이까?"

"하하, 그, 그렇구려. 내 실례를 했소이다."

"실례는 무슨, 궁금한 것은 어쩔 수 없는 일이지."

그러자 비사도가 잠시 망설이는 듯하다 조심스럽게 다시 입을 열었다.

　"한 가지만 더 물어봐도 되겠소?"

　"말해보시오."

　"원주의 존성대명은 어떻게 되시오?"

　"아, 그러고 보니 아직 통성명도 안 했네. 우리 원주님의 존귀하신 이름은 파금검이라 하오. 하지만 들어보지 못한 이름일 거요. 강호에는 첫 출도시니까…….."

　"파… 금검……."

　원보의 말에 비사도가 나직하게 파금검이라는 이름을 되뇌었다.

第四章

망향원주 파금검

"파금검? 왜 그런 이름을 지었소?"

이세교가 어리둥절한 표정으로 물었다. 그러자 원보가 득의한 미소를 지으며 대답했다.

"금천장을 깨뜨려 버리는 검이라는 뜻인데 저놈들이 그 의미를 알 리는 없을 거요. 하하하!"

원보가 통쾌하게 웃어댔다. 그러자 장내의 사람들이 저마다 웃음을 터뜨렸다. 그러던 중 전조명이 허소산을 보며 물었다.

"소산, 그런데 처음부터 금천장의 장주를 만나볼 생각이었던 거야?"

"그런 것은 아니었어요. 처음에는 그저 그의 입을 통해 금천장 내부 사정을 자세히 알아보려는 정도였지요. 그런데 오히려 그가 먼저 나서서 금천장과 손을 잡자고 제의하는 순간 그 방법이 금천장을 상대하는 데 훨씬 좋다는 걸 깨달았죠. 그들과 손을 잡는다면 그들의 심부에 도달할 수 있을 거예요."

"역시 금천장의 배후에 뭔가가 있다고 생각하는 거야?"

"그렇죠. 제가 알아본 바에 의하면 금천장의 역사가 결코 짧지 않았어요. 이미 백여 년간 항주에 자리를 잡고 있었던 상가죠. 그들이 그렇게 오랫동안 중원의 대상으로 군림할 수 있었던 것은 철저하게 상인의 길을 걸어왔기 때문이에요. 무림의 일에는 전혀 관여치 않았다는 거죠. 그런데 요 근래에 금천장이 무림인들과 밀접한 관계를 맺기 시작했고 그 총관이란 자는 공공연히 무림일통을 말하고 있어요. 금천장에 뭔가 변화가 있었다는 거죠. 일백 년 역사의 상가가 한순간 마음을 바꿔 무가의 길로 들어서는 것은 결코 쉬운 일이 아니지요."

"금천장의 누군가의 손에 들어갔을 수도 있겠군. 그래서 육왕탑도 만들어진 거고……."

원보가 말했다.

"그럴지도 모르지요."

"그런 자가 존재한다면 무서운 적일 수도 있겠어."

"일단 금천장주를 만나보면 답을 얻을 수 있을 거예요."

"흐음……. 그런데 난 소산 너와 같이 갈 수는 없을 것 같다."

원보가 걱정스런 표정으로 말했다.

"왜죠?"

허소산이 원보에게 되물었다.

"금천장에 봉황문의 고수들이 와 있다면 그들 중 날 알아보는 사람이 있을 수도 있을 것 같아서다."

허소산은 원보가 봉황성과 무척 밀접한 관계를 지닌 사람이란 걸 알고 있었으므로 원보의 걱정을 이해할 수 있었다. 그러자 이번에는 주오요가 입을 열었다.

"내가 함께 갈 수 있다."

그러자 원보가 다시 고개를 저었다.

"그것도 좋은 방법은 아니오. 망산오선께서 비록 세속에 크게 모습을 드러내지 않았다고 하지만 그래도 봉황문과 목산원의 고수들이라면 개중 여러분의 얼굴을 알아볼 자가 있을지도 모르오. 두 문파에서 중원으로 넘어온 자들이라면 필시 수뇌들이 분명할 테니 말이오."

"주동생, 그건 원 노사 말이 맞는 것 같군. 우리가 낯을 가리고 살았다지만 봉황문과 목산원이라면 사정이 좀 다르지. 더군다나 고려를 떠날 때 목산원의 고수들과 만난 적도 있고……."

"그런가요? 그럼 어떡하죠? 소산 혼자 보내는 것도 이상하잖아요?"

그러자 원보가 허소산을 보며 말했다.

"설 노사는 어떨까?"

"그분 역시 과거 오산금림에 머물 당시 강호의 일에 관여한 적이 있으니 알아볼 사람이 없다고 할 수는 없지요."

"하면 어쩐다?"

"제가 함께 갈게요."

문득 감명이 불쑥 나섰다.

"명아. 네가 끼어들 자리가 아니다."

감천홍이 급히 나서 감명을 제지했다.

"아니아니, 명이가 함께 가는 것도 좋겠소. 그들의 방심을 유도할 수도 있을 테니……."

원보가 급히 입을 열었다.

"하지만 이 아이는 아직 어려서 소산에게 어떤 도움도 줄 수 없을 겁니다. 오히려 문제를 만들 수도 있으니……."

감천홍은 여전히 부정적이었다.

"걱정마세요, 아버지. 신중하게 행동할게요. 함께 가요, 형님!"

감명이 사정하듯 허소산에게 말했다. 그러자 허소산이 미소를 지으며 고개를 끄덕였다.

"허락해 주십시오. 명이는 제가 잘 돌보겠습니다."

허소산의 말에 감천홍이 걱정스럽게 말했다.

"녀석이 일을 그르칠까 걱정이 돼서 하는 말이네."

"괜찮을 겁니다. 명이도 이젠 어린애가 아니지요. 물론 녹사 어르신께야 여전히 어린아이겠지만요."

"소산 네가 괜찮다면야……."

"자자, 당장 가는 것도 아니고 금천장에서 답이 오려면 며칠 걸릴 수도 있으니 일단은 요기부터 합시다. 이거 하루 종일 굶

었더니 힘이 드는군."

원보가 짐짓 힘들어 죽겠다는 표정으로 말했다.

달빛이 고고하게 내리는 망향원의 담장을 따라 두 남녀가 걷고 있었다. 달빛에 드러난 두 남녀의 모습이 춘사월 새싹처럼 풋풋했다.

"소산, 아라에게 듣자하니 넌 제법 여인들에게 인기가 많다더구나."

전조명이 흘깃 허소산을 보며 말했다.

"아라가 그러던가요?"

허소산이 한줄기 미소를 지으며 대답했다. 그러자 전조명이 빨려 들어갈 듯한 눈으로 허소산을 보며 말했다.

"그래. 그것도 아주 대단한 신분을 지닌 여인이라며?"

"오산금림의 소림주를 말씀하시는 거지요?"

"그래. 그 정아원이라는 여인은 너에게 완전히 마음을 뺏겼다고 하더라. 아라에게 널 잘 지켜달라고 부탁까지 했다던데?"

"그래서 요즘 아라에게 그렇게 잘해주시는 건가요?"

"흐흠, 난 뭐 네가 좋다면 그 소림주에게 널 양보할 수도 있어."

"그 말 정말이에요?"

허소산이 걸음을 멈추고 전조명을 돌아봤다. 그러자 전조명이 눈이 부신 듯 허소산의 눈길을 살짝 피했다.

"네가 그 여인을 마음에 두고 있다면 나 때문에 고민할 필요는 없다는 거야."

"이제 보니 아가씨야말로 다른 사람이 생긴 모양이군요."

"무슨 소리니? 난 중원에 나온 이후 줄곧 가문의 일에 매달려 있었어. 그리고……."

"제게 한 약속은 잊지 않으셨죠?"

허소산이 불쑥 질문을 던졌다.

"약속?"

"그래요."

"무슨 약속?"

"제가 아니라면 그 누구와도 혼인하지 않겠다는 약속이요. 그때 아마 평생 혼자 늙겠다고도 했던 것 같은데……."

"물론 그 약속은 잊지 않았어. 지금도 마찬가지 생각이고! 하지만 그때 넌 내 마음을 받아주지 않았지."

전조명이 여전히 허소산의 눈을 보지 못하고 말했다. 그러자 허소산이 나지막이 입을 열었다.

"그때는 그럴 수밖에 없었어요."

"그럼 지금은……?"

전조명의 질문에 허소산이 전조명의 어깨에 손을 올렸다. 이젠 허소산의 키가 전조명의 머리 위로 올라와 있었으므로 전조명이 허소산을 보려면 고개를 들어야 했다. 그러나 전조명은 여전히 고개를 들지 않았다.

"아가씨, 지난 세월 동안 제 마음에는 오직 두 사람만이 있었어요. 아버지와… 아가씨죠. 지금도 아가씨의 마음이 변함없다면 아가씨는 혼자 늙어가지 않을 거예요. 항상 제가 곁에 있을게요."

"소산… 그 말은……."

"장주님이 서역에서 돌아오시면 우리 이야기를 말씀드리도록 해요."

"소산……!"

갑자기 전조명이 고개를 들어 허소산의 눈을 바라봤다. 그리고는 망설임없이 발을 들어 허소산의 입에 자신의 입술을 가져갔다. 대담한 전조명의 행동에 허소산이 흠칫 놀랐지만 이내 그의 젊고 강인한 팔이 전조명의 허리를 부드럽게 끌어안았다.

"소산, 사실 난 조금 두려워."

허소산과의 긴 입맞춤이 끝난 후 전조명이 말했다.

"뭐가요?"

"내가… 나약해질까 봐."

"그게 무슨 말이에요?"

"말 그대로야. 널 다시 만나고부터는 내가 무척 나약해져 가고 있다는 생각이 들어."

"왜요?"

"아마도 그건 네가 너무 강한 사람이 되어 나타났기 때문일거야. 아니, 아니야. 생각해 보면 난 처음 네가 날 구해줬을 때부터 본능적으로 네게 의지하려는 마음이 생겼던 것 같아. 그동안은 네가 죽었다는 생각에 이전보다 훨씬 강하게 살아왔지만 다시 네가 내 눈앞에 나타나니까 이젠 또 네게 의지하려는 생각이 나도 모르게 들어. 그동안 우리는 아버님이 돌아오시면 다시 만재방을 부활시키기 위한 준비를 무척 열심히 해왔어. 이미 항주에도 여러 개의 기업을 만들었지. 물론 저들의 이목을 속여야 했기 때문에 무척 신중하게 일을 해왔어. 덕분에 어려움도 많았지."

"아버지께 이야기 들었어요."

"그럼에도 불구하고 난 힘들다는 생각을 단 한 번도 하지 않았어."

"아버지도 아가씨의 대범함에 탄복하셨다고 하더군요."

"후후, 사실 아저씨는… 우리 일에 무척 위험한 분이셨어."

"살수행으로 인해 저들의 이목을 끌었다는 말이죠?"

"그래. 하지만 난 아저씨를 말리지 않았지. 사실은 나도 아저씨와 같은 생각이었으니까. 어떻게든 네 복수를 하고 싶었어. 사실 그래서 중원의 살문들과도 인연을 맺어두었어."

"살수들을 동원하려고 했어요?"

"아직은 쓰지 않았지만 언젠가는 필요할지도 모른다고 생각했었지. 아무튼 살수들과 연을 맺을 정도로 난 그렇게 강하게 살아왔어. 그런데 네가 돌아오니까 모든 게 힘겹게 느껴져. 마치 네가 그동안 내가 해왔던 모든 일들을 대신해 줄 수 있는 사람처럼. 네가 단번에 내 어깨에 놓인 짐을 들어내 줄 것처럼…… 이렇게 나약해져 가는 내가 걱정돼. 두렵기도 하고."

그러자 허소산이 살며시 전조명을 안았다. 그리고는 나직하게 속삭였다.

"걱정 말아요."

"……?"

"아가씨 말대로 내가 아가씨의 모든 짐을 대신 질게요."

"소산……!"

전조명이 놀란 눈으로 허소산을 올려다봤다.

"아가씨가 믿을지 모르겠지만 전 제게 그럴 만한 힘이 있다는 걸 느껴요. 반드시 아가씨를 벽란도의 그 장원으로 데려갈게요. 그러니 두려워 말고 날 믿어요."

"소산……. 널 믿어. 하지만 난 내 자신도 믿고 싶어."

"아가씨는 강한 사람이에요. 아가씨 자신을 믿어도 돼요."

"그러나 네 앞에서는 그게 잘 안 되니 문제지."

그러자 허소산이 빙그레 미소를 지으며 농을 던졌다.

"갑자기 기분이 좋아지려고 그래요."

"무슨 소리야?"

"아가씨가 날 아주 많이 좋아한다는 걸 알겠거든요."

"뭣, 이제야 그걸 알았다고?"

전조명이 눈에 쌍심지를 켰다.

"하하하, 농담이에요. 하지만 기분이 좋은 건 사실이에요. 그리고 아가씨가 의지할 만한 사람이 되었다는 사실이 기뻐요. 지난 세월이 헛된 시간만은 아니었던 것 같고요."

허소산의 말이 끝나자 전조명이 그의 손을 잡고 다시 걸음을 옮기기 시작했다. 그러다가 문득 질문을 던졌다.

"정말 아쉽지 않아?"

"뭐가요?"

"그 오산금림의 소림주 말이야. 아라에게 들으니 무척 미인이라던데?"

"물론 대단한 미인이죠."

"호오. 그러니까 아쉽긴 아쉽다는 말이네?"

"아뇨. 전혀 아쉽지 않아요. 내겐 세상에서 가장 아름다운 사람이 있으니까요."

"히히, 정말이지?"

"그럼요."

허소산이 고개를 끄덕였다. 두 사람의 모습이 이내 어둠속으로 사라졌다. 그 와중에 다시 몇 마디 말이 더 들려왔다.

"언제까지 나한테 그렇게 말할 거야?"

"무슨 말이에요?"

"마치 여전히 내 아랫사람 같잖아. 이젠 편하게 말을 해도 되지 않겠어?"

"이게 편해요."

"아이고, 이러다가 나중에 난 아주 악처로 소문이 날 거야. 서방은 공대를 하고 마누라는 하대를 한다고……"

"그런가요? 그럼 바꿀까요?"

"그래야지 않겠어? 아저씨 보기도 민망하고……"

"그럼 뭐 그러지……. 조명!"

                    *   *   *

　금천장의 사람들보다 먼저 만재방에 나타는 것은 설도우 등 오산금림의 사람들이었다. 애초에 오산금림의 고수들을 만재방 사람들에게 드러내지 않으려 했던 허소산이었지만 금천장과의 일이 급박하게 돌아가는 통에 설도우 등의 도움을 받지 않을 수 없었다.

　설도우를 맞이한 만재방 사람들은 무척 조심스러웠다. 강호팔황의 하나로 손꼽히는 오산금림의 명성이 설도우를 더욱 대하기 어려운 사람을 만들었다.

　그런 설도우가 허소산에게만큼은 깍듯하게 존대를 한다는 것이 사람들에겐 이상할 정도였다.

　"그럼 여전히 오룡의 위치는 발견되지 않은 거군요."

　허소산의 질문에 설도우가 고개를 끄덕였다.

　"그렇습니다. 그래서 그런지 왠지 좀 못미더운 구석이 있습니다."

　"의심스런 것이 있나요?"

　"그렇습니다."

　"어떤……?"

　"지금 강호의 모든 문파들이 이 무창으로 몰려들고 있습니다. 강호팔황도 예외는 아니지요. 소림을 제외하고는 다들 움직이고 있습니다. 그런데 유독 사천맹에선 사람이 나왔다는 소식이 없습니다."

"사천맹이요?"

"그렇습니다."

"너무 먼 곳이라 그런 것 아니겠습니까?"

문득 원보가 입을 열었다. 그러자 설도우가 고개를 저었다.

"거리로 보면 멀지만 장강을 타고 내려오면 그리 먼 곳도 아니오. 오히려 육로로 오는 다른 문파들보다 빨리 올 수도 있을 거리외다."

"그도 그렇군요. 하지만 그들이 오릉에 관심이 없을 수도 있지 않습니까?"

"물론 그렇게도 볼 수 있지만 사실 사천맹의 그간 행보를 자세히 생각하면 그 또한 이치에 맞지 않소이다. 지금까지 팔황에 속한 세력 중 가장 활발하게 강호행을 하던 곳이 절대삼문과 사천맹이었소. 그런 사천맹이 이번 일을 수수방관하는 것은 역시 이해하기 힘든 일이오. 만약의 경우 절대삼문이 오릉의 막대한 재물을 얻게 된다면 사천맹은 장강을 두고 다투고 있는 절대삼문과의 대결에서 열세에 놓일 것이 분명한데도 말이오."

"절대삼문이 사천맹과 사이가 좋지 않았습니까?"

"모르셨구려. 본래 사천맹과 절대삼문은 팔황 중에서 가장 치열한 경쟁을 펼치는 세력들이라오. 장강이라는 구분이 없었다면 아마도 벌써 어느 한쪽은 멸망을 하고 말았을 것이오."

"그런 일이 있었군요. 그럼 사천맹에서 이번 일을 꾸몄을 가능성도 있겠군요."

"비단 사천맹뿐만이 아니라 강호의 패권을 노리는 자들이
라면 누구든 오릉을 이용해 음모를 꾸밀 수 있을 것이오. 오릉
의 보물을 노리고 몰려드는 자들을 함정에 빠뜨려 제거하는
것은 생각보다 쉬운 일일 터이니."

"그렇긴 하지요. 나도 이미 금천장의 고수들을 상대로 그러
한 일을 했으니……."

좀체 만재방의 행보나 강호 사정에 대해 입을 열지 않은 허
산왕이 조용히 말했다. 허산왕조차도 오릉을 이용해 자신의
복수를 하려 했으니, 만약 오릉에 대한 소문이 누군가에 의해
조작된 것이라면 오릉은 거대의 피의 무덤으로 변할 수도 있
었다.

"사천맹이 일을 꾸몄다고 해도 그들 역시 이곳으로 와야 하
는 것 아닐까요?"

문득 전조명이 말했다.

"그건 조명 아가씨의 말이 맞소이다. 그들이라고 사천에 들
어앉아 오릉에 몰려든 자들을 상대할 수는 없는 일 아니겠소?"

이세교가 고개를 끄덕이며 말했다. 그러자 원보가 눈을 지
그시 감으며 말했다.

"음모의 주재가가 누가 되었든 만약 오릉이 정말 음모의 장
소라면 그들은 이미 사람들이 몰려오기 전에 오릉에 들어가
있을 겁니다."

"그러나 천하의 눈을 속이는 것이 그리 쉬운 일은 아닐 터

인데……."

이세교가 고개를 저었다.

"천하를 노리는 자라면 천하를 속여야지요."

"으흠……. 일단 오릉의 위치가 확인되어야 일의 막후를 짐작할 수 있겠군."

설도우가 신중한 표정으로 말했다.

금천장으로 돌아간 비사도가 다시 망향원을 찾은 것은 오일이나 지난 후였다. 그는 지난번과 달리 오직 두 명의 무사만을 데리고 금천장을 찾았다.

황 노인은 지난번과 달리 부드러운 표정과 말로 그를 허소산에게 데려갔다.

"어서 오시오."

허소산이 짐짓 도도한 분위기를 만들어내며 비사도를 맞았다.

"항주의 본가와 연락을 주고받느라고 조금 늦었소이다. 기다리게 해서 죄송하외다."

비사도가 최대한 정중하게 양해를 구했다. 그러자 원보가 입을 열었다.

"그래, 금천장주께선 어떤 답을 주셨소?"

원보의 물음에 비사도가 한줄기 미소를 지으며 대답했다.

"장주께서는 파 대협을 꼭 만나고 싶다고 답을 하셨습니다. 해서 이미 항주를 출발해 무창으로 오고 계십니다."

"하하하, 그것 참 잘된 일이구려. 사실 청을 하긴 했지만 대금천장의 장주께서 직접 무창으로 오긴 힘들 거라 생각했는데…… 또한 우리의 주인께서도 항주로 가실 분은 아니고, 해서 솔직히 두 분이 만나는 일이 어렵지 않나 생각하고 있었소이다."

원보의 말에 비사도가 은근한 미소를 지으며 말했다.

"우리 장주께서는 귀인을 만나시기 위해선 천리길도 마다치 않는 분이시지요."

"역시 대상단을 이룬 분의 행보는 조금 다르구려."

원보가 감탄하듯 말했다. 그러나 허소산은 여전히 도도한 표정을 지은 채로 비사도에게 물었다.

"그래, 그대의 장주께선 언제 무창에 도착하시오?"

"아마 삼사 일 안에 도착하실 겁니다."

"좋소. 하면 만나는 장소는 그대들이 정하시오. 항주에서 무창까지 직접 왕림을 하셨으니 나 또한 장원을 나가 만나는 것이 예의에 합당한 일일 것이오."

"그리 배려를 해주시면 감사하지요. 그럼 장주께서 도착하시면 모시러 오시겠소이다."

"그렇게 하시구려. 그리고… 원 장로 준비는 다 하셨습니까?"

"예, 이미 이틀 전에 준비를 마쳤습니다."

원보가 공손하게 대답했다. 그러자 허소산이 비사도를 보며 말했다.

"지난번에 오셨을 때 불행하게 죽은 금천장 식솔들의 시신을 거두어 놓았소이다. 좋은 관에 입관을 시켜놓았으니 가실 때 모시고들 가시오. 마차도 한 대 준비해 뒀소."

순간 비사도가 감동한 표정을 지었다.

"그렇잖아도 그 일이 내내 마음에 걸렸는데 이리 배려해 주니 고맙소이다."

"하하, 이제 동맹의 관계가 될 사이인데 당연한 일 아니겠소?"

허소산이 진득한 미소를 지으며 대답했다. 비사도는 그런 허소산의 태도에 더욱 감동한 모습으로 그가 지난 날 데리고 왔던 수하들의 시신을 실은 마차와 함께 망향원을 떠났다.

감아라는 아침부터 불평을 늘어놓고 있었다. 이유는 단 하나, 감명 혼자 허소산을 수행해 무창 성내로 가기 때문이었다. 감아라는 무창에 도착하면서부터 성내의 시가를 구경하는 것을 항시 소원했다. 그러나 그동안 일행은 타인의 눈을 피해 무창의 외곽에서만 활동했기에 제대로 무창 성내를 구경할 기회가 없었다.

그런데 오늘 금천장의 장주를 만나러 가는 곳은 무창에서도 가장 유명한 황학루였다. 황학루라면 무창에 사는 사람만이 아니라 천하의 모든 여행객들이 꼭 한 번 들리고 싶어 하는 명소였기에 감아라의 열망은 대단했다. 그러나 감천홍은 단호하게 감아라의 출행을 막았다. 감명은 몰라도 감아라까지 끼어서는 허소산이 제대로 금천장의 허실을 탐색할 수 없다고 생각했기 때문이었다.

"왔습니다."

감아라의 투정으로 뜻하지 않게 시끌했던 장내로 황 노인이 들어서며 말했다. 그러자 허소산과 원보 그리고 감천홍 부자가 급히 밖으로 나갔다.

허소산 등이 밖으로 나오자 비사도가 다섯 명의 수하와 함께 한 대의 화려한 마차를 가지고 허소산을 기다리고 있었다.

"모시러 왔소이다."

비사도가 당당하면서도 정중하게 인사를 했다.

"하하, 아침에 기별을 받고 기다리고 있었소이다. 총관께서 직접 오시다니 그러실 필요까지는 없는데……."

허소산이 짐짓 감복한 듯한 표정으로 말했다. 그러자 비사도가 만족한 표정을 지으며 대답했다.

"그 옛날 제왕들은 현인을 얻기 위해 삼고초려도 마다하지 않았다고 하였지요. 파 대협께서는 그 능력이 하늘에 닿은 분인데 어찌 이런 수고를 마다하겠소이까?"

"하하, 나이도 어린 나를 그렇게 높게 평가해 주시니 고맙구려."

"자, 오르시지요."

비사도가 허소산에게 마차에 오르기를 권했다. 그러자 허소산이 고개를 끄덕이고는 감명을 보며 말했다.

"명아, 가자."

"네. 주인님!"

감명이 얼른 고개를 끄덕이고는 서둘러 허소산을 위해 마차의 문을 열었다. 그러자 비사도가 의아한 표정으로 물었다.

"두 분만 가시는 겁니까? 다른 분들께서는……?"

비사도의 시선이 자연히 원보에게로 향했다. 그러자 원보가 고개를 저으며 말했다.

"난 장원을 지켜야지 않겠소? 요즘 들어 그놈의 오룡 때문에 무창에 무인들이 넘쳐나니 어찌 장원을 비울 수가 있겠소이까?"

"그렇긴 하구려. 하지만 아쉽구려. 장주께서는 노사의 방문도 학수고대하고 계시는데……."

"하하하, 서로의 일이 잘 되면 곧 뵐 날이 있지 않겠소. 그럼 주인님, 조심해서 다녀오십시오."

원보가 정중하게 허소산에게 고개를 숙였다.

"걱정마세요. 그렇잖아도 답답하던 차에 나들이 삼아 다녀올 테니."

허소산이 가볍게 대답을 하고는 훌쩍 마차에 올랐다. 그러자 감천홍이 마차 곁으로 다가와 감명에게 진중한 당부를 했다.

"경거망동하지 말고!"

"알았어요. 아버지."

감명이 당당하게 대답을 하고는 허소산의 뒤를 따라 마차에 올랐다. 그러자 비사도가 다시 원보를 보며 입을 열었다.

"그럼 이만 가리다."

"주인님을 잘 부탁드리오."

"불편없이 잘 모실 터이니 걱정 마시구려. 그럼 또 봅시다."

비사도가 작별인사를 한 후 훌쩍 말 위에 올라 망향원을 벗어났다. 그 뒤를 따라 허소산이 탄 마차가 장원을 빠져나갔고, 다시 일각 후에는 설도우와 이세교, 그리고 주오요가 장원을 벗어났다.

"금천장이 대단하긴 한가 봐요."

마차를 타고 언덕길을 오르며 감명이 나직하게 말했다.

"무슨 말이냐?"

"본래 황학루는 무창에서 가장 유명한 곳이잖아요. 그래서 사시사철 사람들이 몰리는 곳인데 오늘은 사람 구경을 할 수 없잖아요."

"음, 금천장에서 출입을 통제하고 있다는 말이냐?"

"그렇지 않다면 이렇게 사람이 없을 수 있겠어요?"

"그렇긴 하지. 한편으론 금천장주의 성정을 어느 정도 짐작할 수 있는 일이구나."

"어떻게요?"

"이렇게까지 철저하게 사람들의 시선을 피하는 것은 두 가지로 해석할 수 있다. 하나는 그가 절대 타인의 눈에 띄면 안 되는 신분을 지닌 자이거나, 혹은 태생적으로 사람들과 부딪쳐야 하는 밝은 곳에 나서길 싫어하는 사람일 수도 있지. 어느 경우나 위험한 사람임에는 틀림없다."

"두 가지 다 의원데요."

"어째서?"

"금천장주의 이름은 이미 강호에 널리 알려져 있잖아요. 금선옹이라는 이름을 모르는 사람은 거의 없을걸요?"

"하지만 그게 진정한 그의 정체라고는 할 수 없지 않느냐? 혹은 금선옹이 진정한 금천장의 장주가 아닐 수도 있고."

"하지만 오늘은 금선옹이라는 사람이 나와 있지 않겠어요?"

"그렇긴 하다."

"그리고 두 번째는 본래 상가의 일이란 사람을 만나는 것이 구 할을 차지하는 것 아닌가요? 그런데 중원 최고의 상가 중 하나인 금천장주가 사람 만나는 걸 꺼려하는 인물이라는 건 좀 어울리지 않잖아요?"

"하하하, 명이 네가 제법 날카로운 식견을 가지고 있구나. 물론 똑똑한 줄은 알았지만."

"칭찬이죠?"

"물론 칭찬이다. 하지만 그동안 조사한 바에 의하면 금천장의 장주는 절대 금천장의 상행이나 거래에 직접 관여하는 바가 없다고 하더구나. 금천장의 대소사는 두 명의 총관과 금천육옹이라는 노련한 여섯 명의 인물, 그리고 금천십이호로 불리는 자들에 의해 이루어지고 있었다. 그러니 그가 사람들 앞에 나서는 것을 좋아하지 않는다고 하여 이상할 것은 없지."

"그런가요? 그렇다면 오늘 형님을 만나러 왔다는 건 대단한

호의를 베푼 거네요."

"그렇다고 할 수 있다. 비사도가 나에 대해 어떻게 설명했는지 궁금하구나."

"뭐, 절대무공을 가지고 있는 도도한 젊은 고수라고 했겠죠."

"도도한 고수란 곧 건방지다는 말이렷다!"

"하하, 그렇죠. 물론 형님의 본모습과는 정반대지만요."

"아니, 어쩌면 그게 내 진짜 성정인지도 모르겠다. 이건 제법 재미있거든."

"정말요?"

"그래. 그래서 말인데 금천장주도 나에게 제법 곤욕을 치를 거다."

"하하하, 형님에게 이렇게 짓궂은 면이 있었는지 몰랐어요."

"나도 나 자신에게 놀라고 있는 중이란다."

허소산이 빙그레 미소를 지었다.

마차는 언덕길을 한참 달려 긴 돌계단이 나타난 곳에서 멈춰 섰다.

"이곳부터는 걸어서 올라가야 하오이다."

마차 밖에서 비사도의 목소리가 들렸다. 허소산과 감명이 문을 열고 마차에서 내렸다. 그런데 마차에서 내린 감명이 싸늘한 표정으로 비사도에게 물었다.

"외람되지만 한 가지 묻겠습니다."

"무엇인가? 소형제."

비사도는 어린 감명에게도 제법 예의를 차렸다.

"우리 주인님께서는 무공을 수련하실 때를 제외하면 한 번도 이런 길을 걸어 올라가신 일이 없으십니다. 다른 준비는 없으신가요?"

"다른 준비라면……?"

"뭐 가마 같은 거요."

"가마, 가마라……."

비사도가 난감한 표정으로 중얼거렸다. 그러자 허소산이 손을 들어 감명을 제지하며 말했다.

"명아, 그만 두거라. 천하의 황학루가 아니냐. 내 가마를 타고 이곳을 오르면 강호의 영웅들이 나를 풍류를 모르는 천박한 놈이라고 비웃을 것이다. 대저 좋은 경치란 자신의 두 다리로 걸으며 감상해야 하는 법이란다."

"역시 주인님의 고매한 취향은 감탄스러울 뿐입니다."

감명이 진정으로 허소산에게 탄복한 것처럼 허리를 숙였다. 그러지 비사도가 비굴한 미소를 지으며 말했다.

"과연 파 대협께서는 영웅호걸이시구려. 천하를 손에 쥘 무공과 풍월을 희롱할 풍류를 모두 지니셨으니 당금천하에 따를 자가 없는 기인이실 겁니다."

비사도의 말투가 점점 공경스러워졌다. 그러자 허소산이 만족한 미소를 지으며 앞서서 걸음을 옮겼다.

"갑시다."

허소산이 호기를 드러내듯 힘차게 걸음을 옮겼다. 비사도와 감명이 얼른 허소산을 쫓았다.

수백 개의 계단이 하늘을 향하는 듯 이어져 있었다. 허소산은 아주 느리게 그 계단을 오르며 주변의 경치를 구경했다. 길게 이어진 장강이 신비스런 생명체처럼 햇살을 반사하고 있었다. 그 햇살의 그림자가 장강 주변에 다시 어둑한 그늘을 만들었고, 그 아래쪽에서 물안개가 소소하게 피어오르고 있었다.

"과연 천하의 절경이군. 왜 글쟁이들이 이곳에 와서 시 한 수 지어 보려고 난리를 치는지 알겠어. 하지만 이런 곳에서 글이나 짓고 앉아 있는 것은 결코 사내의 행보가 아니지."

허소산이 짐짓 글하는 사람들을 깔보듯 말했다.

"그럼 주인님께선 이곳에서 무얼 하고 싶으세요?"

감명이 조심스럽게 물었다.

"한 잔의 술로 친구를 사귀거나 혹은 한바탕 칼싸움으로 천지를 흔들어야지 않겠느냐? 그래야 영웅이지."

"하하하, 역시 주인님은 천하의 영웅이세요."

"오호라. 네놈이 이제 아부가 제법 늘었구나."

"아부가 아닙니다."

감명이 얼른 고개를 저었다.

"후후, 네 녀석이 이제 세상 사는 법을 알았으니 내게 좀 도움이 되려는 모양이구나."

"감사합니다. 주인님."

"좋아. 좋아. 오! 저게 바로 황학루군"

허소산이 잠시 걸음을 멈추고 고개를 들었다. 그러자 그의 눈에 하늘로 날아오를 듯한 기와지붕을 얹은 오 층짜리 누각이 들어왔다. 말 그대로 한 마리 학이 날아가는 듯한 모습이 누각 주변의 풍광과 어울려 기묘한 경치를 만들고 있었다.

"역시 대단한데요?"

"그렇구나. 내 많은 곳을 다녀봤지만 이런 곳은 또 처음이군. 그런데… 금천장주는 어디 있소?"

허소산이 문득 비사도를 보며 물었다. 그러자 비사도가 황학루의 가장 높은 층을 가리키며 말했다.

"저 위에 계시오."

"오호, 역시 천하를 내려다보는 곳에 계시는군. 그 성품을 알 만하오."

허소산이 마음에 든다는 듯 고개를 끄덕이며 말했다.

"오늘 이 황학루에는 두 분 말고 그 누구도 발걸음을 하지 못할 것이오."

"그렇소이까? 금천장의 대접이 정말 융숭하구려. 고맙소이다."

"무슨 말씀을! 부디 두 분께서 천하를 아우를 좋은 만남을 하시길 바랄 뿐이오."

"좋소. 그럼 가봅시다."

허소산이 다시 걸음을 옮기기 시작했다.

황학루 아래 도착하자 도검을 든 자들이 황학루를 개미 한 마리 들어올 수 없을 만큼 삼엄하게 지키고 있었다. 그들은 비사도가 허소산을 데리고 나타나자 일제히 비사도를 향해 고개를 숙였다.

"오셨습니까?"

한 명이 나서서 비사도을 맞이했다.

"응, 경계는 철저히 하고 있겠지?"

"여부가 있겠습니까?"

"본 장의 식구들을 노리는 살수가 활동하고 있으니 방심하지 말게."

"걱정 마십시오. 오늘만큼은 그 누구도 이곳에 발을 들이지 못할 겁니다."

"좋아. 그럼 올라가 보겠네. 파 대협, 오르시지요."

비사도가 정중하게 허소산을 황학루로 이끌었다. 그러자 허소산이 조금 거만한 걸음으로 비사도의 뒤를 따라 누각에 올랐다.

"과연 저자가 장주께서 친견해야 할 정도로 대단한 인물일까? 너무 젊어 보이는데……."

비사도를 맞이했던 사내가 고개를 갸웃하며 중얼거렸다.

누각 위에서 보는 풍경은 누각 아래에서 보던 것과는 또 달랐다. 마치 누각에 오른 사람이 구름을 타고 있는 듯 천하가 발 아래로 펼쳐졌다.

'이래서 사람들이 경치 좋은 곳에는 누각을 세우는 건가 보군. 좋구나!'

허소산도 누각의 층계를 오르며 시시각각 변화하는 아래세상의 풍경에 내심 탄복했다.

그렇게 세 번의 계단을 오르자 갑자기 그윽한 향기가 허소산의 코로 스며들었다. 이루 말할 수 없는 부드러움과 신선함 그리고 달콤함이 느껴지는 향기에 허소산의 눈이 자연스럽게 향기를 만들어내는 곳으로 향했다.

그리 크지 않은 상 위에 십여 가지의 요리가 놓여 있었다. 그 한쪽에 조금 살집이 있는 노인 한 명이 금포를 입고 앉아 있었는데 한눈에 보아도 비범함이 드러나는 노인이었다.

노인은 허소산이 나타났음에도 불구하고 시선을 누각 아래로 향한 채 한가하게 부채질만 할 뿐 별 반응을 하지 않았다. 그러자 허소산도 계단에서 오직 한 걸음만 내딛은 채 더 이상 앞으로 나아가려 하지 않았다.

덕분에 곤욕스러워진 건 비사도였다. 비사도는 허소산이 더 이상 움직이지 않으려 하자 난처한 기색을 보이다가 이내 나직한 어조로 말했다.

"파 대협, 그만 자리에 착석하시지요."

그러나 비사도의 은근한 권유에도 허소산은 노인의 맞은편에 마련된 자리에 앉지 않았다. 그 대신 천천히 누각의 난간 쪽으로 걸음을 옮기더니 난간에서 황학루 아래로 펼쳐지는 장

대한 풍경을 말없이 감상하는 것이었다. 그렇게 일각여가 지나자 이번에는 훌쩍 다시 계단 앞으로 다가왔다.

"황학루, 황학루 하더니 역시 풍경 하나는 좋군. 자, 명아. 황학루 구경은 다했으니 이제 그만 가자꾸나."

허소산의 말에 감명이 당황한 표정으로 허소산을 바라봤다.

"이대로 가시게요?"

"그럼 뭐 더 볼 것이 있느냐?"

"하지만……."

"가자. 볼 것 다 봤으니 얼른 가서 쉬어야겠다. 피곤하구나."

허소산이 단호하게 말하고는 이내 계단을 내려가기 시작했다. 그러자 그제야 노인의 시선이 허소산에게로 향했다. 비사도는 이미 등을 보이고 내려가는 허소산을 보고는 당황스런 시선으로 노인을 돌아봤다.

"다시 데려오게."

노인이 거부할 수 없는 위엄이 느껴지는 목소리로 명을 내렸다. 그러자 비사도가 황급히 고개를 숙여보이고는 서둘러 계단을 내려갔다.

"파 대협, 파 대협……. 왜 이러시오. 이대로 돌아가면 어쩌시오?"

비사도가 애걸하듯 허소산의 소매를 잡았다.

"그럼 돌아가지 않고 나보고 뭘 하란 거요?"

"장주님을 만나 봬야지 않소?"

비사도가 다급히 말했다.

"장주? 무슨 장주 말이오?"

"당연히 금천장주의 장주님말이오."

"아니 금천장의 장주가 그 위에 있었소?"

허소산이 짐짓 놀란 듯이 물었다.

"이거 왜 이러시오? 물론 장주께서 대협을 맞으시는 방법이 조금 서툴기는 했으나 이렇게 돌아가서야……."

"이보시오, 비 총관. 내 한 가지 분명히 해두고 싶은 것이 있소."

"말씀하시구려."

"이번 만남은 사실 나로서도 큰 호의를 베푼 거요. 나란 놈은 누가 내 앞에서 무릎을 꿇을 때에나 상대를 해주는 사람이란 말이오. 그런데 내가 친히 그대의 장주를 만나러 이곳까지 왔는데 버선발로 달려나오지는 못할망정 사람이 왔는데 눈길 한 번 주지 않는 자와 무슨 대업을 논하겠소. 본시 사람이란 중한 대접을 받아야 중한 일을 할 수 있는 법. 금천장과 나와는 인연이 없던 것으로 합시다. 아, 그리고… 앞으로 적이 될지도 몰라서 하는 말인데 그대나 그대의 장주 모두 가급적 내 눈에 띄지 마시오. 잘 알겠지만 황학루 주변을 지키는 허수아비들은 결코 당신들의 목숨을 지켜줄 수 없을 것이오. 이 파금검은 본시 은혜는 무척 빨리 잊는데 모욕은 평생 잊지 못하는 성미라오. 그대의 장주가 수완이 뛰어난 장사꾼임은 알겠는데 수작도 사람을 보아가며 부리는 법이라오. 그대의 장주는 오늘 무척 큰 실수를 했소. 감히 천하제일인의 심기를 건드렸으니 말이오. 하하하, 하지만 뭐 총관에겐 고맙소. 황학루는 정말 명불허전이구려. 그 위에 올라 있는 자가 그 풍광에 미치지 못함이 아쉬울 뿐이지."

허소산이 제법 호탕하게 말을 하고는 나는 듯이 황학루를 벗어나 금천장의 무사들이 빼곡히 서 있는 공터를 지나 계단으로 내려섰다. 감명이 허소산을 놓치지 않으려는 듯 재빨리 그의 뒤를 따랐다. 비사도는 허탈한 눈으로 계단을 내려가는 허소산을 응시할 뿐 더 이상 허소산을 만류하지 못했다. 그런데 그때 불현듯 그의 곁에 황학루 위에 있던 노인이 모습을 드러냈다.

"다시 오르기를 거절했나?"

"장주, 그는 자존심이 무척 강한 자입니다."

"자존심이란 그걸 지킬 힘이 있을 때나 내세울 수 있는 거지."

"장주님!"

"됐네. 이젠 내가 맡지. 있느냐?"

노인의 한마디에 그의 곁에 다섯 개의 그림자가 어른거리더니 검은 무복을 입은 다섯 사내가 모습을 드러냈다. 하나같이 표정이 없는 것이 전문적인 살수 수업을 받은 자들이 분명했다.

"가서. 그를 시험하라. 시험을 통과하지 못하면 목을 가져오라."

"존명!"

다섯 사내가 대답과 함께 그 자리에서 사라졌다.

"자, 총관. 우린 그만 올라가서 술이나 한잔하지. 그가 올지 그의 머리가 올지 내기나 하면서 말이야."

노인이 한줄기 음산한 미소를 짓고는 다시 황학루로 향했다. 그러자 비사도가 고개를 저으며 중얼거렸다.

"다른 사람의 목이 올 수도 있음을 아셔야 하는데……."

第五章
동맹에 필요한 것

독경
壽經

"물러나 있거라."

허소산이 한 손으로 감명을 제지하며 말했다. 그러자 감명
이 얼른 고개를 끄덕이고는 허소산에게서 멀찍이 떨어졌다.
감명이 사라지는 순간 허소산 앞에 다섯 명의 묵의 사내가 모
습을 드러냈다. 그리고 그중 한명이 차갑게 입을 열었다.

"두 가지를 선택할 수 있소."

"말해봐."

하소산이 노기를 드러내며 말했다.

"하나는 이곳에서 우릴 상대하는 것이고, 다른 하나는 걸음
을 돌려 다시 황학루로 올라가는 것이오. 장주께서 기다리고
계시오."

"음, 그렇군. 그게 금천장에서 내놓은 제안이군. 하지만 나에게도 나름대로 생각해 둔 두 가지 방법이 있어."

"무엇이오?"

"그대들이 길을 열면 이대로 나의 장원으로 돌아가겠다. 연후 금천장과는 모르는 사이가 되는 거지. 그게 첫 번째 방법이고, 두 번째 방법은 그대들의 머리를 들고 다시 황학루에 오르는 거지. 금천장주가 그대들의 머리를 보고 어떤 선택을 할까? 그의 선택에 따라 이 황학루가 금천장의 멸문의 장소가 될 수도 있겠지. 선택은 그대들의 몫이다. 선택하라."

허소산의 단호한 기세에 다섯 사내가 잠시 망설이는 빛을 보였다. 그러나 그들 역시 금천장주 아래에서 목숨을 걸고 살아가는 사내들, 장주의 명을 어길 수는 없는 사람들이었다.

"당신을 시험하겠소."

"좋아. 두 번째 길을 택했군. 사내다워. 하지만 세상에 날 시험할 사람은 없다! 날 시험한 대가가 무엇인지 보여주마. 와라!"

허소산이 두 손을 들어 다섯 사내를 불렀다. 그러자 사내들 중 둘이 동시에 허공으로 떠올랐다.

"사람들은 우릴 오혈랑(五血狼)이라 부르오. 지금껏 우리의 살수를 피한 자는 아무도 없소. 그러니 조심하기 바라오."

"후후후, 살수의 자격이 없군. 상대에게 그 따위 경고를 하는 것은 쓸데없는 짓이야!"

파팍!

허소산의 말이 채 끝나기도 전에 두 개의 검이 그의 좌우에서 머리를 향해 떨어져 내렸다. 순간 허소산의 신형이 잔영을 남기며 앞으로 쑥 밀려나갔다.

사삭!

날카로운 파공음을 남기며 두 사내의 검이 허소산의 잔영을 베었다. 그러자 남아 있던 세 명의 묵의 사내가 일제히 앞으로 나서며 허소산을 향해 달려들었다.

순간 허소산의 허리춤에서 한줄기 빛이 번쩍였다. 그의 검이 검집을 벗어난 것이다. 허소산의 허리에서 흘러나온 검광이 번개처럼 달려드는 세 명의 사내 중 하나의 몸을 갈랐다. 그야말로 전광석화 같은 발검술, 본시 풍로검은 발검술로부터 그 검초가 시작되는데 지금껏 허소산이 이 발검술을 사용한 적은 없었다.

그런데 오늘 초현된 풍로검의 발검술은 그 어떤 검초보다도 무서운 위력을 지니고 있었다.

서걱!

소름끼치는 파열음이 일어났다.

"욱!"

묵의 사내 중 하나가 그 자리에 쓰러지며 끈적한 신음성을 흘려냈다. 순간 다른 두 명의 묵의 사내가 대경하며 좌우로 신형을 물렸다. 허소산은 물러나는 두 명의 사내를 쫓는 대신 허공으로 신형을 솟구치더니 이내 몸을 한 바퀴 회전해 어느새 뒤에서 달려들고 있던 다른 두 명의 묵의 사내를 향해 검을 뻗어냈다.

우웅!

허소산의 검에 무거운 진동이 일어나는가 싶더니 한순간 두 개의 검기가 뻗어나와 달려드는 두 사내의 심장을 찔러갔다.

"헉!"

예상치 못한 허소산의 공격에 뒤를 노리고 달려들던 두 사내가 헛바람을 흘리며 급히 검을 들어 허소산의 검기를 막았다. 그러나 허소산의 검기는 교묘하게 두 사람의 검을 뚫고 들어가 여지없이 상대의 가슴 부위에 꽂혔다.

"악!"

"욱!"

일검에 두 사람이 계단 위에 너부러졌다. 허소산이 쓰러진 자들을 훌쩍 날아 넘어 계단 위에 내려섰다. 그리고는 검을 들어 선혈이 묻었나 살펴보고는 얼음처럼 깨끗한 검신을 확인하고 검을 검집에 넣었다.

"죽을 용기가 있는가?"

검을 거둔 허소산이 성한 몸을 한 나머지 두 사내를 보며 물었다. 그러자 사내들은 계단 위에 쓰러진 동료들을 보면서도 감히 앞으로 나서지 못했다.

그들은 금천장에서 장주의 비밀호위로 무명이 자자한 자들이었다. 그런데 단 몇 수도 버티지 못하고 쓰러진 세 명의 동료들을 보고는 허소산과 싸우려는 투기를 상실했던 것이다.

"좋아. 쓸데없는 오기가 목숨을 잃게 하는 법인데 그대들은 그 정도 분별은 있나 보군. 명아!"

허소산이 멀찍이 떨어져서 허소산과 묵의 사내들의 싸움을 지켜보고 있던 감명을 불렀다. 그러자 감명이 나는 듯이 달려와 허소산 앞에 고개를 숙였다.

"네. 주인님!"

"모두 죽지는 않았을 게다. 개중 좀 더 상한 놈을 골라 두 놈의 목을 베어라."

순간 감명의 얼굴에 흠칫한 표정이 지어졌다. 물론 그의 뒤에 있는 묵의 사내들은 감명의 표정을 볼 수 없었다. 잠시 후 쓰러진 자들의 목을 베라는 허소산의 말에 적지 아니 겁에 질렸던 감명이 이내 단단히 얼굴을 굳히고는 대답했다.

"알겠습니다, 주인님!"

대답을 한 감명이 검을 빼 들고 계단 위에 쓰러진 자들을 향해 다가갔다. 그리고는 한 사람 한 사람 몸을 뒤집어 그 상태를 확인했다.

"여기 두 사람이 더 위중한 것 같습니다."

감명이 허소산을 보며 말했다.

"음, 그렇다면 그자들의 목을 베어라. 죽을 고통에 시달리는 자를 일찍 죽여주는 것도 무림에선 선행을 쌓는 일이니라."

"알았습니다, 주인님!"

감명이 단단히 대답을 하고는 검을 들어 올리다가 고개를 갸웃하며 중얼거렸다.

"아니지. 굳이 내 검에 피를 묻힐 필요는 없지."

감명이 검을 검집에 밀어 넣고는 쓰러진 자들의 검을 집어 들었다. 그리고는 가는 신음을 흘리고 있는 사내 곁으로 다가가 단번에 목을 치려는 듯 검을 높이 들었다.

"자, 잠깐만 기다려 주시오."

감명이 검을 휘둘러 동료의 목을 베려는 찰나 문득 몸 성한 두 묵의 사내가 거의 동시에 앞으로 달려나오며 소리쳤다.

"왜, 다시 싸우고 싶은가?"

허소산이 음산한 미소를 흘리며 물었다. 그러자 두 묵의 사내가 얼른 고개를 저었다.

"이미 우리가 대협의 상대가 되지 않음이 명백한데 어찌 감히 다시 검을 들겠습니까?"

묵의 사내들의 말투가 정중하기 이를 데 없다.

"하면?"

"부디 아량을 베풀어주십시오."

"아량?"

"그렇습니다. 사실 우리 다섯 사람은 아주 어려서부터 장주님의 비밀호위로 함께 성장한 사람들입니다. 그래서 우린 피를 나눈 형제와도 같은 사입니다. 그러니 어찌 형제들이 죽음을 보고 있을 수만 있겠습니까? 부디 아량을 베풀어주십시오."

"음, 동료간의 우애가 아름답구나. 하지만 그대들이 지금껏 죽인 사람들에게도 똑같이 형제자매가 있었을 터, 그대들은 그들의 형제자매를 위해 죽일 사람을 살려준 적이 있던가?"

허소산의 예상치 못한 질문에 두 사내의 말문이 막혔다. 그러자 허소산이 마치 득도한 고승처럼 말했다.

"본시 죽고 사는 것은 하늘의 뜻이다. 또한 생사는 일여하다고 부처님도 말했지. 더군다나 그대들같이 무림에 몸담은 사람에게 생사는 그리 중요치 않아. 누가 아나? 이승에선 노랭이 주인의 개 노릇을 했지만 죽어서는 정승판서로 다시 태어날지. 그러니 죽는 자들을 위해 너무 슬퍼하지 말게. 명아, 목을 베라!"

다시 허소산의 차가운 명이 내려졌다. 그러자 감명이 재차 검을 들어올렸다. 그런데 그 순간 갑자기 허소산의 뒤쪽, 그러니 황학루 쪽에서 한마디 다급성이 터져 나왔다.

"파 대협, 파 대협! 잠시 검을 멈추시오!"

돌아보지 않아도 금천장의 총관 비사도의 목소리임이 분명했다. 다급한 그의 목소리에 감명이 검을 멈추고 뒤를 돌아봤다. 허소산이 가볍게 고개를 끄덕였다.

"파 대협, 잠시 기다리시오."

어느새 날듯이 다가온 비사도가 허소산을 막아섰다.

"무슨 일이오? 설마 그대의 목도 내놓을 생각이오?"

"그것이 아니라 내 오늘의 무례를 사죄할 터이니 이쯤에서 검을 거둬주시구려."

"싫소!"

허소산이 매정하게 거절했다.

"파 대협, 이래서는 결국 파국으로 갈 수 밖에 없소이다."

"벌써 파국은 시작되었소. 내 생각을 말해주겠소. 난 내 길을 막은 금천장 오혈랑의 머리를 베어 금천장주 앞에 던져주겠소. 그리고 그 자리에서 금천장주의 무릎을 내 앞에 꿇리겠소. 그게 이 파금검의 방식이오. 감히 날 모욕하고도 무사한 자는 지금까지 단 한 번도 없었소. 오늘 금천장주는 그 늙은 머리가 부린 간교한 술책에 대한 대가를 톡톡히 받게 될 것이오."

"파, 파 대협!"

비사도가 질린 얼굴로 말을 더듬었다. 허소산의 표정에서 그의 말이 결코 허언이 아니라는 것을 느꼈기 때문이었다. 그리고 이 젊고 괴팍한 고수는 어쩌면 그럴 능력이 있을지도 몰랐다. 그의 무공은 자신이 지금껏 경험한 자들 중 가장 강했다.

"파, 파 대협. 제발 고정해 주시오. 내 장주를 설득해 파 대협께 사죄토록 하겠소. 그러니 잠시만 기다려 주시오."

비사도가 간절하게 부탁을 했다. 그러자 허소산이 물끄러미 비사도를 바라보다 나직하게 혀를 찼다.

"총관도 참 운이 없는 사람이구려. 어디서 그런 앞뒤 분간 못하는 주인을 만나서 이 고생을 하는 거요? 그러지 말고 내게 오시오. 내 금천장주의 목을 베고 그대에게 금천장을 주겠소."

오만한 허소산의 말에 비사도가 진땀을 흘렸다.

"그, 그런 말씀 마시오. 난 평생 장주님을 위해 살아온 사람이오. 오늘 장주께서 잠시 실수를 하셨으나 장주께선 무척 현명한 분이시오. 내 잘 설명드리면 금세 자신의 잘못을 깨달으실 거요."

"허허, 금천장주가 참 복이 많구려. 그대와 같은 수하를 두었으니. 좋소. 내 총관의 얼굴을 봐서 이곳에서 일각을 기다리겠소. 그 안에 금천장주가 내 앞에 나타나지 않으면 이곳에 있는 금천장 식솔들 모두를 베어버리겠소. 그 가장 위에 금천장주의 머리가 올라갈 것은 말할 것도 없겠지. 가서 그리 전하시오."

"아, 알겠소. 그럼 잠시만 기다려 주시오."

비사도가 말이 채 끝나기도 전에 나는 듯이 계단을 달려 올라가기 시작했다. 그러자 감명이 허소산 곁으로 오며 물었다.

"과연 올까요?"

"글쎄. 그가 장사꾼인지 아니면 무인인지 그의 행동으로 나타나겠지. 좀 쉬자꾸나."

허소산이 계단에 걸터앉으며 말했다. 그러자 감명이 얼른 허소산 아랫 계단에 앉으며 주변에 들리지 않게 작은 목소리로 물었다.

"형님, 원래 이런 분이셨어요?"

"무슨 말이냐?"

"오늘 보니까 일부러 하는 행동 같지가 않으세요."

감명이 더욱 목소리를 낮췄다.

"어울리더냐?"

"아주 잘 어울리시던데요? 본래 그랬던 사람처럼."

"그래? 그럼 본래 내 본성이 그랬던 걸까? 이렇게 사는 것도 나쁘진 않을 것 같더라."

"천하의 주인이 되어보실래요?"

"재밌을 것 같기는 하다."

"그럼 그래보세요. 형님은 힘이 있잖아요."

감명의 말에 허소산이 빙그레 미소를 지으며 나직하게 말했다.

"명아."

"네, 형님!"

"천하의 주인이 되면 뭘 하고 싶으냐?"

"그… 그야……."

"사실 천하의 주인이 된다고 해도 할 수 있는 일은 그리 많지 않단다. 본시 권력이란 진정한 삶을 얻지 못한 자들이나 추구하는 썩은 물 같은 것이다. 사람의 역사가 수천 년인데 그 중 왕의 숫자는 얼마나 될까?"

"그야 뭐 셀 수 없이 많겠지요."

"그 왕들은 모두 행복했을까?"

"글쎄요……."

"내 생각엔 그들 중 대부분은 삶의 의미가 뭔지도 모르고 탐욕만 부리다가 죽어갔을 거다. 뭐, 그건 그렇다 치고, 그럼 그 왕들이 사람들을 행복하게 해줬을까?"

이번 질문엔 감명이 단호하게 고개를 저었다.

"그건 아니죠. 하은주 시대의 성인들을 제외하고 백성들을 살핀 왕이 몇이나 되겠어요."

"옳다. 왕 중에도 백성을 두루 살핀 왕이 없지는 않겠지만 그런 왕은 백에 하나지. 나머지는 모두 백성들의 고혈을 짜기에 바빴을 것이다. 그 고혈로 성을 크게 짓고 궁전을 짓고 사치를 하고 혹은 전쟁을 일으키지. 그게 권력이란 거다. 난 불도에 관심이 많은데 그렇게 산 왕은 후세에는 아마도 절대 사람으로 다시 태어나지 못할 게다. 난 그렇게 되고 싶지 않아."

"그런 사람이 안 되면 되잖아요. 좋은 권력자가 되면 되죠."

"후후후, 그게 그렇게 쉬운 게 아니란다. 천명을 깨달은 자만이 좋은 왕이 될 수 있다. 왕이란 것도 결국 하늘이 준 하나의 책임이란 것을 깨달은 자는 성군이 되는 거지. 그렇지만 난 하늘이 내게 그런 운명을 주었다고 생각지는 않는단다."

"그럼 어떤 운명을 주었다고 생각하세요?"

"뭐, 처음엔 약초꾼, 나중엔 사냥꾼, 그 다음엔 무림인… 인데 사실 나도 아직 정확히 모르겠다. 하지만 적어도 권력에 정신을 잃을 만큼 바보로 태어나진 않았지."

"헤헤……. 그럼 천하의 패자를 노리는 자들은 모두 바보네요."

"아암, 그렇다고 볼 수 있지. 그들은 분명 마음에 큰 심독을 지니고 있을 것이다. 그 자신도 알지 못하는 아주 음산하고 강력한 독, 결국은 그 자신까지도 욕망의 불꽃으로 태워 버리고 마는 그런 독 말이다."

"정말 그런 걸까요?"

"아마도……! 그들 대부분 대의를 말하지만 난 지금껏 권력을 추구하며 대의를 따르는 사람을 본 경우가 없구나."

"아아, 너무 골치 아프네요. 하지만 아무튼 난 힘이 있었으면 좋겠어요. 그른 것을 바로 잡을 수 있는 힘이요."

"넌… 좋은 관리가 될 수 있을 거다."

"관리는 싫어요."

"왜?"

"아버지는 좋은 관리셨지만 결국……."

감명이 말꼬리를 흐렸다. 그러자 허소산이 고개를 끄덕였다.

"그렇구나. 본시 사람은 불완전한 존재라서 옳고 깨끗한 것에 본능적으로 두려움을 느끼지. 그래서 감 녹사님도 다른 사람들의 시기를 받았을 것이다. 그런 면에서 보자면 너도 관리로 살아가는 것은 힘들 수도 있겠다. 아, 이런 이야기는 나중에 하고. 그가 올 때가 됐는데……."

허소산이 고개를 돌려 황학루를 바라봤다. 그러자 마침 계단 위에 서 있던 금천장 고수들이 물결 갈라지듯 갈라지면서 그 사이로 금포 노인이 모습을 드러냈다.

노인은 금천장 고수들의 호위를 받으며 허소산이 있는 곳까지 내려왔다. 그리고는 슬쩍 쓰러진 오혈랑의 세 명을 살피고는 마치 아무 일도 아니라는 듯 중얼거렸다.

"오혈랑이 언제부터 개가 되었던고……. 쯔쯔."

여전히 허소산은 안중에도 없는 표정이었다. 그러나 허소산 역시 노인의 행동에 전혀 관심을 보이지 않았다. 대신 그는 허리춤에 매달려 있던 검집에서 검을 뽑아 들고는 감명에게 건네며 몇 마디 말을 했을 뿐이다.

"명아."

"네. 주인님!"

"검을 닦는 천을 가지고 있지?"

"그럼요."

"그럼 내 검을 잘 닦아 두거라. 그래도 귀하다는 목을 벨 검인데 개 잡은 칼로 바로 벨 수는 없지 않겠느냐?"

허소산의 말이 끝나자 감명이 애써 웃음을 참으며 품속에서 흰 무명천을 꺼내 검을 닦기 시작했다.

두 사람의 대화를 듣고 있던 금천장주의 볼이 한 차례 씰룩였다. 드디어 그가 허소산에게 반응하기 시작한 것이다. 물론 그 첫 반응은 분노였다.

"그대가 파금검인가?"

금천장주가 은은한 분노가 서린 목소리로 허소산에게 물었다. 그러나 허소산은 금천장주의 물음에 답을 하지 않고 묵묵히 검을 닦는 감명을 지켜보고 있을 뿐이었다.

그러자 금천장주의 얼굴이 더욱 차가워졌다. 당장에라도 금천장의 고수들에게 허소산을 베라고 명을 내릴 기세였다. 그러자 비사도가 재빨리 금천장주를 불렀다.

"장주님!"

비사도의 주의에 금천장주가 노기를 가라앉히며 다시 입을 열었다.

"난 금천장의 장주 금선웅이라 하네. 그대가 파금검인가?"

그러나 역시 답이 없다. 금천장주의 입에서 나오는 소리가 여전히 허소산을 아랫사람으로 대하고 있기 때문이었다.

"다 닦았습니다. 깨끗해요."

드디어 감명이 검을 허소산에게 넘겼다. 그러자 허소산이 검을 받아 들고는 고개를 끄덕였다.

"좋구나. 아주 잘 닦았어. 감히 나 파금검을 무시한 대가가 어떤 것인지 가르쳐 주기에 아주 적당해."

검을 든 허소산의 시선이 천천히 금천장주 금선웅에게로 향했다. 순간 금선웅이 자신도 모르게 서너 걸음 뒤로 물러났다. 허소산이 끌어올린 천독공의 진기가 그의 눈을 통해 금선웅에게 전해졌기 때문이었다. 그 순간 금선웅은 자신이 시험하지 말아야 할 사람을 건드렸다는 것을 깨달았다. 비사도의 충고를 무시한 것이 한순간 후회로 밀려들었다. 그런 금선웅을 향해 허소산이 천천히 검을 겨누었다.

"목을 잘라주지. 당신도 제법 이름난 장사꾼이니 가끔 세상엔 시험하면 안 되는 존재들이 있다는 걸 알 거야. 그런 사람들은 일단 기분이 상하면 거래 자체를 하지 않거든."

"쳐!"

금천홍이 허소산의 검이 자신을 겨누자 위기감을 느끼고 소리쳤다. 그러자 사방에서 금천장의 고수들이 허소산을 향해 날아들었다.

"아아!"

비사도의 입에서 탄식이 흘러나왔다. 모든 일이 잘못되어 가고 있는 것은 분명했다. 어쩌면 이 자리에서 금천장이 절단 날지도 모른다는 두려움이 비사도를 엄습했다.

그리고 세상사가 모두 그렇듯이 우려는 현실로 드러났다.

"악!"

"컥!"

벌떼처럼 날아들던 금천장 고수들이 허소산의 검이 휘둘러 지자 비명을 지르며 계단으로 굴러 떨어졌다. 허소산의 검이 일으킨 검풍은 마치 죽음의 바람처럼 금천장 고수들을 낙엽처 럼 베어냈다. 그러자 그를 향해 달려들던 금천장 고수들이 공 포에 질려 자신들도 모르게 뒤로 물러났다. 허소산이 단 일각 도 되지 않아 벤 금천장 고수의 숫자가 근 열에 달했다.

팟!

한순간 허소산이 가볍게 계단을 찼다. 그러자 그의 신형이 허깨비처럼 사라지더니 계단 위쪽으로 물러난 채 경악스런 표 정으로 허소산을 바라보고 있던 금선옹 앞에 나타났다.

삭!

한줄기 검풍이 금선옹의 가슴을 향해 불어왔다. 금선옹이 두 손을 들어 황급하게 휘둘렀다.

우웅!

그러자 금선옹의 두 손에서 강력한 진기가 진동하더니 자신 을 향해 다가드는 검풍을 다른 쪽으로 밀어냈다.

"흥, 장사꾼 주제에 제법이군."

허소산의 입에서 한줄기 비웃음이 흘러나왔다. 자신의 검을 막아내는 금선옹의 무공은 장사치라고 하기엔 너무 뛰어났다. 더군다나 그는 적수공권의 상태였다.

예상보다 뛰어난 금선옹의 무공은 잠시 허소산을 놀라게 했으나 아무리 금선옹의 무공이 뛰어나도 허소산을 상대하기에는 어려움이 있었다. 허소산이 장력을 이용해 자신의 검을 비껴낸 금선옹을 향해 재차 검을 뻗어냈다.

팟!

한 가닥 파공음과 함께 허소산의 검이 날카로운 검기를 뽑아냈다.

"음!"

금선옹이 바늘처럼 날카롭게 자신을 찔러오는 허소산의 검기를 이번에는 몸을 틀어 아슬아슬하게 피해냈다. 그런데 다음 순간 허소산이 번개처럼 몸을 회전시키며 오른쪽 다리로 금선옹의 하체를 쓸어갔다.

"엇!"

검을 쓰다 갑자기 각법을 사용하는 허소산의 공격에 금선옹이 다급한 음성을 흘려내며 훌쩍 허공으로 치솟아 허소산의 공세를 피했다. 그러나 그 순간 허소산의 검에 대한 주의를 흐트린 금선옹은 어느새 목 앞에 다가온 허소산의 검을 피하지 못했다.

삭!

미세한 파열음과 함께 금선옹의 목에 가느다란 혈선이 그어졌다. 그렇다고 목숨을 잃을 정도의 부상은 아니었다. 하지만 자신의 목에 그어진 검상이 금선옹에게 주는 충격은 강력했다. 평생 처음으로 그는 타인의 검에 의해 자신이 죽을 수도 있다는 두려움을 느끼기 시작했다.

허소산이 두려움이 깃든 금선옹의 눈앞으로 검을 가져다대며 말했다.

"이제 당신에겐 두 가지 선택권이 있다. 하나는 지금 내 앞에 무릎을 꿇고 사죄하는 것이다. 두 번째는 이 자리에서 깨끗하게 목숨을 버리는 것이지. 목숨을 버리면 그대의 명예는 지켜질 테지만 천상 장사꾼인 당신에겐 손해나는 거래일 것 같은데⋯⋯. 당신의 선택이 궁금하군."

허소산의 말에 금선옹의 얼굴이 붉게 달아올랐다. 다른 길을 찾을 수 없는 외통수. 계단 위쪽에는 여전히 수많은 그의 수하들이 있었지만 지금 상황에선 그들이 자신을 지켜줄 수 있을 것 같지 않았다. 그렇다고 이렇게 새파란 젊은 놈에게 무릎을 꿇는다는 건 그가 평생 이룩한 명예를 한순간에 무너뜨리는 일이었다.

그러나 목숨은 역시 명예보다 중요하지 않던가. 잠시의 굴욕을 참으면 그가 가진 모든 것은 그대도 보전될 수 있었다. 어쩌면 그의 능력이라면 하루가 지나기도 전에 이 젊은 놈에게 복수를 할 수도 있을 터였다. 금선옹의 눈이 생기로 번뜩였다. 그순간 허소산은 이자가 드디어 계산을 끝냈다는 것을 알아챘다. 절대 자신의 목숨을 버릴 인간이 아니니 무릎을 꿇기로 결정했을 터였다.

허소산도 계산을 끝냈다. 이자가 무릎을 꿇는다면 그순간 금천장과 자신은 돌이킬 수 없는 원한을 맺게 된다는 걸 허소산도 잘 알고 있었다. 당장 황학루를 벗어나는 순간부터 금천장이 동원한 살수들의 공격을 받을 수도 있었다. 그건 허소산이 이곳에 온 목적이 아니었다.

"아, 다시 생각하니 다른 한 가지 방법도 있군."

막 허소산 앞에 무릎을 꿇고 사죄를 하려던 금선옹이 허소산의 말에 시선을 들어 허소산을 바라봤다.

"다른 한 가지 방법은 그대가 오늘의 실수를 정중히 사과하고 나에게 근사한 술상을 대접하는 거지. 황학루 위에서 말이야. 그러면 난 그 자리에서 그대의 천하지계를 경청할 마음이 있다."

허소산의 말에 금선옹의 얼굴에 생기가 돌기 시작했다. 적일 때는 무서운 존재지만 아군이라면 이런 절대고수는 절대 놓칠 수 없는 인물이기 때문이었다.

금선옹의 계산과 행동은 결코 느리지 않았다. 금선옹이 허소산으로부터 한 걸음 물러나더니 정중히 포권을 하며 입을 열었다.

"파 대협께 이 금선옹이 정중히 사과드리오. 늙은이가 안목이 부족해 절대고수를 앞에 두고 감히 실례를 범하였소. 너그러이 용서하시고 이 금선옹과 함께 천하의 대사를 논의해 주시길 감히 청하오."

극히 정중하기 이를 데 없고, 거절할 수 없는 간절함이 묻어나는 말투였다.

'늙은이가 정말 타고난 장사꾼이군. 일단 달게 말을 하면 넘어가지 않을 사람이 없겠어.'

허소산이 내심 금선웅의 말재주에 감탄하며 가볍게 고개를 끄덕였다.

"한 번의 실수를 어찌 영원히 마음에 담아두겠소. 비가 오면 땅이 굳듯 서로의 실력을 가늠했으니 대계를 논하는 것도 더욱 수월할 것이오."

"파 대협의 관대한 아량은 과연 천하를 품을 만하구려. 비 총관!"

"예, 장주!"

"누각 위에 다시 상을 차려주시게."

"알겠습니다. 장주!"

비사도가 얼른 대답을 하고는 바람처럼 계단 위로 날아 올라갔다.

금천장의 고수들이 물결처럼 갈라졌다. 그들은 마치 황제라도 모시듯 허소산을 맞아들였다. 한 번 올랐던 황학루를 다시 오르는 허소산에 대한 금천장의 존중은 앞서와는 전혀 달랐다.

허소산이 선보인 절대무공의 효과는 실로 대단했다. 금천장주는 앞서서 허소산을 황학루로 안내했고 주변 경계를 서는 금천장의 고수들은 허소산이 자신들의 앞을 지날 때마다 정중하게 허리를 굽혔다.

금천장이 비록 상가의 껍데기를 쓰고 있지만 이미 무림의 세력으로 변해 있다는 것은 금천장 고수들이 허소산을 대하는 태도에서도 여실히 드러났다. 무림에서 가장 존귀한 자는 강한 무공을 소유한 자라는 진리가 금천장의 무사들에게도 수용되고 있었던 것이다.

금선옹은 애초에 그가 머물던 누각의 삼 층으로 허소산을 이끌었다. 그러자 놀랍게도 그 짧은 시간에 삼 층 누각 위에 어느새 새 주안상이 차려져 있었다.

상에 놓인 음식들에서는 김이 모락모락 오르고 있었고, 그윽한 주향은 그 향기만으로도 사람을 취하게 만들었다.

"이쪽으로……!"

금선옹이 허소산에게 자리를 권했다. 허소산은 용의 문양이 새겨진 의자에 자리를 잡고 앉았다. 그 옆으로 감명이 조심스럽게 시립했다. 금선옹은 허소산이 자리에 앉자 그 맞은편에 앉았고 비사도가 그의 곁에 공손히 시립했다.

"본시 이 사람이 속된 장사꾼이라 사람을 대할 때 항시 상대를 시험하는 버릇이 있소이다. 해서 파 대협의 존귀함을 몰라보고 실례를 범했소이다. 다시 한 번 사과드리겠소."

자리에 앉은 금선옹이 다시 정중하게 머리를 숙였다. 그러자 허소산이 호탕한 음성으로 말했다.

"나 역시 본시 성정이 과격해서 누군가에게 무시를 당하면 그걸 참지 못하는 성미요. 덕분에 오늘 금천장의 식솔들을 험하게 다뤘으니 그 점은 양해바라오. 하지만 뭐, 결국 이렇게 술상을 마주하고 앉았으니 지난 일을 문제 삼을 필요는 없지 않겠소?"

"역시 파 대협께서는 호협이시구려. 파 대협께서 이 금선옹의 불찰을 덮어두시겠다면 나야 감사할 따름이외다."

"하하하, 이거 이렇게 말이 잘 통하는 것을……."

"그러게 말이외다. 나도 오랜만에 천하를 논할 영웅을 만나게 되니 기쁘기 그지없소이다. 자, 한잔 받으시지요."

금선옹이 은근한 목소리로 술병을 들어 허소산에게 술을 권했다. 그러자 허소산이 술잔을 들어 금선옹으로부터 술 한 잔을 받고는 이번에는 자신이 금선옹의 술잔에 술을 따랐다.

두 사람은 서로 은근한 눈빛을 교환하며 한 모금 술로 목을 축였다. 그 틈에도 두 사람의 동공은 무척 영활하게 움직이고 있었다.

"천하의 미주구려."

술 맛을 본 허소산이 비사도를 보며 물었다..

"백화주입니다. 그것도 천기가 서린 천산에서 담근 것이지요."

"오호, 백 가지 꽃으로 만든 술이었군. 역시 금천장이구려."

허소산이 경탄하며 다시 한 모금의 술을 마셨다. 그윽한 향기가 입안을 통해 목으로 넘어가는 순간 허소산이 진기로 즉시 술기운을 흩어버렸다.

안주들 역시 허소산이 지금껏 맛보지 못한 진미들이었다. 입안에 들어가는 순간 녹듯이 목을 넘어가는 음식들은 천하제일의 숙수가 손을 쓴 것이 분명해 보였다.

그러나 허소산은 술과 안주를 그리 많이 먹지 않았다. 그는 세 잔의 술을 마시고 약간의 안주를 맛본 후 음식에서 손을 떼고는 금선옹에게 정색을 하며 물었다.

"금천장은 상가요, 무가요?"

허소산의 질문에 금선옹이 잠시 망설이다가 입을 열었다.

"본시 강호에서 상가와 무가의 경계는 모호하지요."

"물론 상가에도 무사가 있고 무가도 재물에 관심이 있는 것은 당연하오. 하지만 그래도 엄연히 상계와 무계의 구분은 있지 않소이까?"

"굳이 그런 편 가름으로 본다면 금천장은 아직은 상가외다."

"아직은이라……. 그럼 앞으로는 아닐 거란 말이구려."

"비 총관에게 금천장의 사정을 어느 정도 들었다고 알고 있소이다."

"강호에 관심이 있다고 들었소이다만……."

"뜻은 크게 가지고 있소이다."

"한 가지만 더 묻겠소이다. 이 질문에 대한 답은 분명히 해줘야 하오. 만약 그렇지 않다면 우리의 인연은 오늘 이 황학루에서 백화주를 마시는 것으로 끝나게 될 것이오."

허소산의 말에 금선옹이 긴장한 표정으로 물었다.

"무엇을 알고 싶으시오?"

"금천장이 품은 그 큰 뜻의 주재자는 장주 본인이시오? 아니면 다른 누군가의 뜻이오?"

허소산의 질문에 금천장주가 흠칫한 표정을 지었다. 그의 얼굴에 망설임의 기색이 역력했다. 그가 한참 침묵을 지키다가 되물었다.

"파 대협께서는 내가 천하를 꿈꿀 그릇이 안 된다고 보시는 거요?"

"장주를 무시하는 것은 아니지만 난 장주에게서 패도보다는 중도의 기운을 느꼈소이다. 그건 전형적인 상인의 기질이라 천하를 노리는 패자의 기운과는 다르지요. 혹 내가 실례를 한 것이오?"

허소산의 물음에 금천장주가 나직하게 탄성을 흘렸다.

"아, 과연 파 대협은 뛰어난 분이시구려. 파 대협의 그 고강한 무공으로 인해 파 대협의 현명함이 가려져 있음을 이제야 알게 되었소이다. 맞소이다. 이 금 모는 사실 천하를 꿈꿀 그릇이 아니외다. 상계라면 모를까 무림은 내 손에 담기엔 너무 크지요."

"하면……."

"이 일을 주관하는 다른 분들이 계시오."

"다른 분들이라시면 한 명이 아니라는 말이구려?"

"맞소이다. 이 일에는 여러 사람이 관여되어 있소. 그들 모두가 특출난 고수들이라 나와 같은 사람에게 그 중재를 맡기게 되어 우리 금천장이 그 중심이 된 것이오."

"그들이 어떤 사람들인지 알 수 있겠소?"

"진정 모르시오?"

"설마 지금 금천장에 힘을 보태고 있는 육왕탑이나 해동오류의 봉황문과 목산원의 주인들을 말하는 것이오?"

"역시 알고 계셨구려."

금선옹이 고개를 끄덕였다. 그러자 허소산이 실망한 듯한 표정으로 고개를 저으며 말했다.

"장주께서는 여전히 나 파금검을 믿지 못하시는구려. 우리의 인연은 아무래도 여기까지인 것 같소."

"그, 그게 갑자기 무슨 말씀이시오?"

금선옹이 당황한 얼굴로 급히 물었다.

"내 비록 강호초출이기는 하나 강호로 나오기 전에 이미 무림의 저반 사정은 알고 나왔소. 해서 현 강호의 강자들에 대해서 나름대로 들은 바가 있소. 하지만 지금 장주께서 말씀하신 그 문파의 수장들이 천하를 노릴 만한 인물들인지에 대해선 의문이 드는구려. 그들이 진정 천하를 노릴 만한 인물들이오?"

"그 세 무가의 주인들은 한 명 한 명이 모두 강호의 패자가 될 자격이 있는 사람들이오."

"장주의 평가를 내가 왈가불가할 일은 아니오. 하지만 난 장주와 생각이 다르오. 그들 중 누구도 천하를 손에 쥘 영웅은 없는 것 같소이다. 그들이라면⋯ 흠, 별로 기대를 걸고 싶지 않소이다."

허소산이 냉정하게 말하며 술을 들어 마셨다. 마치 이제 더 이상 금선옹과 할 이야기가 없다는 듯한 표정이었다. 그러자 금선옹이 그런 허소산을 물끄러미 바라보다 조심스럽게 물었다.

"혹 결례가 안 된다면 파 대협의 사문을 알 수 있겠소이까?"

"미안하오. 인연이 닿지 않으면 나의 사문을 말해줄 수 없소. 그리고 사실 사문이랄 것도 없는 것이 워낙 강호에 알려지지 않은 적은 숫자의 사람들이 모여 사는 곳이라⋯⋯."

허소산이 말꼬리를 흐렸다. 그러자 금선옹이 고개를 저으며 말했다.

"본시 강호에는 알려지지 않은 절대고수의 사문들이 여럿 전해지지요. 파 대협도 그런 가문의 후예이신가 보구려."

"음, 무공으로 보자면 천하의 그 누구에게도 양보할 생각은 없소이다."

허소산의 말에 금선옹이 고개를 끄덕였다.

"내 그리리라 생각했소이다. 파 대협⋯⋯."

금선옹이 은근하게 허소산을 불렀다.

"말씀하시지요."

"내 파 대협과 같은 천하의 영웅을 대하면서 앞뒤를 재는 것은 무도한 일이라 솔직히 말씀드리겠소이다. 사실대로 말하자면 난 한 분의 고귀한 분을 주인으로 모시고 있소이다. 오늘날 금천장이 강호에 나서게 된 것은 모두 그분의 뜻이외다."

금선옹의 말에 허소산이 빙그레 미소를 지었다.

"내 그럴 줄 알았소이다. 본시 천하대계란 것이 특별한 사람이 아니면 감히 꿈꿀 수 없는 일이지 않소이까? 장주께서 말씀하신 그 고귀한 분이 누구신지 모르지만 아마도 이 파금검과 배포가 맞을 것 같은 기분이 드는구려."

허소산이 은근히 암중의 인물을 만나고 싶다는 뜻을 내비쳤다. 그러자 금선옹이 고개를 끄덕였다.

"내 필히 두 분이 만나실 수 있는 자리를 마련토록 해보겠소이다. 그러나 지금은 그분을 만나기가 어렵소이다."

"어째서 그렇소이까?"

"그분께선 지금 북방을 여행 중이시기 때문입니다."

"아, 그렇소이까?"

"그분께선 한 곳에 머무시는 경우가 거의 없지요. 아마 지금쯤 열하를 여행하고 계실 겁니다. 여행을 떠난 것이 두 달 전인데 대략 반년을 예정하고 떠나셨으니 당장은 만나 뵙기가 어렵지요."

"아, 아쉬운 일이구려. 나 파금검이 강호에 출도하여 천하를 꿈꾸는 영웅을 만날 기회가 처음으로 찾아왔는데……. 솔직히 말하자면 나 역시 천하를 생각하고 있지만 말씀드렸듯이 내 사문은 절대의 무공을 수련하는 무문이라 세력면에서는 부족함이 많소이다. 누군가 같은 길을 갈 사람이 필요하단 거지요. 물론 몇몇 문파들과 적지 않은 인연이 있기는 하지만……."

허소산의 은근한 말에 금선웅의 혀가 영활하게 돌아갔다.

"그렇다면 저의 주인께서 돌아오실 때까지는 저와 대사를 논의하십시다. 내 전서를 통하여 파 대협의 이야기를 주인께 전해 답을 받겠소이다. 주인께서도 항시 천하에 영웅이 없다고 한탄하셨는데 파 대협의 존재를 아시면 크게 기뻐하실 것이오. 어쩌면 서둘러 귀향을 하실지도 모르오. 주인께서 돌아오시기 전까지는 이 금 모가 주인을 대신하면 안 되겠소이까?"

금선웅이 최대한 정중하게 물었다. 그러자 허소산이 잠시 생각에 잠겼다가 고개를 끄덕였다.

"좋소이다. 그럼 일단 금천장의 대업에 한 발을 담가 보겠소이다. 하지만 역시 장주의 주인께서 돌아오시기 전에는 크게 힘을 보태 드릴 순 없소이다."

"물론 지금으로선 저도 감히 파 대협의 도움을 청할 수는 없지요. 그저 파 대협과의 인연을 주인께서 돌아오실 때까지 이어가는 것으로 만족하겠소이다."

"하하하, 이거 한 번 물꼬가 트이니 서로의 생각에 어긋남이 없소이다. 하하하!"

허소산이 호탕하게 웃음을 터뜨렸다.

"그러게 말이외다. 시작의 어려움은 모두 나중의 좋은 인연을 위한 진통이었나 보오이다."

"그러게 말이오. 하하하!"

허소산이 연신 호방한 웃음을 터뜨렸다. 그날 허소산은 황학루에서 적지 않은 술을 마셨다. 그러나 그가 황학루를 내려갈 때는 그 어떤 취기도 느껴지지 않았다.

　허소산은 황학루에 노을이 질 때 감명과 함께 누각을 떠났다. 허소산이 누각을 떠나는 것을 보고 있던 비사도가 나직하게 금선옹에게 물었다.

　"어떻게 보셨습니까?"

　"좋은 칼이네."

　"네?"

　"대야를 위해 강적들을 베어줄 칼이네. 세력이 적다니 쓰고 버리기에도 편할 걸세."

　"너무 위험한 칼이 아닐는지……."

　"천하의 모든 사람에겐 위험한 칼일지라도 그분께는 그저 날 잘 선 칼일 뿐이네."

　"그렇기는 하지요……."

第六章
기이한 문지기

독경
讀經

　허소산에 대한 금천장의 정성은 대단했다. 금천장주 금선옹
은 하루에 한 번씩 사람을 망향원으로 보냈다. 망향원으로 허
소산을 찾아온 사람들의 손에는 어김없이 천하진미의 음식이
나 혹은 진귀한 선물들이 들려 있었다.

　허소산도 간혹 사람을 금천장주에게 보냈다. 허소산을 대신
해서 금천장주를 만나는 일은 대체로 감천홍이 맡았다. 무창
에 널린 강호의 무인들로부터 거의 완벽하게 자유로운 사람은
감천홍뿐이었기에 감천홍은 자청해서 금천장주를 상대하는
일을 맡았던 것이다.

　전조명을 비롯해 만재방의 식솔들은 허소산 등이 망향원에
오기 전보다도 더욱 철저히 자신들을 숨겼다. 그들이 망향원

을 나서는 일은 거의 없었으며 무창의 가업을 돌아보기 위해 나설 때에도 항상 깊은 밤에 출타를 하곤 했다.

덕분에 망향원은 이제 신비한 젊은 고수가 기거하는 장원으로 알려지기 시작했다. 그동안 망향원에 대해 의심을 품고 있던 강호인들 사이에 어느새 허소산의 새로운 이름, 파금검이라는 이름이 조금씩 알려지고 있었다. 당연히 그 이름을 강호에 흘린 사람들은 금천장의 사람들이었다.

아무리 금선옹이 입단속을 시켜도 황학루에서 단신으로 금천장 고수들을 굴복시키고 금천장주 금선옹의 양보를 받아낸 허소산의 존재가 강호에 완벽하게 감춰질 수는 없었다.

그래서 오릉으로 인해 무창에 모인 천하 무인들 사이에는 잠시 망향원 파금검이라는 신비고수에 대한 관심이 돌풍처럼 일어났다.

그러나 신비의 젊은 고수 파금검에 대한 관심은 오릉의 신비가 한꺼풀 벗겨지는 순간 빛을 잃었다. 강호의 무인들은 한 사람의 고수의 출현보다 오릉에 숨겨진 보물에 더 열광했다. 특히 오릉에 숨겨진 세 개의 기보는 무림인들의 욕망을 강렬하게 자극했다.

"오릉삼보라……."

원보가 나직하게 읊조렸다. 그동안 무창에 부는 오릉의 보물에 대한 열풍에도 망향원은 다른 때처럼 차분했었다. 그러나 오늘은 망향원의 사람들도 잠시 오릉에 대해 관심을 가질 수밖에 없었다.

소식을 전한 사람은 낮에 잠시 금천장주를 만나고 온 감천홍이었다. 대체로 강호의 소식은 설도우 등 오산금림의 사람들에게 전해 듣고 있는 허소산이었지만 가끔 감천홍이 금천장주를 만나고 돌아오면 오산금림의 고수들이 알아내지 못한 소식을 전할 때도 있었다.

"정말 그 세 가지 보물이 오릉에 있을까요?"

전조명이 고개를 갸웃하며 상대를 정하지 않고 물었다. 그러자 소식을 가져온 감천홍이 말했다.

"나도 처음 삼보에 대한 소문을 들었을 때는 누군가 지어낸 이야기일 수도 있다고 생각했었소이다. 특히나 아직 오릉의 정확한 위치가 파악되지 않은 상태에서 그 안에 들어 있는 보물이 언급되었다는 것은 오릉 자체를 의심하게 할 수도 있는 이야기지요. 하지만 오늘 금천장의 고수들을 만나본 바에 의하면 그 오릉삼보에 대한 소문은 결코 헛소문만은 아닌 것 같더이다."

본래 감천홍은 신중한 사람이다. 그는 어사대에 관리로 있었기에 어떤 일을 대하든 그 증거를 확인한 후에야 확신을 하는 사람이었다. 그런 그가 오릉삼보가 실제로 존재한다는 쪽에 의견을 두고 있다면 그만한 이유가 있을 터였다.

"감 녹사께선 어떤 이유에서 오릉삼보가 실제로 존재한다고 생각하시는 거요?"

이세교가 묻자 감천홍이 침착한 얼굴로 입을 열었다.

"몇 가지 이유가 있지만 가장 중요한 이유는 그 오릉삼보라는 물건이 너무도 자세하고 명확하게 알려졌다는 것입니다. 특히 그 물건의 존재를 언급한 사람이 애초에 오릉에서 나온 물건의 진위 여부를 확인했던 영락대인이라는 점에서도 믿음이 가는 이야기지요. 그동안 알려진 바에 의하면 영락대인은 강호에서 후한의 역사에 가장 정통한 사람이라고 하더군요. 그가 오릉의 유물을 확인할 수 있었던 것도 그 이유 때문이라고 합니다. 그런 사람의 입에서 나온 말이니 오릉삼보가 실재할 가능성은 충분하다고 할 수 있지요."

"그가 말한 오릉삼보란 어떤 물건들인지요?"

전조명이 물었다.

"하나의 검과 장보도, 그리고 절세의 무공비급이라고 하더군요. 검은 과거 오왕 손권이 말년에 득한 천명검이라는 것인데 하늘의 뜻을 받아 천하를 지배할 수 있는 기운이 서린 보검이란 소문이고, 무공비급은 천명검을 다룰 수 있는 대하검법이란 절세검법이 기록된 검보라고 합니다."

"그럼 장보도는 무엇인가?"

이번에는 원보가 물었다.

"사실 세인들의 관심을 끄는 것은 천명검이나 대하검법이 아니라 그 장보도인 듯싶습니다. 명검과 절세검보 역시 귀중한 것이기는 하나 보통 검과 검법에 서린 전설은 항시 과장된 면이 있게 마련이어서 실제 그 두 물건이 어느 정도의 가치가 있는지는 확인된 것이 아니니까요. 그러나 장보도는 조금 다른 듯합니다. 오릉에 있는 장보도는 과거 손권이 위와 촉을 상대로 천하를 꿈꿀 때 대업을 위해 막대한 양의 재보를 묻어둔 장소를 가리키는 지도라는 소문입니다. 재물이란 것은 전설에 떠도는 검이나 검법보다는 훨씬 실재에 가까운 것이라 사람들의 관심은 온통 그 장보도에 쏠려 있다고 하더군요."

"금천장의 반응은 어땠습니까?"

허소산이 침착하게 물었다.

"음, 금천장주도 조금은 흥분한 듯하더군. 사실 상가의 재물이 아무리 많다고 하더라도 천하의 주인이 되기 위해 황제가 준비한 재물에 비할 바는 아닐 테니……."

그러자 허소산이 고개를 끄덕이며 말했다.

"그렇지요. 그런데 만약 그들이 오릉삼보에 욕심을 드러냈다면 적어도 금천장이 오릉의 일을 꾸몄을 가능성은 없다고 봐야겠군요."

"넌 여전히 오릉에 대한 소문이 누군가의 음모로 탄생한 것이라고 보는 거냐?"

원보가 물었다.

"왠지 그런 예감이 들어요."

허소산이 고개를 끄덕였다.

"이 일에 관심을 가져볼 생각이냐?"

다시 원보가 물었다. 기실 허소산이나 일행에게 오릉은 그렇게 중요한 문제가 아니었다. 그러니 일행이 굳이 오릉의 보물에 관심을 가질 이유는 없었다.

"굳이 우리까지 오릉의 폭풍에 휘말릴 이유는 없지요."

허소산이 대답했다. 그러자 전조명이 조심스럽게 말했다.

"만약 정말 오릉삼보가 실재한다면……?"

"음, 오릉의 재물이 만재방을 재건하는 데에 큰 도움이 될 수는 있겠지. 하지만 만약 이것이 함정이라면 무척 위험할 수도 있는 일이네."

이세교가 걱정스럽게 말했다. 그러자 전조명이 다시 입을 열었다.

"오릉의 보물이 탐나는 것은 아니에요. 상가란 재물 자체보다는 상권이 더 중요한 법이지요. 아버님도 재물을 축적하는 일보다는 상로를 개척하는 일을 더 보람되게 생각하셨어요. 오릉의 보물을 얻는다 해도 아버님은 그리 탐탁지 않아 하실 거예요. 하지만 만약 오릉삼보가 실재하고 그 물건들이 금천장의 손에 들어간다면 앞으로 금천장을 상대하는 일은 더욱 어려워질 거예요. 전 그게 걱정이에요."

"그 말은 전 소저의 말이 맞는 것 같소이다. 그 장보도가 금천장의 손에 들어가 그들이 천하를 살 재물을 얻는다면 그들을 상대하는 일은 거의 불가능할 수도 있을 것이오. 음, 이거 좀 애매하군. 관여를 하자니 음모인 듯싶고, 그냥 두고 보자니 보물의 가치가 너무 무겁고……."

원보가 넌지시 허소산을 보며 말했다. 그러자 허소산이 잠시 생각에 잠겼다가 입을 열었다.

"사실 오릉삼보의 진위 여부를 확인하는 방법은 의외로 간단해요."

"아니, 어떻게 말이냐?"

원보가 의아한 표정으로 물었다.

"소문이란 항시 그 근원이 되는 곳을 확인해야 진위를 가릴 수 있지요."

"그 말인즉 혹 영락대인을 만나보겠다는 말이냐?"

이세교가 물었다.

"맞습니다."

"음, 그도 좋은 방법이군. 그를 만나면 오릉에 대한 소문이 정말인지 거짓인지 확인이 되겠지."

"영락대인을 찾는 것이 우선이겠군요."

전조명이 말했다. 그러자 허소산이 빙그레 웃으며 말했다.

"그 일은 이미 시작됐어, 조명."

*　　　*　　　*

허소산이 한적한 숲길을 걷고 있었다. 그의 곁에서 원보와 감명도 함께 걷고 있었는데 원보의 모습이 지금까지와는 조금 달랐다. 원보는 허름한 묵빛 옷을 걸치고 있었는데 강호를 떠도는 거친 낭인처럼 보이는 모습이었다.

원보가 변복을 한 이유는 간단했다. 지금 천하의 고수들이 무창에 모여 있었다. 그리고 그중에는 혹 해동무계의 사람들도 있을 수 있었다. 원보는 고려에 있을 당시에도 세상일에 크게 관여한 사람은 아니지만 그래도 원보의 얼굴을 알아보는 사람이 있을 수 있었다.

특히나 원보는 봉황문의 고수들을 만나는 일을 극히 꺼려했다. 자세히는 말을 하지 않지만 봉황문과 적지 않은 은원이 얽혀 있음이 분명했다. 해서 원보는 망향원을 나설 때 자신의 과거 모습을 가리기 위한 변복을 했던 것이다.

"그런데 이상한 일이야."

문득 변복을 한 원보가 입을 열었다.

"뭐가요?"

감명이 호기심을 드러내며 물었다.

"그 영락대인이란 자 말이다."

"그 사람이 왜요?"

"음, 보통 강호의 생리라면 오릉에 대해 정통한 그를 그냥 둘 리 없거든. 그런데 그가 여전히 자신의 거처에 머물러 있다는 것은 생각해 보면 아주 특별한 일이란다."

"그런 건가요?"

"그럼! 오릉이 아직 완전히 그 모습을 드러내지 않은 상태에서 영락대인 같은 사람은 보물과도 같은 존재지. 그런데 강호의 뭇 고수들이 그를 그냥 놓아뒀단 말이야. 도대체 왜일까?"

원보가 고개를 갸웃했다. 그러자 허소산이 입을 열었다.

"둘 중 하나겠지요."

"둘 중 하나라. 어떤 이유를 생각하고 있느냐?"

"하나는 그 스스로 강호의 고수들로부터 자신을 지킬 힘이 있는 경우지요."

"하지만 그는 학인이라지 않았더냐?"

"강호에 글 잘하는 고수가 없는 것은 아니잖아요?"

"흐흐흐, 바로 너 자신을 말하는 거냐?"

원보가 놀리듯 물었다. 그러자 허소산이 미소를 지으며 대답했다.

"저도 그리 나쁘지는 않지요."

"오호라. 우리 파금검 나으리께선 정말 도도한 자신감을 가지고 계시는군."

원보가 다시 농을 해댔다. 그러자 감명이 재빨리 물었다.

"그럼 두 번째 이유는요?"

"두 번째 이유로는 그를 노리는 사람이 너무 많기 때문일 수도 있다. 서로 눈치를 보느라 앞으로 나서는 자가 없는 경우지."

"흠, 그럴 수도 있겠군. 이런 경우 어부지리를 얻는 사람이 생기게 마련인데……?"

원보가 고개를 끄덕이며 중얼거렸다.

"그럼 그가 머무는 곳 주변에 많은 사람들이 있을 수 있겠네요?"

감명이 다시 물었다.

"아마도 청옥장 주변에는 천하의 고수들이 득실대고 있을 게다."

원보가 대답했다.

"우리가 그를 만날 수 있을까요?"

"만나는 거야 어려울 것은 없지. 단지 그에게서 우리가 듣고 싶은 말을 들을 수 있느냐가 문제지."

원보가 어깨를 으쓱하며 대답했다. 그러는 사이 세 사람이 산모퉁이 하나를 돌았다. 그러자 무창의 성읍이 한눈에 바라보이는 산비탈에 서 있는 한 채의 장원이 눈에 들어왔다. 망향원만큼이나 외진 곳에 세워진 장원은 몰락한 가문의 장원처럼 낡고 허름했다.

규모도 그리 크지 않아 군데군데 무너진 담장은 겨우 반경 삼십여 장을 둘러싸고 있을 뿐이었다.

"생각보다 비루한 장원인데요?"

감명이 실망한 듯 말했다.

"그러게 말이다. 이름이 청옥장이라 제법 볼 만한 장원인 줄 알았는데……."

원보 역시 적지 않게 실망한 기색을 드러냈다. 그런데 세 사람이 비루한 청옥장에 가까이 다가갔을 때 생각지도 않은 일이 청옥장을 중심으로 벌어지고 있었다.

"그러니까, 우리를 맞이하지 못하겠다는 건가?"

세 명의 중년 사내가 청옥장의 허름한 대문 앞에 서서 한 명의 노인을 몰아붙이고 있었다.

"그것이 대인께선 지금 오수를 즐기시는 시간인지라……. 대인께선 이 시간엔 그 누구도 만나지 않으십니다요."

세 사내를 상대하는 노인이 땀을 흘리며 변명을 했다.

"늙은이, 우리가 누군지 모르느냐?"

"삼문에서 나오신 대협님들이란 걸 왜 모르겠습니까?"

"그런데도 네 주인에게 우리의 방문을 알리지 못하겠다는 거냐?"

사내들의 호통에 노인이 넙죽 땅바닥에 엎드렸다.

"아이고, 대협님들. 이 늙은이 사정도 좀 보아주십시오. 이 늙은이에겐 병든 아들과 손주 놈들이 있습니다. 청옥장에서 쫓겨나면 그야말로 굶어 죽을 수밖에 없는 신세입니다. 그런데 지금 제가 주인 어른의 오수를 방해하면 전 분명히 청옥장에서 쫓겨나게 될 겁니다. 그럼 불쌍한 제 새끼들은 어찌합니까요."

"허어! 이 늙은이가 정말 앞뒤 분간을 못하는구나. 만약 당장 우리의 방문을 전하지 않는다면……."

스르릉!

세 사내 중 하나가 위협적으로 검을 뽑아 들었다. 그리고는 은근한 살기를 드러내며 말했다.

"목숨이 사라지면 네 새끼들은 어찌 될꼬?"

"아이고, 대협님! 어찌 그런 참담한 말씀을 제발……. 제 사정을 보아주십시오."

검이 모습을 드러냈음에도 노인은 양보할 줄을 몰랐다.

"흐응, 보통 노인이 아니군."

멀리서 노인과 세 중년 사내의 실랑이를 지켜보고 있던 원보가 나직하게 중얼거렸다.

"보통 사람이 아니라고요?"

감명이 의아한 얼굴로 물었다.

"그렇구나. 보통 사람이라면 절대삼문의 고수들을 앞에 두고 저렇게 버틸 수 없다. 더군다나 칼이 눈앞에 닥쳤는데도 말이다."

"그럼 고수일까요?"

"적어도 절대삼문의 고수들을 상대할 배포는 지닌 인물이라고 할 수 있지."

"저들이 검을 쓸까요?"

"글쎄다. 머리가 있는 자들이라면 함부로 검을 휘두르진 않을 거다."

원보의 예상은 적중했다. 비록 검을 꺼내 들기는 했지만 절대삼문에서 나왔다는 세 사내는 노인을 향해 검을 휘두르지는 않았다. 대신 더욱 서슬 퍼런 목소리로 노인을 협박했다.

"정녕 죽고 싶은 것이냐? 마지막 기회를 주겠다. 더 이상 우리를 화나게 하지 마라. 늙은이도 세상 소식을 들었다면 삼문삼협에 대한 소문을 들었으리라!"

그러나 노인은 사내들의 기대를 저버렸다.

"삼문삼협이 누구인지 오협이 누구인지 저는 모릅니다. 그저 대협님들의 선처를 바랄 뿐입니다."

노인의 대꾸에 사내들이 허탈한 표정을 지었다.

"이거… 정말 말로 해선 안 될 모양이네."

사내들 중 도도한 인상을 지닌 자가 말했다. 그러자 차가운 눈매를 소유한 사내가 대꾸했다.

"그렇다고 저 무지한 늙은이를 더 이상 족칠 수도 없지 않나?"

"파문을 하지?"

"음, 그건 영락대인이란 자를 불쾌하게 만드는 일이네."

"훙, 영락대인이란 자가 비록 그 명성이 제법 대단하다 해도 감히 삼문에게 대항할 수는 없을 것이네. 그자가 현명한 자라면 세상 돌아가는 이치를 알지 않겠나?"

"그렇긴 하지만······."

"가자고."

파문을 주장하던 사내가 성큼 걸음을 옮겨 노인이 지키고 있는 장원의 정문 쪽으로 걸어갔다.

세 사내가 다가서자 땅에 엎드려 있던 노인이 벌떡 일어나 정문을 가로막았다.

"안 됩니다. 주인의 허락 없이는 누구도 장원에 들어갈 수 없습니다."

"늙은이 인생이 불쌍해서 목숨을 살려두는 것이니 천운이 따른 줄 알고 물러나라. 그렇지 않다면 팔다리 하나는 내놓아야 할 거야."

"아이구. 그 무슨 흉측한 말씀이십니까? 그저 한 시진만 기다리시면 주인께서 오수에서 깨어나실 터인데 왜 이리 성급하게 행동하시는 겁니까?"

"감히 삼문삼협을 기다리게 할 사람은 천하에 없다. 물러나라!"

사내가 검을 들어 올렸다. 그러나 노인은 겁먹은 표정을 하면서도 문 앞에서 비켜날 생각을 하지 않았다.

"안 되겠군."

노인이 고집을 부리자 사내가 표정을 굳히며 노인을 향해 손을 뻗었다.

슈욱!

노인을 향해 뻗어나간 사내의 손이 노인의 목덜미를 움켜쥐었다. 그리고는 번개처럼 노인의 신형을 옆으로 집어 던졌다. 그러자 추레한 노인의 몸이 낙엽처럼 날아가 장원의 담벼락에 부딪칠 듯 보였다.

"저런!"

감명이 화가 난 표정으로 소리를 치는 순간 모두가 예상치 못한 일이 벌어졌다. 꼼짝없이 담장과 충돌할 것 같던 노인이 갑자기 두 발로 담벼락을 차더니 비틀거리면서도 넘어지지 않고 땅 위에 내려섰던 것이다.

순간 노인을 집어 던진 사내의 표정이 변했다.

"무공을 아는구나!"

사내의 입에서 차가운 음성이 흘러나왔다. 그러자 노인이 손을 내저으며 소리쳤다.

"아이구, 무공이라니 무슨 말씀이십니까? 전 그런 것 모릅니다."

"무공을 모르고서야 어찌 내 일수를 받아낼 수 있단 말인가?"

"전 그저 담에 부딪치지 않으려고……."

노인이 말꼬리를 흐렸다. 그러자 삼문삼협 중 뒤쪽에서 남아 있던 날카로운 눈매의 사내가 앞으로 나서며 말했다.

"무공이 있고 없고는 시험을 해보면 드러나겠지."

사내는 앞서 노인을 상대한 사내와는 그 기질이 완전히 달라서 마치 얼음장을 보는 것 같았다. 얼음 같은 사내가 나서자 노인의 표정도 살짝 변했다.

"아이고, 대협님들. 이제 그만 이 늙은이를 살펴주십시오. 제발 부탁입니다."

노인이 다가오는 사내를 보며 두 손을 모아 빌며 말했다. 그러나 노인을 향해 다가가는 사내의 걸음은 멈추지 않았다. 대신 그는 노인을 향해 차가운 경고를 했다.

"난 제갈현이라 한다. 무공을 아는 자라면 내 이름을 들어봤을 것이다. 내가 손을 자주 쓰는 것은 아니지만 일단 손을 쓰면 인정이 없다는 것 또한 강호의 사람들이 모두 알고 있는 사실, 늙은이가 무공을 익혔다면 최선을 다해야 할 거다."

스스로 제갈현이라 이름을 밝힌 사내가 노인을 향해 다가서며 두 손을 들어 올렸다. 아마도 장법이나 지법, 혹은 권법을 쓸 모양이었다.

"아이구, 대협. 제발 절 좀 살려주십시오."

노인은 제갈현이 두 손을 들어 올려 무공을 쓰려는 순간에도 연신 머리를 굽신거리며 사정을 했다. 그러나 제갈현은 망설임없이 노인을 향해 움직였다.

"팟!"

제갈현의 손이 번개처럼 노인의 옷자락을 낚아챘다. 한순간에 노인의 옷 앞섶이 제갈현의 손에 붙잡혔다. 순간 제갈현이 노인을 잡아끌며 다른 한 손으로 노인의 목을 가격했다.

"팟!"

제갈현의 손에서 검풍이 일듯 날카로운 파공음이 흘러나왔다. 이대로라면 단번에 그의 손이 노인의 목을 꿰뚫을 판이었다. 노인은 제갈현의 공격에 그 어떤 반항도 하지 않았다. 그런데 제갈현의 수도가 막 노인의 목을 뚫어버리려는 순간, 갑자기 장원 앞 공터 저쪽에서 한마디 노성이 들려왔다.

"멈추시오!"

그러나 분노가 섞인 경고에도 불구하고 제갈현의 수도는 멈추지 않았다. 그는 무표정한 얼굴로 노인의 목을 향해 자신의 손을 꽂아 넣었다. 그런데 그 순간!

"아이구, 대협! 살려주시오!"

마치 우연처럼 겁에 질려 있던 노인이 고개를 숙이자 제갈현의 수도가 노인의 목을 아슬아슬하게 스치고 지나갔다.

"이자가?"

순간 제갈현이 놀란 표정을 보이며 노인을 움켜쥐었던 손을 놓고 황급히 뒤로 물러났다. 자신의 일수를 피한 노인의 행동이 우연이 아니라고 생각한 모양이었다. 더불어 뒤이어 이어질 노인의 공격에 대한 대비이기도 했다. 그러나 노인은 제갈현의 예상과 달리 제갈현으로부터 멀찍이 물러나 다시 장원의 정문 앞에 섰다.

"제발 대협님들, 이러지 마십시오. 이 불쌍한 늙은이를 괴롭혀 봐야 강호의 웃음거리밖에 더 되겠습니까?"

사정인지 조롱인지 모를 말이 노인의 입에서 흘러나왔다. 그러자 제갈현이 차갑게 말했다.

"과연 영락대인의 정체가 모호하다더니 의심스런 구석이 한둘이 아니구나. 그 집을 지키는 일개 늙은 시종조차 뛰어난 무공을 지니고 있으니……."

"아이고, 무공이라니 도대체 무슨 말씀을 하시는 겁니까?"

노인이 말도 안 된다는 듯 고개를 저으며 소리쳤다.

"내가 무공도 모르는 노인에게 실수를 했다고 말하고 싶은 것이냐?"

제갈현이 차갑게 되물었다.

"전 정말 무공 같은 것은 모릅니다."

"좋아. 이젠 정말 제대로 시험해 주지. 설혹 무공을 지니고 있다고 해도 이번엔 피할 수 없을 것이다."

제갈현이 재차 노인을 향해 두 손을 들고 다가서기 시작했다. 그런데 그때 문득 장원 앞 공터를 둘러싼 숲에서 일단의 인물이 모습을 드러내 제갈현의 움직임을 막았다.

"제갈 대협은 잠시 기다려 주시오."

새로운 인물들이 등장하자 제갈현이 노인을 상대하려던 것을 멈추고 고개를 돌렸다.

"뉘시오? 뉘시기에 절대삼문의 행차를 방해하는 것이오?"

제갈현을 대신해 도도한 기색의 중년 사내가 물었다.

"하하, 대협이 바로 남궁가의 잠룡이라 칭해지는 남궁옥룡 대협이시겠구려."

"음… 날 아시오?"

"하하하, 천하에 위명이 쟁쟁한 남궁 대협을 어찌 몰라보겠소. 곁에 계신 분은 아마도 상관세가의 상관청 대협이시겠구려."

"그러는 당신은 누구요?"

상관청이라고 지목된 사내가 차갑게 물었다.

"이 사람은 종충충이라는 이름을 가지고 있소이다."

순간 남궁옥룡 등의 안색이 일변했다. 스스로를 종충충이라고 밝힌 자는 나이가 오십대 중반으로 보였는데 얼굴에 노련하면서도 음흉한 기운이 엿보였다.

"설마 육왕탑의 바로 그 육왕이시란 말씀이시오?"

"하하하, 바로 그렇소이다. 내가 바로 육왕 종충충이오. 이렇게 삼문삼협을 만나게 되니 무척 기쁘구려."

종충충이 어깨를 펴며 호탕하게 웃었다. 그러자 제갈현이 종충충을 경계하며 물었다.

"천하의 육왕께서 어찌 이곳까지 왕림하셨소이까?"

"후후후, 천하의 모든 사람이 오릉의 보물에 정신이 팔려 있는데 나라고 집 안에 틀어박혀 있을 수는 없는 일 아니오?"

"하지만 존귀하신 육왕께서 직접 왕림을 하시다니 뜻밖이구려."

"흐흐흐, 나도 삼문삼협이 마당이나 쓰는 늙은이를 상대로 실랑이를 벌이고 있다는 것이 뜻밖이기는 하오."

순간 제갈현 등의 얼굴에 노기가 드러났다.

"육왕께선 지금 우리 세 사람을 비웃는 것이오?"

"아아, 내가 어찌 천하의 삼문삼협을 비웃을 수 있겠소. 단지 지금의 이 상황이 이해가 가지 않아서 하는 말이오. 삼문삼협 상대로 일개 문지기라면 너무 어울리지 않는 것 아니오?"

"저자는 결코 평범한 문지기가 아니오."

제갈현이 차갑게 말했다.

"그렇소? 음… 내가 보기엔 그저 나이 든 늙은이일 뿐인 것 같은데……!"

팡!

한순간 육왕 종충충이 번개처럼 일장을 쳐냈다. 그러자 강력한 장력이 폭풍처럼 노인을 쓸어갔다.

"악!"

노인이 급작스럽게 밀려드는 종충충의 장력에 놀라 비명을 지르는 순간 이미 그의 신형은 장력에 밀려 허공을 날아 장원문에 부딪치고 있었다.

쿵!

"으윽!"

장원의 정문과 격돌한 노인의 입에서 신음성이 흘러나왔다.

노인은 더 이상 서 있을 힘이 없다는 듯 다리를 부들거리며 제 풀에 그 자리에 주저앉았다.

"보시오. 평범한 노인이지 않소?"

일장에 노인을 날려 보낸 종충충이 삼문삼협을 보며 조롱하듯 말했다. 그러자 제갈현의 입가에 한줄기 비웃음이 지어졌다.

"육왕께서는 일수를 쓰시고도 저자가 평범한 노인으로 보이오?"

"아니란 말이오?"

"그렇게 보셨다면 실망이구려. 천하의 육왕께서 기습적인 일장을 때려댔는데도 늙은 노인은 피 한 방울 흘리지 않았으니 말이오. 다른 사람이었다면 아마도 그 자리에서 즉사하지 않았겠소이까? 설마 육왕께서 근자에 들어 공력이 줄어드신 건 아니실 테고……."

제갈현의 말에 종충충이 노기를 드러내려다 문득 고개를 돌려 장원의 정문에 무너질 듯 기대선 노인을 바라봤다. 과연 제갈현의 말대로 노인은 비록 종충충의 일격에 삼사 장을 날아 문에 부딪쳤지만 두려워하는 기색과 떨리는 두 다리를 제외하고는 어디에도 부상을 입은 흔적이 없었다.

"음… 정말 보통 늙은이가 아니었군."

종충충의 입에서 나직한 음성이 흘러나왔다. 그런데 그때 종충충과 함께 장내에 모습을 드러낸 다른 노인 하나가 입을 열었다.

"자자, 우리 모두 이곳에 온 목적은 영락대인을 만나려는 것이니 서로 언쟁을 벌이지 말고 영락대인이나 불러내도록 합시다."

마치 장사치처럼 유들거리는 목소리에 삼문삼협이 얼굴을 찌푸리며 말했다.

"적화궁의 구 노사께서도 오실 줄은 몰랐소이다."

"하하하, 오릉이 발견되어 천하의 고수들이 무창으로 몰려오고 있는데 어찌 나 구숙이 빠지겠소."

"적화궁 십이화선께서 모두 무창으로 오셨소이까?"

"흐흐흐, 글쎄올시다. 그건 스스로 알아보시구려. 그러나 오늘 이 자리에는 나와 우 여협만 왔으니 삼협께서는 너무 걱정 마시구려."

"누가 걱정을 한단 말이오!"

남궁옥룡이 차갑게 대꾸했다.

"아, 난 또 지난번 항주에서의 일로 해서 삼협께서 우리 십이화선을 만나는 걸 꺼려하시는 줄 알았소이다."

"흥, 지금이라도 다시 겨뤄보시겠소?"

"물론 사양할 생각은 없지만 그래도 지금은 영락대인을 만나는 일이 급하지 않겠소?"

"흥!"

구숙의 말에 남궁옥룡이 언짢은 기색을 내보이면서도 더 이상 대꾸를 하지 않았다. 그러자 제갈현이 문 앞에서 파리한 안색으로 서 있는 문지기 노인을 보며 다시 입을 열었다.

"모든 분들이 영락대인을 만나러 왔으니 이제 그만 문을 열라. 그대가 무공을 숨기고 있을지라도 강호팔황 세 곳의 고수를 상대할 수는 없을 것이다."

다분히 협박이 깃든 말에 문지기 노인이 지금까지완 달리 침착한 표정으로 장원 앞에 모여든 사람들을 훑어보더니 길게 한숨을 내쉬었다. 그러고는 지금까지와는 다른 목소리로 말했다.

"진정 주인의 단잠을 깨워야겠습니까?"

"우린 그렇게 한가한 사람들이 아니다."

"알겠습니다. 하지만 주인님께서 오수를 깨웠다고 크게 화를 내도 난 모릅니다."

"누가 늙은이보고 우리를 책임져 달라고 했던가?"

"휴, 좋습니다. 좋습니다. 그럼 들어가서 주인님을 깨우지요. 제길, 이제 나도 이 청옥장을 떠날 때가 된 건가?"

노인이 지금까지의 모습을 완전히 털어버리고는 투덜거리며 장원 안쪽으로 들어갔다.

"기이한 노인이죠?"

허소산이 원보에게 물었다.

"그렇구나. 정말 기이하구나. 그의 움직임은… 결코 평범하지 않더구나."

"정체가 뭘까요? 정말 청옥장의 사람일까요?"

"글쎄다. 만약 그렇다면 청옥장이 평범한 장원이 아니라는 말이겠지. 영락대인이 글이나 읽은 학자는 아니란 거고……."

"오릉삼보도 삼보지만 그의 정체가 더 궁금하네요."

"후후, 나도 그렇구나. 영락대인이라……. 어떤 자일까?"

영락대인에 대한 의문은 비단 허소산 일행만 가지고 있는 것이 아니었다. 노인을 장원 안으로 들여보내고 영락대인이 나오기를 기다리고 있던 강호의 고수들 역시 영락대인이 어떤 모습으로 좌중에 나타날까를 기대하며 노인이 사라진 정문을 뚫어지게 바라보고 있었다.

그런데 이상하게도 장원 안으로 들어간 노인이 이각이 지나도 밖으로 나올 생각을 하지 않았다. 청옥장은 그리 큰 장원이 아니었다. 담장을 따라 한 바퀴를 돌아도 채 이각이 걸리지 않을 정도로 작은 장원이었다. 그러니 영락대인을 깨우는 일이 아무리 힘들어도 노인은 이미 밖으로 나와서 안의 소식을 전했어야 했다.

"도대체 얼마나 대단한 자이길래 감히 강호의 영웅들을 이렇게 기다리게 하는 것이지?"

영락대인을 기다리는 일에 지쳤는지 적화궁의 구숙이 중얼거렸다. 그러자 육왕 종충충이 고개를 갸웃하며 대답했다.

"그가 비록 이 무창에서 가장 뛰어난 문재를 지닌 사람이라 하더라도 일개 문사라면 우릴 기다리게 할 수는 없을 거요."

"그럼 역시 그가 소문대로 강호의 숨은 고수라고 보는 것이오?"

"이렇게 배포가 큰 것을 보면 그렇지 않겠소? 더군다나 그동안 그는 문명을 날리면서도 실질적으로 그를 보았다는 사람은 없었지 않았소? 오릉에 대한 소문도 그에게서 나왔다지만 누구 하나 그에게 직접 들었다는 사람도 없었소. 그는 어쩌면 위험한 인물일지도 모르오."

종충충의 말에 구숙이 고개를 끄덕였다. 그러자 두 사람의 대화를 듣고 있던 남궁옥룡이 단호한 목소리로 입을 열었다.

"더 이상 이렇게 그를 기다리는 것은 무의미한 일인 것 같소. 안으로 들어갑시다."

남궁옥룡의 말에 구숙이 고개를 저었다.

"남의 집을 허락없이 방문했는데 주인이 나오길 기다리는 것이 손님 된 도리가 아니겠소?"

"흥, 상대가 손님으로 대접을 하지 않는데 어찌 주인의 대접을 해줘야 한단 말이오. 우린 들어가 볼 테니 구 노사께선 예의를 지켜 그가 나오기를 기다리시구려. 들어가세."

남궁옥룡이 상관청과 제갈현을 재촉했다. 제갈현은 그런 남궁옥룡의 성화에 못마땅한 표정을 지었지만 이미 청옥장으로 들어가는 남궁옥룡을 말릴 수 없자 고개를 저으며 그의 뒤를 따랐다.

"우리도 들어가 보는 것이 어떻겠소이까?"

삼문삼협이 청옥장으로 들어가자 육왕 종충충이 구숙을 보며 물었다. 그러자 구숙이 천천히 고개를 끄덕였다.

"그럽시다. 영락대인을 절대삼문에 순순히 넘겨줄 수는 없지요. 들어갑시다. 좋은 길잡이들이 앞에 섰으니 그를 만나는 것은 그리 어렵지 않을 것이오."

구숙이 음침한 미소를 지으며 걸음을 옮겼다.

"어찌하겠느냐?"

청옥장 앞에 모여 있던 고수들이 주인의 허락 없이 청옥장으로 들어가자 원보가 허소산을 보며 물었다.

"사람을 만나러 왔으니 들어가 봐야죠."

"우리에게 기회가 있을까?"

"육왕이 왔잖아요."

"육왕?"

"결국 그는 금천장과 연결된 사람이니까……."

"너에 대해 알고 있을 거다? 그럼 육왕을 도울 테냐?"

"그건 두고 봐야죠."

허소산이 고개를 갸웃하고는 청옥장으로 걸음을 옮겼다.

청옥장 안으로 들어선 허소산 일행 앞에 조금 당혹스런 광경이 펼쳐졌다. 당황한 것은 허소산 등만이 아니었다. 그들에 앞서 청옥장에 들어선 강호의 고수들 역시 당황한 표정이 역력했다.

"이게 대체 어찌 된 일일까?"

원보가 허망한 표정으로 중얼거렸다. 그도 그럴 것이 높은 담장으로 둘러싸인 청옥장 내부에는 사람이 살 만한 건물이 거의 존재하지 않았던 것이다.

물론 건물이 있기는 했다. 그러나 담장 밖에서 보자면 분명 기와를 얹은 지붕이 보였기에 사람이 살 수 있는 건물들이 제법 있는 것으로 보였지만 안의 사정은 전혀 그렇지가 않았다.

무너진 벽과 잡초가 무성한 정원, 인적이라고는 전혀 느껴지지 않는 낡고 허술한 건물들은 폐가와 다름없어 귀기가 느껴질 정도였다. 이런 곳에 사람이 살 리 없다. 더군다나 그 유명한 영락대인의 거처라고는 도저히 믿을 수 없는 장원 내부의 사정이었다.

"그동안… 이곳에 들어와 본 사람이 전혀 없었던 걸까?"

원보가 짙은 의문을 드러냈다.

"그러게 말이에요. 누구라도 이곳에 들어왔었다면 이곳에 영락대인이라는 사람이 살 수 없다는 것을 쉽게 알 수 있었을 텐데."

감명도 고개를 갸웃했다.

"사람이 찾지 않았다는 것은 있을 수 없는 일이지요."

허소산이 말했다.

"그렇지? 오릉에 대해 궁금해하는 사람이라면 누구라도 먼저 영락대인을 찾았을 거야. 그런데 왜 그가 이 청옥장에 살고 있지 않다는 것이 알려지지 않았을까?"

"둘 중 하나지요. 애초에 그를 찾아왔던 사람들 중 장원에 들어와 본 사람이 아무도 없다거나 혹은 장원에 들어온 자에게는 반드시 변고가 생겼다거나."

"그런가? 하지만 그런 일이 있었다면 당연히 소문이 나지 않았을까?"

"소문이 나지 않았다는 건 영락대인이 생각보다 무서운 인물이라는 의미지요."

"음, 그렇구나. 과연 그는 어떤 식으로 자신을 찾아온 사람들을 요리했을까?"

원보가 무거운 얼굴로 의문을 드러내는 그때 문득 장내의 모든 사람을 끌어모으는 목소리가 들려왔다.

"청옥장을 찾아주신 강호동도 여러분을 환영하는 바이오."

순간 사람들이 일제히 소리가 들린 곳으로 시선을 돌렸다.

"응, 저 노인이?"

원보가 의아한 표정을 지었다. 목소리의 주인공은 앞서 장원 앞에서 삼문삼협과 실랑이를 벌이던 그 늙은 문지기였다. 그는 어느새 사람들의 뒤로 돌아가 청옥장의 정문 위에 올라서 있었는데 그가 풍기는 분위기가 앞서 장원의 문을 지킬 때와는 확연히 달랐다.

"영락대인은 어디 있느냐?"

자신들이 농락당하고 있다고 생각했는지 육왕 종충충이 서슬 퍼런 목소리로 물었다. 그러자 문지기 노인이 빙그레 미소를 지으며 대답했다.

"당신들은 참 운도 좋소."

"그게 무슨 소리냐?"

이번에는 남궁옥룡이 소리쳤다.

"감히 주인의 오수를 방해하고도 이렇게 살아 있으니 어찌 운이 좋다고 하지 않을 수 있겠소!"

늙은 문지기가 능글거리는 목소리로 대답했다.

"늙은이! 주인을 불러와라!"

남궁옥룡이 검을 빼 들었다. 그러자 한순간 노인의 표정이 일변했다.

"어린놈이 정말 하늘 높은 줄 모르는구나. 네가 비록 강호에서 제법 이름을 얻었다지만 그건 오로지 삼문이라는 배경으로 얻은 허명인 것을 어찌 모르느냐? 그것도 모르고 감히 어린놈이 이토록 방자하게 군단 말이냐?"

갑작스런 노인의 훈계에 남궁옥룡의 얼굴이 벌겋게 달아올랐다.

"이 망할 늙은이가!"

"흥, 너 따위는 감히 주인을 만날 자격이 없다. 그나마 나와 몇 마디 말이라도 나눈 것을 영광으로 알거라!"

노인의 입에서 차가운 냉소가 흘러나왔다. 순간 남궁옥룡이 노기를 참지 못하고 노인을 향해 신형을 날렸다.

팟!

남궁옥룡의 신형이 바람처럼 날아 노인이 올라 있는 정문의 지붕 위로 다가갔다. 가히 강호의 명성에 걸맞은 신법이었다.

"늙은이, 더 이상 아량은 없다."

한순간에 노인 앞으로 다가선 남궁옥룡이 번개처럼 검을 휘둘렀다.

웅!

남궁옥룡의 검에서 푸릇한 검기가 일어나며 거친 파공음이 터져 나왔다.

드르륵!

검기의 기세에 노인의 발밑 기와들이 산산이 부수어져 나갔다. 사방으로 날아오르는 기와들 사이로 남궁옥룡의 검이 번개처럼 노인의 심장을 노렸다.

"흥!"

흩어지는 기와들로 인해 사방이 혼란한 와중에 노인의 한마디 냉소가 흘러나왔다. 그리고 얼핏 노인이 두 손을 들어 올리는 것이 사람들 눈에 보였다. 그리고 다음 순간 믿을 수 없는 일이 벌어졌다.

"돌아가라!"

노인의 입에서 차가운 노성이 터져 나왔다. 동시에 사방으로 튀어오르던 기와들이 노인의 손짓을 따라 방향을 틀더니 남궁옥룡을 향해 우박처럼 쏟아져 내렸다.

"이……!"

카카캉!

날아드는 기와들을 향해 남궁옥룡이 이를 갈며 검을 휘둘렀다. 그러자 격렬한 파공음과 함께 기왓장들이 사방으로 흩어졌다. 다음 순간 푸릇한 한줄기 장력이 은밀히 다가와 기왓장을 상대하던 남궁옥룡의 몸을 때렸다.

팡!

"욱!"

남궁옥룡의 입에서 다급한 신음성이 흘러나왔다. 동시에 그의 신형이 태풍에 휘말린 낙엽처럼 맥없이 노인에게서 떨어져 나갔다.

第七章
청옥장

"옥룡!"

상관청과 제갈현이 동시에 달려들어 휘청거리는 남궁옥룡을 부축하려 했다. 그러자 남궁옥룡이 두 사람의 손길을 뿌리쳤다.

"괜찮네. 음……. 역시 보통 늙은이가 아니었어!"

남궁옥룡이 자신을 밀어내고 유유히 정문 위에 서 있는 노인을 보며 이를 갈았다. 그리고는 재차 검을 들고 노인을 향해 돌진하려는 순간 제갈현이 급히 남궁옥룡을 말렸다.

"잠시만 기다리게."

"이대로 수모를 당하고 말란 말인가?"

남궁옥룡이 노기를 드러내며 소리쳤다.

"기다리게. 군자의 복수는 십 년이 걸려도 늦지 않는 법일세. 그보다는 저자와 이 청옥장, 그리고 영락대인이란 자에 대한 비밀을 푸는 것이 중요하네. 이러다가 다른 자들에게 어부지리를 줄 수도 있어."

제갈현의 말에 남궁옥룡이 분기를 참지 못하면서도 고개를 돌려 주위를 살폈다. 그러자 청옥장에 들어와 있는 강호의 고수들이 잔뜩 호기심을 드러내며 자신을 바라보고 있었다. 아마도 다시 시작될 남궁옥룡과 노인의 싸움을 한껏 기대하고 있는 모양이었다.

"음, 제기랄!"

남궁옥룡이 사람들의 시선을 알아채고는 욕지거리를 내뱉으며 검을 거둬들였다.

"잘 생각했네. 일시의 수모가 대업의 성취를 방해할 수는 없지. 자네와 같은 사람이 그 이치를 모를 리 없을 거라 생각했네."

"하나 저 노인을 족치지 않고서는 영락대인인가 하는 자를 만날 수 없을 것이네."

남궁옥룡이 여전히 식지 않은 분기를 드러내며 말했다.

"그 일이라면 걱정 말게. 이곳에 모인 사람이 몇인가? 여기 있는 자들 중 그 누구도 저자를 그냥 보내지 않을 걸세. 기다려 보세."

제갈현의 말이 끝나기 무섭게 다시 노인의 목소리가 들려왔다.

"더 도전할 생각은 없는 모양이군. 역시 삼문삼협답게 현명하구나. 모두 들으시오. 주인께서는 오수를 방해한 그대들을 용서하셨소. 그러나 역시 여러분을 만나는 것은 싫으시다며 잠시 장원을 떠나셨으니 그리 아시고 그만 물러들 가시오!"

노인의 말에 사람들이 이러지도 저러지도 못하고 있을 때 문득 육왕 종충충이 앞으로 나섰다.

"노사, 앞서 노사의 진실한 신분을 알지 못하고 함부로 대한 점을 사과드리오."

종충충의 정중한 말에 정문 위 노인의 표정이 살짝 변했다.

"당신이 육왕탑의 그 유명한 육왕 종충충이라고 하셨던가?"

노인의 말투에서는 이제 완연히 장내를 장악한 강자의 여유가 느껴졌다.

"그렇소이다. 내가 바로 그 종충충이오."

"그렇다면 이미 돌아가는 사정을 모두 아셨을 테니 그만 손님들을 데리고 이 장원에서 나가주시겠소?"

노인의 권유에 종충충이 한줄기 미소를 지으며 대답했다.

"주인이 출객을 명하는데 어찌 객이 머물기를 고집하겠소이까?"

"하하, 역시 강호의 명사답게 사리분별이 분명하시구려."

"그러나 이곳을 떠나기 전 몇 가지 듣고 싶은 말이 있소이다."

"나에게 말이오?"

"그렇소이다. 애초에는 영락대인을 만나 뵙고 물어보려던 것인데 대인께서 천하의 영웅들을 극구 만나지 않으시겠다니 노사에게라도 몇 가지 질문을 하고 싶은데 괜찮겠소?'

종충충의 은근한 말에 노인이 한줄기 미소를 지으며 고개를 끄덕였다.

"문간이나 지키는 늙은이가 뭘 알겠소만 묻고 싶은 게 있으면 물어보시오. 내가 알고 있는 것은 무엇이든 답해주겠소."

"고맙소이다."

종충충이 정중하게 포권을 해 보였다. 그리고는 천천히 허리를 세우며 물었다.

"먼저 노사의 이름을 알 수 있겠소?'

"나 말이오? 나 같은 비루한 늙은이 이름을 알아서 뭐하시게……. 뭐, 하지만 숨길 것도 없지. 난 조치효라고 하오."

노인의 대답에 종충충은 물론 장내의 고수들이 재빨리 그의 이름을 되뇌었다. 오늘 이 청옥장에 모인 자들은 하나같이 강호에 이름이 알려진 고수들이라 그들의 머릿속에 들어 있는 강호의 고수들을 모두 모으면 천하에 이름 꽤나 알려진 자들은 거의 드러날 수 있을 터였다.

그러나 장내의 고수 중 누구도 조치효라는 이름을 알고 있는 사람은 없었다. 그렇다면 노인은 그동안 강호에 전혀 모습이 드러나지 않은 인물이란 뜻이었다.

"노사의 무공으로 보건대 강호행을 하셨다면 소문이 나지 않았을 리 없소. 그런데 이곳에 모인 강호의 영웅들이 노사의 이름을 기억하지 못하는 것으로 봐선 그동안 강호에 나오신 적이 없는 모양이구려."

"내가 말하지 않았소. 난 그저 주인집을 지키는 문지기라고……."

"허허허, 어느 누가 감히 노사의 무공을 보고 일개 문지기라고 생각할 수 있겠소."

종충충이 고개를 저으며 말했다.

"육왕께서 이 늙은이를 그리 높게 평가해 주시니 고맙기는 하지만 기실 나는 내 주인님에 비하면 그야말로 장원의 문지기 자리도 과분한 사람이라오."

조치효의 말에 종충충의 표정이 살짝 굳어졌다. 조치효의 말대로라면 그의 주인, 즉 영락대인은 학사로 알려진 바와 달리 뛰어난 무공을 소유하고 있는 자가 분명했다. 비록 조치효가 그의 능력을 과장해서 말했을지라도 적어도 조치효보다는 뛰어난 자임에 분명했다. 그런 강자라면 강호에서도 쉽게 그 적수를 찾을 수 없을 터였다. 조치효가 이미 삼문삼협으로 명성이 높은 남궁옥룡을 물리치지 않았던가.

"과연 영락대인께서는 숨은 무공의 고수셨구려."

종충충이 은근한 시선으로 조치효를 보며 말했다.

"그렇소이다. 주인께선 천하에서 적수를 찾을 수 없는 고수시오. 그래서 내가 여러분께 극구 돌아들 가시라고 말씀드린 것이오. 주인께선 문무를 겸전하신 분이라 함부로 사람을 상하게 하지는 않지만 간혹 크게 노하시면 그 노기를 감당할 사람이 거의 없는 분이라오. 오늘 주인께서 노기를 참으시고 잠시 자리를 피해주신 것이 여러분께는 큰 홍복이라고 할 수 있을 것이오."

조치효의 말은 전혀 거짓처럼 들리지 않았다. 그의 표정에선 주인 영락대인에 대한 존경과 두려움이 은은히 묻어나고 있었다.

"그런데 정말 이 청옥장이 영락대인께서 거처하시는 곳이 맞으시오?"

이번에는 적화궁의 구숙이 물었다.

"맞소이다. 주인께선 무창에 오시면 항상 이 청옥장에 거처를 정하시오."

"노사의 말씀을 들어보면 영락대인께선 무척 존귀하신 분 같은데 어찌 이렇게 누추한 곳에 거처를 정하신단 말이오?"

"하하하, 주인께선 천하의 부귀영화를 모두 한낱 티끌처럼 생각하는 분이오. 이미 강호의 잡사에서 마음이 벗어나신 분이고, 땅과 하늘 그 어디에서도 자유로운 분이시라 거처의 누추함 따위에 신경을 쓰실 분이 아니라오. 그리고 사실 이 청옥장이 그렇게 사람 살기 어려운 곳도 아니오."

"다 허물어져 가고 있지 않소이까?"

"하하하, 겉으로 보기야 그렇지, 건물 안으로 들어가면 제법 지낼 만하다오. 자, 더 물어보고 싶은 말이 있소?"

조치효가 이제 그만 물러가 주었으면 하는 기색을 드러내며 물었다. 그러자 제갈현이 입을 열었다.

"오룡의 보물은 정말로 영락대인께서 하신 말씀이오?"

"오릉삼보를 말하는 것인가?"

본시 삼문삼협은 종충충이나 구숙에 비하면 그 연배가 한참은 어렸다. 그럼에도 그들은 절대삼문의 자존심과 자신들의 명성을 믿고 종충충이나 구숙에게 큰 존대를 하지 않았었다. 그러나 이미 그들과 불쾌한 인연을 맺은 조치효로서는 그들을 종충충이나 구숙 대하듯 대할 생각이 없는 모양이었다.

"그렇소."

제갈현이 불쾌한 표정으로 대답했다.

"주인께서 삼보에 대해 말씀하신 것은 사실이네. 주인께서는 강호에 알려진 대로 금석학과 고증의 대가로서 과거의 비밀을 무척 많이 알고 계시지. 특히 장강을 중심으로 천하의 대전이 벌어졌던 후한 시대의 역사에 도통하셔서 오릉에 대해서 말씀을 하셨다면 그건 틀림없는 사실이네."

"그런데… 왜 영락대인께선 오릉의 보물을 찾지 않으시는 거요?"

제갈현의 질문에 장원에 모인 고수들이 일제히 조치효를 바라봤다. 사실 영락대인이 오릉의 존재를 처음 확인했고, 또 오릉에 대해 조치효가 말한 것처럼 많은 것을 알고 있다면 강호에 소문을 내는 대신 그 스스로가 오릉의 문을 열어 천하의 기보들을 취하는 것이 이치에 맞는 일이었다.

"내가 이미 말하지 않았나. 우리 주인께선 세속의 욕망에서 떠나신 분이라고. 오죽하면 이런 허름한 장원에서 기거하시겠나?"

"그러나 세상의 누구라도 그 거대한 오릉의 보물에 무심하다는 건 믿을 수 없소."

"흥, 어떻게 참새가 대붕의 뜻을 알랴!"

"말조심하시오!"

제갈현이 노기를 드러냈다.

"왜, 자네도 한 번 겨뤄보겠나? 아서게. 계속 말썽을 부리면 정말 주인께서 이 일에 참견하실 수도 있어. 그리되면 자네들은 물론 절대삼문도 큰 손해를 봐야 할 걸세. 자자, 분란일랑 그만 만들고 모두들 물러가시오. 만약 계속 이곳에 남아 고집을 부린다면 나도 더 이상 사정을 봐줄 수 없소."

조치효의 경고가 떨어지자 청옥장에 든 무인들이 서로 눈치를 보다가 하나둘 장원을 떠나기 시작했다.

"언제 한번 반드시 영락대인을 뵙기를 바라겠소."

사람들이 물러나기 시작하자 육왕 종충충도 조치효에게 작별의 말을 남기고는 장원을 벗어났다. 그러자 구숙이 이끄는 적화궁의 고수들도 장원을 떠나고 가장 뒤에 남은 것은 절대삼문의 삼협과 허소산 일행이었다.

"그대들은 가지 않을 건가?"

조치효가 삼문삼협을 보며 차갑게 물었다. 그러자 제갈현이 차가운 눈으로 조치효를 보며 말했다.

"가겠소. 하지만… 곧 다시 오겠소."

"후후, 스스로의 능력이 모자라면 어른의 힘을 빌리는 것도 나쁜 것은 아니지. 하지만 잘 생각하게. 누군가 다시 주인의 심기를 어지럽히면 그땐 나도 어쩔 수 없다는 걸."

"다시 보게 될 거요."

제갈현이 조치효의 경고에 씹어뱉듯 대답을 던지고는 다른 두 사람과 함께 청옥장을 벗어났다. 그러자 이제 장내에는 오직 허소산 일행만이 남게 되었다.

"당신들은 왜 아직 안 가고 있소?"

조치효가 허소산 일행을 보며 의아한 표정으로 물었다. 강호팔황의 고수들까지 장원을 떠난 터에 특별해 보이지 않는 허소산 등 삼 인이 장원에 남아 있는 것이 이상한 모양이었다.

"몇 가지 물어볼 말이 있어서 남았네."

허소산이 도도한 기색을 드러내며 말했다. 순간 조치효의 표정일 일변했다.

"그대는 눈이 없나 보군."

조치효가 싸늘하게 말했다.

"당신이야말로 눈이 없나 보오. 여기 이렇게 두 눈이 멀쩡히 있는 사람을 보고도 눈이 없다고 하니……. 쯧, 문지기가 이렇게 눈이 어두워서야……."

허소산의 대답에 조치효가 한동안 허소산을 바라보다 훌쩍 신형을 날려 정문 위에서 내려왔다. 그리곤 천천히 걸음을 옮겨 허소산 앞으로 다가왔다.

"이제 보니 무척 어리구나. 내가 네 눈이 없다고 한 건 앞서 팔황의 고수들이 물러남을 보고도 아직 여기에 남아 있는 그 무모함을 두고 한 말이다. 난 더 이상 해줄 말이 없으니 괜히

곤욕 치르지 말고 물러가거라."

그러자 허소산이 조치효와 같은 말투로 말했다.

"내가 당신이 눈이 없다고 한 것은 내 눈이 멀쩡하기 때문이 기도 하지만 사람을 알아보지 못하는 당신의 눈을 두고 한 말이오."

허소산의 대꾸에 조치효가 차가운 눈으로 허소산을 노려보며 말했다.

"네가 감히 팔황의 고수들이 물러난 자리를 지킬 만한 인물이란 말이냐?"

"지금 지키고 서 있지 않소?"

"어린놈이 오만하기가 하늘을 찌르는구나. 네게 그만한 능력이 있는지 확인해 보마!"

조치효가 노기를 드러내며 다시 한 걸음 허소산 앞으로 다가섰다. 순간 원보가 미려한 발걸음으로 허소산 앞을 막아서며 말했다.

"늙은이, 내가 한 가지 충고를 해줄까?"

원보는 추레하게 변복을 하고 있었으므로 일개 강호 낭인으로 보였지만 그의 보법이 범상치 않음을 본 조치효가 눈을 가늘게 떴다.

"내력을 숨긴 자들이란 본래 음흉한 구석이 많은 법이지. 하고 싶은 말이 뭐냐?"

조치효가 원보를 경계하며 물었다.

"우리 주인께선 내력을 숨기실 분도 아니고 또한 음흉하지도 않으시다. 음흉하기로 따지자면 오릉으로 천하의 고수들을 불러 모으고도 정작 자신의 얼굴을 내밀지 않는 영락대인이 음흉하달 수 있지. 뭐, 그야 어쨌든 내 충고하고자 하는 것은 그대는 언행을 조심하라는 거야. 우리 주인께서야말로 일단 심기가 불편해지시면 천하의 황제라도 그 목숨을 부지하기 어렵거든. 하물며 일개 문지기 주제에 주인에게 불경한 짓을 해서야 되겠나? 자식, 손주도 있다며……? 후후, 어디서 많이 듣던 충고 아닌가?"

원보가 비웃듯 말했다. 원보의 말대로 그의 충고는 정문 위에서 조치효가 강호의 뭇 고수들에게 했던 충고와 비슷한 면이 있었다. 원보의 충고에 조치효가 깊은 눈으로 원보와 허소산을 번갈아 보다가 물었다.

"내력을 숨기지 않는다고 했겠다?"

"물론."

"정체가 뭐냐?"

"혹 망향원이라고 들어봤나?"

"무창 서쪽에 있는 그 고장원을 말하는 것이냐?"

"오, 알고 있군. 그럼 이야기가 쉽겠어. 우리 주인께선 바로 그 장원의 주인이시다. 파금검이라는 존성대명을 가지고 계신 분인데 혹 들어봤는가?"

"파… 금검……."

조치효의 눈빛이 번뜩였다. 하지만 다음 순간 조치효가 날카롭던 눈빛을 감추며 고개를 저었다.

"처음 듣는 이름이군."

"흐흐흐…… 정말?"

원보가 믿지 못하겠다는 듯 되물었다.

"사문이 어디냐?"

조치효가 원보의 물음에 답을 하는 대신 허소산에게 물었다. 그러자 원보가 다시 말을 낚아챘다.

"정말 처음 들어보나? 우리 주인님의 존성대명을?"

"내가 어찌 세상물정 모르는 강호초출의 이름을 들어봤겠느냐?"

"흐흐흐……. 나이가 들면 상대의 말보다 눈을 보고 그 마음을 알아채는 법이지. 그대는 분명 우리 주인님의 이름을 알고 있어. 그대의 눈빛이 그걸 말해주고 있거든. 이 무창에서 주인님의 이름을 알고 있는 사람은 그리 많지 않았지. 그러나 지금은 달라. 금천장 사람들로 인해 제법 주인님의 이름이 무창에 알려졌지. 아마도 그대는, 아니, 그대의 주인은 금천장에 사람을 심어두었을 테니 더더욱 주인님의 존재를 알고 있었을 거야. 자, 묻겠다. 영락대인은 어디 있느냐?"

원보의 기세가 일순간에 변했다. 그가 옷 앞섶을 들추자 한 자루 도가 삐끔히 머리를 내밀었다. 어깨 아래로 내려갔던 그의 얼굴 역시 본래의 모습으로 돌아와 절대고수의 풍모를 내비치기 시작했다.

"정녕 보통 놈들이 아니었구나!"

조치효가 원보의 기세에 자신도 모르게 서너 걸음 뒤로 물러나며 소리쳤다.

"후후, 세 치 혀로 천하를 농락하고 있는 그대의 주인만 할까?"

스르릉!

원보가 망설이지 않고 도를 뽑아 들었다. 그러면서 다시 말을 이었다.

"나도 말이야. 우리 주인을 닮아서 겁이 없어. 그래서 그대의 주인이 노하면 얼마나 무서워지는지 그걸 내 눈으로·확인하고 싶어졌다. 늙은이의 목이 달아나면 그대의 주인도 모습을 드러내겠지."

원보가 천천히 도를 들어 조치효를 겨눴다. 그러자 조치효가 차갑게 굳어진 표정으로 다시 두어 걸음 뒤로 물러나더니 천천히 두 손을 들어 올렸다. 그에게서도 만만찮은 기운이 흘러나오기 시작했다.

원보가 도를 앞으로 겨누며 자세를 낮췄다. 중원에서 보기 힘든 기수식, 원보의 자세에 조치효의 눈이 잠시 흔들렸다. 본시 평범하지 않은 기수식을 쓰는 자는 고수이거나 삼류거나 둘 중 하나인데 원보는 전혀 삼류무사로 보이지 않았다.

스슥!

원보가 무릎을 굽힌 채로 조치효를 향해 다가갔다. 동시에 두 손으로 잡은 도가 그의 머리 위로 올라갔다. 빈틈이 보이면 여지없이 일도양단의 초식을 펼치겠다는 의도였다.

그런데 뻔히 보이는 원보의 의도에도 불구하고 조치효는 마땅히 원보를 상대할 방법을 찾지 못하는 듯 보였다. 조치효는 원보가 다가서는 만큼 뒤로 물러나는 것으로 원보의 공세를 피하고 있었다.

"흐흐!"

원보의 입에서 짐짓 음산한 웃음이 흘러나왔다. 뒤로 물러나는 조치효에 대한 비웃음인지 아니면 싸움이 자신의 의도대로 되고 있다는 의미인지 알 수 없는 웃음이었다.

웅!

그러던 한순간 원보가 번개처럼 검을 휘둘렀다. 그의 검이 머리 위에서 사선을 그리며 떨어져 내렸다.

콰아아!

강렬한 파공음이 일어나며 원보와 조치효 사이의 공간이 푸른 도기에 반으로 갈라졌다.

"음!"

조치효의 입에서 한줄기 침음성이 흘러나왔다. 동시에 그의 신형이 보이지 않을 정도로 빠르게 옆으로 미끄러졌다.

쿠아앙!

가까스로 몸을 날린 조치효의 그림자를 원보의 도기가 베고 지나가더니 허름한 장원의 담장과 격돌했다.

우르릉!

가뜩이나 낡은 청옥장의 담장이 원보의 강력한 도기에 격중되어 속절없이 무너졌다.

스슥!

벽력같은 일도를 선보인 원보가 다시 두 발을 미려하게 움직여 멀리 물러선 조치효를 향해 섰다. 그의 도가 다시 조치효를 겨눴다. 조치효는 질린 눈으로 원보를 응시하고 있었는데 그의 표정을 보면 마주 상대할 엄두를 내지 못하고 있는 것이 분명했다.

스슥!

이번에는 원보가 도를 한 손으로 들어 조치효를 겨누며 무릎을 조금 구부린 자세로 앞으로 전진했다. 단 한 올의 빈틈도 허용하지 않아 조치효를 질리게 만드는 움직임이었다.

"이번에는 피하지 못할 거야……."

조치효를 향해 다가서며 원보가 나직하게 말했다. 순간 조치효의 동공이 크게 흔들렸다. 일단 원보가 말을 꺼내자 정말 이번에는 도저히 원보의 공격을 피하지 못할 것 같은 예감이 든 모양이었다.

원보가 조치효의 이 장 앞에서 한 손으로 잡았던 도의 손잡이를 두 손으로 꾹 말아 쥐었다. 눈앞에 태산이 있다면 태산이라도 벨 기세였다. 조치효가 그런 원보의 기세에 질려 다시 뒤로 물러났다. 순간 원보가 전혀 예상치 못한 행동을 했다.

서릿발처럼 차고 강렬한 기운을 도를 통해 조치효에게 흘려보내던 원보가 갑자기 도를 거둬들인 것이다. 그리고는 마치 삼류 한량처럼 도를 어깨에 척 걸치더니 역시 강호의 왈패들이나 쓰는 말투로 입을 열었다.

"간만에 무게를 잡으려니 이건 도통 힘이 들어서 안 되겠군.

이보시오!"

갑작스런 원보의 행동에 조치효가 당황한 표정을 짓다가 급히 입을 열었다.

"말해보시오."

"거, 일 복잡하게 만들지 맙시다. 이 정도 보여줬으면 우리가 결코 만만치 않은 사람이란 걸 알았을 거요. 더군다나 내 무공이야 그저 담장이나 부수는 정도지만 우리 주인께선 일검에 이 장원을 날려 버릴 수도 있는 양반이란 말이오. 그러니⋯ 영락대인께 한 번 더 말을 전해보시구려."

원보가 은근한 어조로 말을 건네자 조치효가 잠시 망설이는 듯하다 가볍게 고개를 끄덕였다.

"좋소. 내 주인께 그대들에 대해 전하겠소. 잠시 기다려 보시오."

짧게 대답을 한 조치효가 한순간 장원 안쪽으로 사라졌다.

조치효가 다시 모습을 드러낸 것은 일각여가 흐른 뒤였다. 다시 돌아온 그는 무척 정중했다. 마치 처음 강호의 무인들이 청옥장을 찾았을 때처럼 그는 온순한 문지기로 돌아간 듯 보였다.

"그래, 말을 전해보았소?"

원보가 걸죽하게 물었다. 그러자 조치효가 고개를 끄덕였다.

"주인께서 답을 주셨습니다."

"말해보시오."

"주인께선 강호의 젊은 영웅을 꼭 한 번 만나보고는 싶으시지만 오늘은 눈이 많으니 다음을 기약하자고 하셨습니다."

"눈이라……. 역시 장원 밖으로 나간 자들이 여전히 주변에 머물고 있는 모양이군."

"그렇습니다. 그런데 이 상황에서 주인께서 파 대협님을 만나신다면 그들은 곧 청옥장으로 몰려올 것입니다."

"좋소. 그럼 언제 만나면 좋겠소?"

"이곳에서 송산으로 가는 중에 봉화호라는 곳이 있습니다. 산중호수인데 이틀 뒤에 그곳에서 만나뵙자 하십니다."

"봉화호라……. 그런 곳도 있었나?"

원보가 고개를 갸웃했다.

"무창 인근의 사람들은 대부분 알고 있는 호수이니 찾는 것이 어렵지는 않을 것입니다."

"어찌할까요?"

원보가 짐짓 허소산을 돌아보며 물었다. 그러자 허소산이 가볍게 고개를 끄덕였다. 허소산의 동의가 있자 원보가 거드름을 피우며 조치효에게 말했다.

"좋소. 주인께서 허락하셨으니 그리 약속을 정합시다."

"제안을 받아주시니 감사드립니다."

"흐흠, 아니오. 누가 뭐래도 이 청옥장의 주인은 영락대인인데 객인 우리가 소란을 피운 것은 우리의 불찰이오. 그럼 이틀 뒤에 봅시다. 가시지요."

원보가 다시 허소산을 보며 말했다. 그러자 허소산이 고개를 끄덕이고는 천천히 걸음을 옮겨 청옥장을 벗어났다. 그러자 멀어지는 허소산 등을 보며 조치효가 중얼거렸다.

"어떤 자인지 잘 모르겠구나. 곱게 자란 망나니 같기도 하고, 혹은 속을 숨긴 일대 기재 같기도 하고……. 대인께서 저자를 주시하는 것은 역시 그만한 가치가 있다는 말일 터인데……. 훗, 불나방들 중에도 봉황이 섞여 있다는 건가?"

조치효가 한줄기 미소를 짓고는 어그적거리며 청옥장의 정문으로 나가 다시 싸리 빗자루를 들고 주변을 쓸기 시작했다.

*　　　*　　　*

"봉화호라면 내가 잘 알고 있다."

그 한마디에 허산왕도 허소산과 함께 봉화호로 향하게 되었다. 그동안 허소산은 허산왕의 바깥 출입을 극구 만류하고 있었다. 허산왕이 천장의 고수들을 향해 살수를 휘두른 것이 하루 이틀 일이 아니므로 혹여라도 허산왕의 정체가 그들에게 발각될 것을 걱정했기 때문이었다.

그러나 애초에 허산왕과 같은 인중호(人中虎)가 오래 칩거를 하는 데에는 무리가 있었다. 그러니 허산왕이 봉화호를 알고 있다며 따라 나서는 것을 허소산이 막을 수는 없었다. 대신 그는 허산왕의 옷차림을 원보와 마찬가지로 조금 바꿨다.

그동안 허산왕은 황야를 헤매는 낭인이나 마적 같은 모습으로 살수행을 나섰었다. 허소산과 헤어진 후 그는 단 한 번도 자신의 외모에 대해 신경을 쓴 일이 없었다. 덕분에 그는 누구라도 한 번 보면 잊을 수 없는 야차의 모습을 하고 있었는데 그런 모습으로는 허소산을 따라 망향원을 나설 수 없었다.

허산왕의 변신은 전조명이 맡았다. 전조명은 질 좋은 옷감으로 단순하면서도 온후한 분위기를 낼 수 있는 옷을 지어 허산왕에게 입혔고, 그의 머리와 수염도 차분하게 정리한 후 창이 넓은 갓을 허산왕의 머리에 올렸다. 그러자 허산왕은 지금까지와는 전혀 다른 인물로 변신했다.

그의 험상궂은 외모는 수수한 옷, 깔끔하게 다듬어진 머리와 수염, 그리고 얼굴 반을 그림자로 가리는 삿갓에 완벽하게 가려졌다. 누가 보아도 그저 시골 농촌에서 부유하게 늙어온 토호의 모습인 허산왕이었던 것이다.

허산왕의 변신한 모습에 허소산도 더 이상 허산왕의 출타를 만류하지 않았다. 변복한 허산왕을 살수라고 생각할 사람은 아무도 없을 터였다. 더군다나 허산왕은 항상 손에 들고 다니던 각궁까지 처소에 놓고 나왔으니 더 이상 허산왕의 정체가 탄로 날 걱정을 할 필요는 없을 듯 보였다.

그렇게 허산왕까지 포함해 다시 네 사람이 길을 떠났다. 이틀 거리의 봉화호라지만 무인의 걸음이라면 하루도 걸리지 않을 곳이었다. 간단하게 노숙할 준비를 한 후 말 네 필을 끌고 망향원을 나선 일행은 빠르게 말을 달려 하루 만에 봉화호가 있는 중석산에 도착했다.

"그런데 정말 이 산중에 호수가 있기는 한 걸까요?"

중석산 주변에 흩어져 있는 민가 사이로 난 길을 따라 말을 몰던 감명이 의혹 어린 시선으로 물었다. 그러자 허산왕이 대답했다.

"정말 있단다."

"어르신께서 그곳에 가보셨다고 했지요?"

"몇 번 갔었지. 마음이 울적할 때는 그만한 곳도 없더구나."

"히히, 소산 형님이 그리우실 때마다 가셨군요."

"후후, 그렇단다."

"호수가 큰가요?"

"그렇게 큰 곳은 아니다. 봉화호는 사실 사람들이 만든 호수란다. 본래는 산중에 호수가 있기 힘들지."

"사람이 산중에 호수를 만들었다고요?"

감명이 놀란 얼굴로 물었다.

"그렇단다. 주변을 둘러봐라. 뭐 좀 이상한 것이 없느냐?"

허산왕의 말에 감명이 민가들이 흩어져 있는 주변을 돌아봤다. 전답이 넓게 펼쳐진 시골 마을은 특별한 것이 없었다. 그저 평범한 농촌마을 풍광 그대로였다.

"글쎄요. 전 잘 모르겠는데요?"

감명이 고개를 갸웃했다. 그러자 허산왕이 손을 들어 누렇게 익어가는 벼를 보며 말했다.

"이곳 지형으로 보자면 사실 논보다는 밭이 많아야 정상이다. 그런데 이곳은 오히려 논이 밭보다 훨씬 많지. 그래서 쌀

농사를 하는 사람들이 많단다. 산중에 이렇게 논이 많다는 것은 곧 물이 풍부하다는 거다. 물이 어디서 나오겠느냐?"

"아, 봉화호에서 나오는 물로 논농사를 짓는군요."

감명이 무릎을 쳤다.

"맞다. 그게 바로 봉화호가 탄생한 이유다. 언제인지는 모르지만 아주 오랜 옛날 깊은 계곡이었던 곳을 막아 물을 모아 두기 시작한 것이 바로 봉화호의 시작이라고 하더구나. 그것이 세월이 흐르면서 점점 뚝의 높이를 높이다 보니 오늘날의 봉화호가 이루어진 것이다.

"정말 놀랍네요. 사람이 호수를 만들다니……."

"후후, 장강과 황하를 잇는 운하도 파는 마당에 호수가 대수겠느냐?"

이번에는 원보가 웃음을 흘리며 말했다. 그러자 감명이 고개를 끄덕였다.

"그렇네요. 그리고 보면 사람이 마음먹어서 안 되는 일은 없는 것 같아요."

"옳거니, 명이 네가 또 하나의 교훈을 얻었구나. 나중에라도 오늘의 깨달음을 잊지 말거라."

"알았어요. 할아버지."

감명이 고개를 끄덕이자 허산왕과 원보가 대견한 듯 감명의 머리를 쓰다듬었다. 그러는 사이 일행은 어느새 논과 밭이 어우러진 마을을 지나 홍엽이 만발하기 시작한 중석산에 들어서고 있었다.

허소산 일행은 대략 한 시진 정도 산을 탄 후 봉화호에서 마을로 흘러드는 계곡 주변에 여장을 풀었다. 한눈에 산 아래 마을이 들어왔고, 산 위쪽에서는 시원한 바람이 불어와 심신을 청결하게 만드는 곳이었다.

"오늘은 여기서 노숙을 하지요."

허소산이 허산왕과 원보를 보며 말했다.

"그러자꾸나. 이 산중에서 이만한 장소를 찾기는 어렵겠다."

허산왕이 고개를 끄덕였다.

일행은 서둘러 짐을 풀고 작은 천막을 세웠다. 이제 가을도 깊어 밤에는 서리가 내리므로 천막은 입구를 제외하고는 사방을 단단히 틀어막아 찬바람이 들어오는 것을 막았다. 순식간에 아늑한 거처가 마련되자 일행은 미리 준비해 온 건량으로 요기를 시작했다. 불을 피워 따뜻한 음식을 준비할 수도 있었지만 일행은 번거로움을 피해 건량으로 요기를 충당했다.

요기를 하는 동안 산 아래로 펼쳐진 풍경이 서서히 어둠에 잠겨들었다. 무거운 어둠이 천지를 지배하는가 싶더니 한순간 동쪽에서 둥근 달이 떠올랐다. 사람 사는 동네에서는 무심코 지나갈 시간의 변화가 산 위에서는 신비롭게 느껴졌다.

일행은 조금씩 서쪽으로 흐르는 달과 그 달을 따라 반짝이는 별들을 보며 이런저런 이야기를 나누었다.

그런데 한순간 누가 먼저랄 것도 없이 일행이 입을 닫았다.

깊고 한적한 산중에 그들을 찾아올 사람이 없을 텐데 뜻밖의 인기척이 일행을 향해 다가왔기 때문이었다.

"뉘시오?"

원보가 조금 귀찮은 목소리로 어두운 숲을 보며 물었다. 그러자 어두운 숲 속에서 일단의 무리가 달빛 아래 모습을 드러냈다. 눈에 익은 자들이었다.

삼문삼협, 며칠 전 청옥장에서 모습을 보였던 절대삼문의 삼협이 다시 오늘 이 중석산에 모습을 드러냈던 것이다.

"무슨 일이오?"

다시 원보가 물었다. 그의 얼굴에 불쾌한 기색이 역력했다. 삼문삼협은 셋이 온 것이 아니었다. 그들의 뒤쪽으로 십여 명의 사람이 보였는데 노소가 섞여 있는 무리의 기세가 범상치 않아 보였다.

"묻고 싶은 말이 있어 잠시 그대들의 휴식을 방해했소. 오래 걸리지 않을 테니 잠시 시간을 내어주시오."

말을 꺼낸 사람은 제갈현이었다.

"어디서 온 사람들인가?"

원보가 짐짓 삼문삼협의 정체를 모르는 듯 물었다. 자신보다 이십여 세는 족히 어릴 제갈현의 말투에 기분이 상했는지 원보의 말투도 곱지는 않았다.

그러자 제갈현이 살짝 인상을 찌푸렸다. 원보의 말투 때문인지 아니면 자신들의 정체를 묻는 질문 때문인지는 알 수 없었다.

"우린 절대삼문의 사람들이오. 강호에서 우리를 삼문삼협이라고 부르오. 지난날 청옥장에서 우릴 보지 않았소?"

"아, 그때 보았던 사람들이군. 그때는 강호의 영웅호걸들이 워낙 많이 청옥장을 찾아와서 미처 당신들을 머리에 담아두지 못했소. 그래, 이 깊은 산중엔 무슨 일이오?"

원보의 대꾸에 남궁옥룡과 상관청의 얼굴에 분기가 서렸다. 분명 청옥장에서 일을 주도한 것이 자신들임에도 불구하고 기억을 못하겠다고 하는 것은 일부러 자신들을 무시하기 위한 말임이 분명하다고 생각했던 것이다,

"바로 그걸 묻기 위해 우리가 온 것이오. 그대들은 이 깊은 산중에 무슨 일로 오셨소?"

제갈현이 노기를 억누르며 물었다. 그래도 삼문삼협 중 마음을 다스릴 줄 아는 사람은 제갈현뿐인 듯싶었다.

"가을이 깊어 천하의 산에 홍엽이 만발하니 잠시 단풍 구경을 나왔소만……. 그런 걸 왜 물으시오?"

평범한 원보의 대답이 제갈현의 말문을 막았다. 과연 시절은 천하의 풍류객들이 단풍 구경을 할 시기이기 때문이었다. 원보의 퉁명한 대꾸에 잠시 침묵을 지키던 제갈현이 다시 입을 열었다.

"그대들은 혹 망향원에서 나왔소?"

"훗, 알고 있으면서 뭐하러 그런 걸 다시 물어보시나. 자, 정말 알고 싶은 게 뭔가?"

원보가 자리에서 일어서며 물었다. 일단 원보가 일어서자

삼문삼협은 생각보다 강렬한 원보의 기세에 밀려 두어 걸음 뒤로 물러났다.

"우리가 알고 싶은 것은 이미 말했소. 당신들이 이 중석산을 찾은 진정한 이유를 알고 싶소."

제갈현이 원보를 경계하며 말했다. 원보의 허리춤에 매달린 장도, 그리고 흐트러진 자세로 팔을 흔들고 있는 원보의 행동이 오히려 삼문삼협이 원보를 위협적으로 느껴지게 만들었다.

"만약 우리에게 중석산을 찾은 다른 이유가 있다고 해도 왜 그걸 우리가 그대들에게 말해줘야 하지?"

원보가 한줄기 미소를 지으며 물었다. 원보의 행동은 마치 강호의 노련한 고수가 이제 갓 강호에 출도한 애송이들을 다루는 듯했다.

"그건… 바로 절대삼문이 그 이유를 알고 싶어하기 때문이오."

제갈현이 단호한 표정으로 말했다.

"절대삼문? 절대삼문은 알고 싶은 것은 뭐든지 알아야 하나?"

원보가 되물었다. 그러자 지금껏 침묵을 지키고 있던 남궁옥룡이 입을 열었다.

"감히 절대삼문의 권위를 무시하는 것이오?"

그러자 원보가 비웃음을 흘리며 중얼거렸다.

"삼문삼협이라고, 강호에선 영웅 취급을 하더니 이제 보니 겨우 가문의 위세를 빌어 대접을 받으려는 애송이들이 아닌가! 역시 강호의 소문은 믿을 것이 못돼!"

"늙은이, 지금 그 말은 우릴 멸시하는 것이렷다!"

남궁옥룡의 입에서 드디어 노기가 터져 나왔다. 순간 원보
의 표정도 변했다.

"네가 정녕 강호의 어려움을 겪지 못한 모양이구나, 그따위
말을 함부로 지껄이다니…… 청옥장에서 그렇게 수모를 당하
고도 아직 정신을 차리지 못했으니 네놈은 영영 어미 품을 벗
어나지 못하는 하룻강아지에 머물 것이다. 어리석은 놈!"

원보의 차가운 비난에 남궁옥룡의 얼굴이 붉게 달아올랐다.
더불어 남궁옥룡은 이런 멸시를 참을 사람이 아니었다.

"늙은이! 네 입을 원망하게 만들어주마!"

창!

남궁옥룡이 번개처럼 검을 뽑아 들었다. 그런데 그의 주변
에 있던 절대삼문의 고수들은 남궁옥룡을 굳이 만류하지 않았
다. 아마도 그들 또한 원보의 실력을 보고 싶은 모양이었다.

"강호에서 검을 드는 것이 어떤 의미인지 아느냐?"

원보가 차갑게 물었다.

"아주 잘 알고 있다. 늙은이, 오늘 그 늙은 몸을 편히 땅에
눕혀주마!"

남궁옥룡이 진득한 살기를 드러내며 말했다.

"좋아. 정확하게 알고 있군. 강호에서 검을 드는 것은 곧 생
명을 건다는 거지. 네가 생명을 걸었으니 그 용기가 가상하다.
그러나 아직 오십도 안 된 나이로 목숨을 내놓았다는 것은 조

금 아깝군. 하지만 꺼낸 검을 어쩌겠는가? 운명에 목숨을 맡길 밖에!'

원보의 차가운 말에 언듯 남궁옥룡의 얼굴에 긴장이 서렸다.

투툭!

원보가 가볍게 발을 움직여 앞에 놓인 작은 돌들을 치웠다. 그리고는 돌들이 있던 자리에 한 발을 내딛고는 살짝 무릎을 굽힌 후 몸을 조금 앞으로 기울였다. 그의 손은 왼쪽 허리춤에 매달린 도 근처에서 힘없이 흔들리고 있었다.

그런데 그 자세야말로 고수들이 보기에는 위험한 자세였다. 언제라도 그의 손이 도를 뽑아 들 수 있는 자세, 일단 발도가 이뤄지는 순간 그의 도는 천하에서 가장 위험한 칼이 될 터였다.

"조심하게!"

문득 절대삼문 고수들 중에서 누군가의 목소리가 흘러나왔다. 분명 삼문삼협인 제갈현과 상관청의 목소리는 아니었다.

'누군지 다른 사람이 왔구나.'

허소산이 넌지시 절대삼문 고수들을 바라봤다. 그러자 그의 눈에 무리의 가장 뒤쪽에 서 있는 백발의 노인이 들어왔다.

'저자군.'

허소산은 한눈에 노인이 남궁옥룡에게 경고를 했던 사람임을 알아챘다. 노인의 눈에서 흘러나오는 정광은 삼문삼협에게선 볼 수 없는 강렬한 것이었다. 그는 마치 원보의 작은 움직임 하나조차 놓치지 않겠다는 듯 뚫어지게 원보를 응시하고 있었다.

그때 남궁옥룡이 조심스럽게 원보를 향해 다가서기 시작했다. 평소 도도하기 이를 데 없는 그였지만 일단 원보와 도검을 맞대자 무척 신중한 모습을 보였다.

원보도 남궁옥룡을 향해 조금씩 전진했다. 그러나 그의 속도는 남궁옥룡이 다가오는 속도의 절반도 되지 않았다. 그리고 그의 도는 여전히 도갑 속에 들어 있었다.

"핫!"

남궁옥룡이 원보와의 거리가 삼 장 안쪽으로 좁혀지자 기합성을 터뜨리며 허공으로 도약했다. 그의 검이 한줄기 섬광을 만들며 원보를 향해 폭사했다.

순간 원보가 상체를 조금 더 숙이더니 번개처럼 도를 뽑았다. 그러자 그의 도갑에서 도신이 아니라 굵고 긴 선으로 변한 월광이 튀어나와 활처럼 휘어지며 허공을 갈랐다.

第八章
야율거공

원보의 월도가 발해지는 순간 남궁옥룡의 검이 그의 머리한 뼘 위를 스치고 지나갔다. 원보는 신형을 반쯤 숙인 상태로 남궁옥룡의 하체를 쓸어갔는데 월도의 도기는 마치 남궁옥룡의 두 다리를 휘어감는 듯한 형세를 만들더니 이내 남궁옥룡의 몸을 거꾸로 세워 버렸다.

쿵!

허공으로 들린 두 다리를 주체하지 못하고 남궁옥룡의 몸이 땅에 떨어지며 큰 소음을 만들어냈다.

슈욱!

다시 한 차례 파공음이 일어났다. 어느새 일 장 정도 허공으로 도약한 원보가 재차 사선으로 월도를 휘둘렀다. 그러자 그의 도에서 반월형의 도기가 만들어지더니 한순간에 남궁옥룡의 머리를 반으로 가르며 떨어졌다.

　누가 보아도 한바탕 피분수가 불가피한 상황이었다. 그리고 또한 누구나 예상하는 것은 남궁옥룡의 머리가 두 조각으로 갈라지는 것이었다.

　"손속에 사정을 두어주시오!"

　절체절명의 위기에 처한 남궁옥룡이 미처 원보에게 대항할 기회를 찾지 못하고 떨어지는 도를 두려운 눈으로 응시하고 있을 때, 문득 절대삼문 진영에서 한줄기 목소리가 흘러나오더니 한 사람이 새처럼 원보를 향해 날아들었다.

　순간 허소산이 움직였다.

　스슥!

　허소산의 신형은 마치 허깨비처럼 움직여 원보를 공격해 온 절대삼문의 고수 앞에 도깨비처럼 나타났다.

　창!

　한줄기 날카로운 격돌음이 일어났다. 순간 남궁옥룡을 구하기 위해 원보를 향해 달려들던 절대삼문의 고수가 사오 장 뒤로 물러났다.

　"음······!"

　뒤로 물러난 그의 입에서 무거운 신음성이 흘러나왔다.

　"장로님!"

　절대삼문의 고수들이 일제히 비틀거리는 사내 주위로 몰려들었다.

"물러나라!"

허소산의 검에 막혀 뒤로 물러난 사내가 자신을 부축하려는 삼문의 고수들을 물리쳤다. 그리고 천천히 눈을 들어 허소산을 바라봤다. 그는 허소산이 싸움 내내 주시하고 있던 백발의 그 노인이었다.

"헉!"

허소산과 노인이 서로의 눈을 응시하며 대치하는 사이 허소산 뒤에서 한마디 다급성이 흘러나왔다. 순간 허소산이 노인에게서 시선을 거두며 뒤를 돌아봤다. 그러자 그의 눈에 머리에 튼 상투가 베어져 봉두난발이 된 남궁옥룡의 모습이 들어왔다.

폐인처럼 변한 남궁옥룡의 목덜미에는 한 자루 도가 드리워져 있었는데 원보가 한 손으로 남궁옥룡의 목에 도를 겨눈 채 다른 손으로는 흐트러진 머리를 쓸며 입을 열었다.

"삼문삼협이라⋯⋯. 도대체 의기가 있는 것도 아니고, 그렇다고 예의를 아는 것도 아니며, 무공이 절대의 경지에 든 것도 아닌데 어떻게 삼협이라는 대단한 명성을 얻은 것이지? 역시 화려한 가문을 등에 업은 여우일 뿐이었나?"

원보의 비웃음에 남궁옥룡의 얼굴이 붉게 달아올랐다. 그러자 허소산에 의해 뒤로 물러났던 노인이 입을 열었다.

"그 아이를 놓아주시오."

"지금 부탁을 하는 거요, 아니면 협박을 하는 거요?"

원보가 노인을 쏘아보며 물었다. 그러자 노인의 볼이 한차례 꿈틀거리더니 이내 정중하게 포권을 하며 다시 입을 열었다.

"이는 나 남궁황의 정중한 부탁이오!"

남궁황이라는 말에 원보의 표정이 살짝 변했다. 남궁황이라면 강호에 그 이름을 모르는 사람이 없는 인물이다. 본래 절대삼문에는 삼문에서 각기 세 명씩 내세운 구장로가 있어서 그들이 삼문의 대소사를 모두 주관했다.

남궁황은 바로 그 절대삼문 구장로 중 한 명으로 남궁세가에서 그 무공이 세 손가락 안에 꼽히는 인물이었다.

"그대가 그 유명한 남궁 노사셨구려. 음, 남궁 노사의 명성을 생각하면 당연히 노사의 부탁을 들어드려야겠지만 나에게도 한 가지 조건이 있소."

"무엇이오?"

"대저 어떤 싸움이든 화해가 되려면 잘못한 자의 사과가 있어야 되지 않겠소?"

원보의 말에 남궁황이 고개를 끄덕였다.

"무슨 말씀인지 알겠소. 옥룡은 일어나서 노기인께 앞서의 무례를 사과드려라."

"숙부!"

남궁옥룡이 받아들일 수 없다는 듯 노인을 향해 소리쳤다. 그러자 남궁황의 얼굴에 노기가 드러났다.

"감히 내 말을 거역할 셈이냐?"

남궁황이 노기를 드러내자 남궁옥룡이 금세 풀이 죽었다.

그리고는 어쩔 수 없다는 듯 비틀거리며 자리에서 일어나 원보에게 고개를 숙였다.

"내가… 무례했소이다. 사과드리오!"

순간 원보의 얼굴에 불쾌한 기색이 떠올랐다. 원보가 남궁옥룡은 놓아두고 남궁황을 보며 물었다.

"이게 남궁세가에서 하는 사과의 방식이오?"

원보의 물음에 남궁황이 노기를 드러내며 남궁옥룡을 꾸짖었다.

"정중하게 사과드리지 못할까? 너의 알량한 자존심으로 세가의 명예를 실추시키려는 것이냐?"

남궁황의 벼락같은 꾸짖음에 남궁옥룡이 급히 고개를 숙이고는 다시 입을 열었다.

"노사, 후배의 무례를 너그럽게 용서해 주십시오. 이 후배가 강호의 기인을 몰라뵙고 그만 실례를 저질렀습니다."

순간 원보의 입에서 큰 웃음이 터져 나왔다.

"하하하! 이거 오늘 일진이 나쁘지 않구나. 강호팔황 절대삼문의 삼협으로부터 이런 공대를 받다니. 좋아, 좋아. 자네의 사과를 받아들이지. 이만 돌아가서 심신을 추스르게."

원보가 인심 쓰듯 몸을 옆으로 옮겨 길을 터줬다. 그러자 남궁옥룡이 벌레 씹은 듯한 표정으로 급히 절대삼문의 고수들이 있는 곳으로 다가가더니 이내 삼문 고수들 뒤쪽으로 사라졌다.

남궁옥룡이 물러나자 원보가 다시 남궁황을 보며 물었다.

"오늘 이곳에 온 삼문의 협사들을 이끄는 분이 남궁 노사시오?"

그러자 남궁황이 고개를 끄덕였다.

"그렇소. 오늘 이 행차는 내가 주관하고 있소."

"우리가 누군지는 알고 있을 것이라 생각되오만……."

"여러분이 망향원에서 나온 분들이란 건 알고 있소. 또한 금천장과 무척 가까운 사이란 것도 알고 있고……. 이건 짐작이지만 이 중석산행이 결코 단풍놀이 때문이 아니라는 것도 짐작하고 있소."

남궁황의 말에 원보가 고개를 끄덕였다.

"역시 삼문이구려. 우리 망향원의 행사는 극히 은밀했는데 벌써 그렇게까지 많은 것을 알고 있다니……."

"중석산에 온 이유를 말해주실 수 있겠소?"

남궁황이 다시 물었다. 그러자 원보가 고개를 저었다.

"미안하구려. 그건 말씀드릴 수가 없소. 우리 망향원만의 문제라면 말씀드릴 수도 있지만 상대가 있는 일인지라……."

원보의 말에 남궁옥룡이 원보의 내심을 읽으려는 듯 날카로운 눈빛을 흘리며 다시 물었다.

"혹 그 상대라는 자가 영락대인이오?"

"그건 상상에 맡기겠소. 자, 미안하지만 삼문의 대협들과 친교를 맺는 것은 밝은 날로 미뤘으면 좋겠는데 그만 물러가 주시겠소? 우리 주인께선 잠이 많으신 분이라서 자칫 노하실까 그것이 두렵구려."

원보가 슬쩍 허소산을 보며 말했다. 그러자 남궁황도 시선을 허소산에게 돌리며 입을 열었다.

"외람되지만 파 대협과 인사를 나눌 수 있겠소이까?"

"주인께선 이런 식으로 사람을 사귀지 않으시오. 주인님과 친교를 맺고 싶으시다면 밝은 날 정식으로 절차를 갖춰 망향원을 찾아주시오. 우리 주인께선 예법을 무척 중시하신다오. 오늘 그나마 주인께서 살계를 열지 않으신 것은 절대삼문의 이름을 존중하셨기 때문이오."

원보의 진중한 경고에 남궁황이 다시 한 번 허소산을 바라보고는 이내 고개를 끄덕였다.

"알겠소이다. 그럼 나중에라도 정중히 망향원을 방문하리다. 오늘은 이만 물러가겠소. 다시 한 번 실례를 사과드리겠소."

"강호의 행사가 어찌 예법만을 따를 수 있겠소. 괘념치 마시오."

"고맙소이다. 돌아간다!"

남궁황의 명에 삼문의 고수들이 올 때와 마찬가지로 소리없이 움직여 어두운 숲 속으로 신형을 감췄다.

"그들이 물러갔을까요?"

절대삼문의 고수들이 그림자도 남기지 않고 사라지자 감명이 걱정스런 표정으로 물었다.

"물러갔을 리가 없지."

원보가 대답했다.

"그럼 어떡하죠?"

"어떡하긴. 한잠 깊게 자야지."

"그들이 지켜보고 있는데요?"

감명이 놀란 표정으로 물었다.

"지켜만 볼 게다. 다시 도발해 오지는 못할 거야. 그들의 목적은 우리가 아니라 영락대인이니까. 우리가 그를 만날 거라 예상하고 있다면 내일을 기약하겠지. 그러니 우린 편히 자도 된다."

원보의 말에 감명은 고개를 끄덕이면서도 불안한 기색을 감추지 못했다. 그러자 허소산이 입을 열었다.

"어르신의 말씀대로 그들은 더 이상 우릴 도발하지 않을 테니 걱정 말고 자거라. 내일은 아마도 재미있는 일이 벌어질 것 같구나."

허소산까지 나서자 감명은 그제야 안심한 표정을 지었다.

감명과 원보는 금세 코를 골며 잠에 빠져들었다. 그러나 허소산과 허산왕은 밤이 깊을 때까지 주변을 살피다가 밤늦게야 잠을 청했다.

이슬에 젖은 숲에서 산새 소리가 요란하게 들려왔다. 그 산새소리에 잠을 깬 허소산 일행은 아침 요기를 간단하게 한 후 주섬주섬 숙영지를 정리하고는 다시 중석산을 오르기 시작했다.

그들이 움직이자 숲 속에서 사람들의 인기척이 은밀하게 전해졌다. 예상대로 절대삼문의 고수들은 일행의 주변을 떠나지 않고 있었던 것이다.

쫓는 자들이 있거나 말거나 허소산 일행은 유유자적하며 산을 올랐다. 산중에 펼쳐진 단풍들이 한껏 가을 산의 정취를 뿜어내고 있었다. 덕분에 가파른 산길이었지만 일행은 힘든 줄 모르고 중석산을 올랐다.

그렇게 아침에 출발한 길이 한 시진 정도 계속되었을 때 문득 단풍나무 사이로 푸른 물빛이 보였다.

"와! 정말 호수예요."

나무 사이로 모습을 드러낸 산중의 호수에 감명이 탄성을 자아냈다.

호수는 기이한 곡선을 그리며 산허리를 이리저리 돌아 불규칙한 모양으로 물을 머금고 있었다. 평지에 펼쳐진 호수가 아스라한 수평선을 내보이는 것과는 전혀 다른 모습의 산중호수였다. 호수는 당장 이십여 장 앞쪽에서 방향을 틀어 다시 산중으로 꺾여져 있어서 전체 모습이 어떻게 생겼는지 짐작하기 어려웠다.

그러나 그러한 불규칙한 모양의 호수가 주는 아름다움도 있어서 호수 저쪽에 무엇이 있을까 하는 호기심이 산중호수를 좀 더 신비롭게 보이게 만들기도 했다.

"어디에 그들이 있을까?"

허산왕이 호수 주변을 살피며 입을 열었다. 그러나 그 어디서도 영락대인이나 그의 수하 조치효의 모습은 보이지 않았다.

"이거 너무 빨리 온 건가? 아니면 헛걸음을 한 건가?"

원보가 불안한 목소리로 중얼거렸다. 그런데 그때 문득 산에 가려진 호수 저쪽에서 한 척의 배가 모습을 드러냈다.

"저기 배예요."

배를 발견한 감명이 목소리를 높였다. 배는 일단 일행 앞에 모습을 드러내자 바람을 타듯 물길을 가르며 일행이 서 있는 곳으로 다가왔다. 그리고 배 위에는 과연 청옥장의 문지기 조치효가 노를 들고 서 있었다.

"어서 오십시오, 파 대협. 기다리고 있었습니다."

허소산을 발견한 조치효가 청옥장에서와 달리 일대고수의 분위기를 드러내며 허소산에게 정중하게 포권을 해 보였다.

"일찍 오셨구려."

허소산이 가볍게 고개를 끄덕이며 응대하자 조치효가 희미한 미소를 지으며 대답했다.

"우리 주인께서는 새벽 호수를 좋아하시지요."

"하하, 영락대인께선 운치가 있는 분이구려. 그래, 어딜 가야 그대의 주인을 만날 수 있소?"

허소산이 묻자 조치효가 한 걸음 뒤로 물러서며 말했다.

"오르시지요."

배는 그리 크지 않았다. 그러나 허소산 일행 네 명을 실을 만큼은 충분히 넓었다.

허소산과 일행이 배에 오르자 조치효가 힘껏 노를 젓기 시작했다. 그러자 일행을 태운 배가 서서히 호수의 중앙으로 밀려들어 가더니 이내 산 그림자가 드리운 굽어진 물길을 따라 사라졌다.

순간 허소산 등이 서 있던 곳에 일단의 사람이 모습을 드러냈다. 절대삼문의 고수들이었다.

"어쩌지요? 주변에 배가 없습니다."

제갈현이 급히 남궁황을 보며 물었다. 그러자 남궁황이 싸늘한 눈으로 물 자취를 남기며 사라지는 배를 보며 중얼거렸다.

"봉화호에서 만나자고 한 이유가 있었군. 다른 호수와 달리 이 봉화호는 숨을 곳이 많구나."

"추격을 포기해야 합니까?"

상관청이 분한 표정으로 물었다.

"포기할 수는 없지."

"하면 어떻게……?"

"날랜 사람을 추려 산길로 추격한다. 호수란 것이 아무리 굴곡이 많다고 하더라도 높은 곳에서 보면 결국 모든 것을 내보일 수밖에 없을 테니."

"그렇군요."

상관청이 생기가 돋는 표정으로 대답했다.

잠시 후 절대삼문의 고수 여럿이 남궁황을 따라 호수와 이어진 산으로 치닫기 시작했다.

배는 산중의 호수를 따라 깊은 산속으로 흘러들어 갔다. 호수는 곳곳에 깊은 협곡을 간직하고 있었다. 만약 누군가 이 호숫가에 숨겠다고 마음먹는다면 아무도 그를 찾을 수 없을 정도로 호수변은 복잡한 굴곡과 깊은 숲을 이루고 있었다.

'그가 왜 이곳을 택했는지 알겠군.'

허소산은 깊고 어두운 숲과 계곡을 경계로 둔 호숫가를 바라보며 영락대인이 이 봉화호를 만남의 장소로 택한 이유를 알 수 있었다. 이런 곳에서라면 타인의 눈을 의식하지 않고 양측의 만남이 이뤄질 수 있을 것이다. 그건 또한 영락대인이 여전히 강호에 자신의 진실한 정체를 드러내지 않으려 한다는 것을 말해주는 것이었다.

그런데 호수를 따라 이동하면서 조치효가 기이한 행동을 했다. 깊이 굴곡진 호수변의 숲 쪽을 향해 간혹 고개를 끄덕였던 것이다. 분명 아무도 없는 곳을 향해 그런 행동을 하지는 않을 터였다. 그러므로 숲에는 영락대인을 따르는 자들이 숨어 있다는 의미였다.

주의 깊게 살피니 조치효가 신호를 보내는 숲에서 간혹 사람의 인기척이 느껴지기 시작했다.

'빠르고 강한 자들이다.'

허소산은 이내 숲에서 은폐하고 있는 자들의 기운을 생생하게 느낄 수 있었다. 호수가 길고 깊었지만 그 폭이 넓은 것은 아니어서 일단 숨어 있는 자들의 존재를 확인하자 그들의 움직임이 생생하게 느껴지는 허소산이었다.

삐이꺽, 삐이꺽!

배는 여전히 구불거리는 호수를 따라 앞으로 전진하고 있었다. 그러던 어느 순간 불쑥 호숫가의 숲에서 사람의 모습이 나타났다. 그는 노를 젓는 조치효를 향해 가볍게 고개를 숙여 보였다. 그러자 조치효가 손을 들어 답을 했다. 그렇다고 배가 나타난 사람이 있는 곳으로 가는 것은 아니었다. 배는 여전히 호수의 깊은 안쪽을 향하고 있었다. 대신 호수변 숲에서 나타나 조치효에게 신호를 보내는 자들이 점점 늘어나기 시작했다.

"준비가 대단하시구려."

원보가 조치효을 보며 빈정대듯 말했다. 이렇게 깊은 호수로 불러들였으면서도 그조차 안심하지 못하고 다시 수많은 수하들을 호수 곳곳에 배치해 둔 것에 대한 비웃음 같은 것이었다.

"만사는 불여튼튼이지요. 대협들께서도 어제 절대삼문의 방문을 받지 않으셨소이까?"

"보고 있었구려."

"손님의 안위를 살피지 않을 수 없지요."

"후후후, 제발 우리가 이 호수를 벗어날 때까지 그 마음이 변치 말기를 바라오."

"무슨 말씀을……."

조치효가 가볍게 미소를 지었다.

배는 대략 반 시진 정도 호수를 거슬러 올랐다. 그러자 문득 호수가 좁아져 그 위로 수백 년 된 수목들이 우거진 곳이 나타났다. 배는 이내 그 나무 그늘 사이로 사라졌다. 그런데 기이한 것은 나무 그늘 저편으로 이어진 호수로 허소산 일행을 태운 배가 다시 나타나지 않았다는 것이다.

"어디로 갔는가?"

공력을 소모하며 절대삼문의 고수들을 이끌고 산을 치닫고 있던 남궁황이 일순 걸음을 멈추고 당황스런 표정을 물었다.

"그것이… 귀신처럼 없어졌습니다."

앞서 길을 열던 상관청이 당혹한 얼굴로 대답했다.

"음……. 그렇다면 호수가 좁아지는 저 지점에 뭔가 다른 길이 있다는 말인데……."

"내려갈까요?"

남궁옥룡이 투기를 드러내며 물었다. 그러자 남궁황이 한참 고민을 하다고 고개를 저었다.

"아니다. 돌아간다."

"하지만 여기까지 와서……."

"오면서 살펴보니 이 호수 주변에 제법 많은 숫자의 고수가 숨어 있었다. 그들이 영락대인을 쫓는 강호의 고수들인지 아니면 영락대인이 부리는 수하들인지 모르는 상황에서 저곳으로 그들을 추격해 들어가는 것은 무모한 일이다."

"하면 영락대인을 찾는 일은 포기한다는 말입니까?"

"그럴 수는 없지. 그가 이곳에 있는 것은 확실한 듯하니 문도들을 이 중석산 주변에 집중시킨다. 만약 그가 이 산을 떠난다면 절대삼문의 눈을 피하지 못할 것이다."

"그러나 그렇게 되면 무창에 모인 모든 고수들이 우리 삼문을 주시하게 될 것입니다."

제갈현이 말했다.

"상관없어. 항주는 몰라도 무창에서 삼문을 대적할 자들은 없다. 이미 악양에서 더 많은 문도들이 무창을 향해 출발했다. 그들이 도착하면 아무도 삼문에 앞서 오릉을 열지 못할 것이다. 물론 그전에 영락대인을 잡아 오릉의 실체를 파악해야겠지만……."

"알겠습니다."

제갈현은 눈치가 빠른 자라 이내 전후사정을 깨닫고 뒤로 물러났다.

"가자."

남궁황이 조금 아쉬운 듯 배가 사라진 호수 위의 숲을 바라보고는 이내 걸음을 돌렸다.

"신기해요."

감명이 숲 속으로 이어진 작은 수로를 둘러보며 말했다. 수로는 아주 오래전 사람이 만든 것이 분명했다. 호수에서 산 쪽으로 작은 배 한 척 다닐 정도의 넓이로 만들어진 수로 위에는 무성한 나무들이 우거져 있어서 산 위에서 본다면 영락없이 평범한 숲으로 보이게 위장되어 있었다.

조치효는 숲이 수면을 가리는 순간 배를 그 수로를 향해 몰았다. 덕분에 일행은 그들을 추격하고 있던 절대삼문 고수들의 눈에서 벗어났던 것이다.

'썩 좋은 상황은 아니군.'

감명은 산속을 향해 난 기이한 수로에 감탄하고 있었지만 허소산의 표정은 그리 밝지 않았다. 이런 수로가 존재한다는 것은 영락대인이 단순히 만남을 위해 이 봉화호를 선택한 것이 아니라는 의미였다.

아마도 아주 오래전부터 이 봉화호는 영락대인의 은밀한 은신처였을 터였다. 더군다나 이런 비밀스런 수로의 존재를 허소산 일행에게 드러낸다는 것은 허소산 일행을 자신들 편으로 끌어들이거나 혹은 그들을 제거할 수 있다는 자신감이 있기 때문일 터였다.

배는 대략 이각 정도 숲으로 난 수로를 따라 들어가 삼면이 절벽으로 가로막힌 지점에서 멈췄다.

수로의 끝은 작은 못을 이루고 있었는데 그 못 주변에는 기화이초가 만발했다. 수로가 난 곳을 빼면 하늘 높은 절벽으로 가로막혀 있었기에 마치 수로를 통해 연결된 다른 세계에 들어온 듯한 느낌을 주는 장소였다.

그리고 그 연못의 한쪽 끝에 작은 정자가 서 있었다. 그리 크지 않은 정자는 이런 깊은 산속에 세워진 정자치고는 제법 잘 손질되어 있었고 지붕은 잘 구운 기와로 만들어져 있었다. 그 정자 위에 한 명의 중년 서생이 한 자루 부채를 들고 고고하게 앉아 있었다.

"다 왔소이다."

뒤늦게 조치효가 일행에게 목적지에 도착했음을 알렸다. 조치효가 일행을 태운 배를 정자가 있는 곳으로 몰아갔다.

쿵!

작은 충돌음과 함께 배가 정자 아래 연못가에 닿았다.

"내리시지요."

조치효가 정중하게 말했다.

일행은 허소산을 선두로 조치효의 안내에 따라 배에서 내렸다. 그러자 조치효가 얼른 일행에 앞서 정자로 다가서서 깊숙이 허리를 숙여 보인 후 정자 위의 서생을 향해 입을 열었다.

"파 대협을 모시고 왔습니다."

조치효의 말에 배가 수로를 통해 못으로 들어오는 것을 지켜보고 있던 서생이 고개를 끄덕이고는 천천히 정자를 내려와 허소산 앞으로 다가왔다.

'기이한 자구나.'

허소산은 자신 앞에 다가선 사십대 중반의 사내를 보며 불쑥 호기심이 일어났다. 사내는 무척 잘생긴 얼굴을 하고 있었다. 더군다나 누구라도 저절로 고개가 숙여질 만큼의 고고함을 지니고 있었다. 단지 조금 특이한 것은 사내의 생김새가 보통 사람들과 약간 다른 면이 있다는 것이었다.

머리 색깔 중에 간혹 붉은색이 보이기도 했고, 보통 사람보다 깊은 눈을 지니고 있었으며 그 눈빛에도 은은한 붉은빛이 돌았다. 그러나 그렇다고 해서 사내가 흘려내는 붉은빛이 사람들에게 위협적으로 보이는 것은 아니었다.

오히려 그 붉은빛은 무척 투명하고 엷었기에 사내를 좀 더 신비롭게 보이게 만들었다.

"어서 오시오. 손님을 초대하고도 마중을 나가지 못한 점 사과드리겠소이다."

사내가 먼저 허소산에게 정중하게 포권을 해 보였다. 그러자 허소산이 조금 도도한 표정으로 응대했다.

"영락대인께서 천하의 이목을 피해 은거하신 분임을 알고 있는데 강호의 뭇 승냥이들이 눈을 번뜩이는 대처로 어찌 마중 나오시길 기대했겠소이까? 이렇게 만나주시는 것만도 영광이지요."

허소산의 대답에 사내가 묘한 미소를 짓더니 다시 입을 열었다.

"이 몸의 사정을 생각해 주시니 고맙소이다. 자, 정자로 오르시지요."

사내의 권유에 일행이 천천히 정자 위로 올랐다. 정자 위에는 간단한 주안상이 마련되어 있었는데 그 음식의 정갈함이 사내의 성정을 말해주고 있었다.

"우연히 발견한 못인데 경치가 좋아 이곳에 정자를 세워두고 간혹 들르지요."

정자 위에 올라 주변의 풍경을 살피던 일행에게 사내가 말했다.

"이런 곳에 정자를 세우시다니, 역시 영락대인께선 놀라운 재주를 지니셨구려."

허소산의 말에 영락대인이 다시 한줄기 미소를 지었다.

"세인들이 날 영락대인이라는 거창한 호칭으로 부르지만 사실 전 그리 대단한 사람이 아니외다. 그저 경치 좋은 곳을 찾아다니며 선현의 글이나 읽은 한량에 지나지 않지요."

"하하하, 일개 한량이 어찌 천하의 뭇 고수들을 무창으로 불러 모을 수가 있단 말이오?"

허소산의 말에 사내가 고개를 갸웃하며 물었다.

"무슨 말씀이신지 모르겠구려. 제가 천하의 고수들을 무창으로 불러들였다니……?"

"오릉의 존재를 드러내 천하인을 불러 모은 것은 영락대인이 아니시오?"

"그게 아니지요. 오릉이야 본래부터 이 무창에 존재하는 것이고 저야 그저 오릉에서 나온 유물을 감별했을 뿐이외다. 그러니 내가 천하의 고수들을 무창으로 불렀다는 것은 지나친 말이외다."

"글쎄요. 내 생각은 조금 다르오."

허소산이 고개를 저었다.

"어떻게 말이오?"

"만약 영락대인께서 굳이 오릉의 존재를 천하에 알리지 않으려 했다면 그 유물들의 존재를 묻어두셨을 수도 있었소이다. 사실 그것이 강호를 혼란에 빠뜨리지 않는 길이고 말이오. 일단 오릉의 존재가 세상에 알려지면 무림의 강자들이 무창으로 모일 것은 누구나 예상할 수 있는 일 아니오? 강호에 명성이 자자한 영락대인께서 그런 사실을 모를 리 없으실 테고……. 그런데도 굳이 오릉의 유물을 사람들에게 확인해 주시고 또한 오릉삼보의 존재까지 강호에 흘렸으니 이는 필시 세상의 이목을 오릉에 집중시키기 위함이 아니오이까?"

허소산의 날카로운 질문에 사내가 잠시 깊은 눈으로 허소산을 바라보다 이내 한줄기 미소를 지으며 말머리를 돌렸다.

"자자, 그런 이야길랑 천천히 하시고 일단 자리에 앉읍시다. 이거 술 한 잔 나누기 전에 너무 심각한 이야기를 한 것 같구려."

한발 뒤로 빠지는 영락대인을 보며 허소산이 한줄기 미소를 지었다.

'학자가 아니어 무인인가 했더니 또한 장사치였나? 행보가 무척 능란하구나.'

허소산이 속으로 사내의 사람됨을 살피며 그가 권하는 대로 자리에 앉았다. 그러자 사내가 얼른 술병을 들어 허소산 일행의 잔에 손수 술을 따랐다. 그러면서 은근한 어조로 말했다.

"사실 나 또한 파 대협을 무척 만나고 싶었소이다. 대체 어떤 분이기에 천하의 금천장주가 탄복하여 무릎을 꿇었나 싶어서 말이외다."

"무릎을 꿇다니요. 천하에서 금천장주의 무릎을 꿇게 만들 사람이 존재하겠소이까? 그저 서로 잠시 필요에 의해 손을 잡은 것뿐이지요. 사실 아직 손을 잡은 것도 아니고 말이오. 그저 서로에 대해 알아가는 중이지요."

"그렇소이까? 내가 듣던 것과는 조금 다르구려."

"어떤 소문을 들었소이까?"

"내가 듣기로는 파 대협께서 단신으로 황학루에 모인 금천장의 고수들을 모두 패퇴시키고 금천장주의 항복을 받아냈다고 하더이다만······."

"하하하, 역시 강호의 소문이란 믿을 것이 못 되는 것 같소이다. 그 소문은 무척 과장된 것이외다."

"하지만 파 대협께서 홀로 금천장의 고수들을 상대한 것은 맞지 않소이까?"

"그렇긴 하지만 그저 내 한 몸 지키는 정도였소이다. 물론 뭐··· 그들이 그리 대단하지는 않았소."

허소산이 은연중에 오만한 기색을 드러냈다. 그러자 사내가 뜻 모를 미소를 지으며 술잔을 들었다.

"자, 이렇게 만난 것도 인연인데 술 한잔 아니할 수 없지 않겠소?"

"하하하, 그렇지요. 이 무창의 일은 사실 무척이나 호기심이 동하는 것인데 오늘 그 주재자를 만났으니 이 파금검 또한 무척 기대가 되는구려. 한잔하십시다."

허소산이 빙그레 미소를 지으며 술잔을 입으로 가져가 한 입에 털어 넣었다. 그러자 사내가 술잔을 입술에 대는가 싶더니 이내 잔을 내려놓으며 말했다.

"내 이름은 야율거공이라 하오."

불쑥 자신의 이름을 말하는 사내의 말투에 허소산이 기이한 눈으로 사내를 보다가 나직이 입을 열었다.

"그렇다면… 북쪽의 분이시오?"

"뭐, 아주 연관이 없지는 않소. 그러나 그건 이미 오래된 선대의 일이오이다."

사내의 대답에 허소산이 살짝 아미를 모았다. 본래 야율씨는 대요를 세운 거란족의 성씨였다. 야율 성씨를 쓰는 사람이 강호에 한둘은 아니겠지만 일단 요와 관련이 있는 인물일 수도 있었다.

"야율씨는 존귀한 성씨지요."

허소산이 넌지시 야율거공을 떠보았다. 그러자 야율거공의 얼굴에 씁쓸한 미소가 지어졌다.

"사람의 존귀함이 어찌 성씨로 정해지겠소이까? 본시 삶이 고루하기로는 버림받은 왕가의 혈족이 더욱 심하지 않겠소이까?"

"대망을 가지고 있소?"

허소산이 단도직입적으로 물었다. 그러자 야율거공이 살짝 아미를 좁혔다. 직설적인 허소산의 질문에 내심 당황한 듯도 보였다.

"대망이라……. 무엇에 대한 대망을 말씀을 하시는 건 지……?"

야율거공이 한발 뒤로 물러났다. 그러자 허소산이 잠시 그의 얼굴을 응시하다 갑자기 호탕한 웃음을 터뜨렸다.

"하하하, 사내라면 시전의 일개 필부라도 세상을 향한 큰 꿈을 가지고 있지 않소이까? 해서 물은 거외다. 그저 세상이 싫어 은거한 것 같지는 않아서 말이오."

"음……. 그런 의미라면 나라고 어찌 세상에 대한 포부가 없겠소이까? 그러나 때와 인물을 만나지 못하면 그저 산중의 필부로 살 수밖에 없겠지요."

"그러실 분 같지는 않구려."

허소산이 묘한 미소를 지으며 말했다. 그러자 야율거공 역시 한줄기 미소를 짓더니 이번에는 허소산에게 물었다.

"그런 파 대협은 세상에 대한 야망이 있소?"

그러자 허소산이 시원하게 대답했다.

"아, 물론 있소이다. 남아가 세상에 나왔으면 당연히 대업을 이뤄야 하지 않겠소이까?"

"하하하. 역시 파 대협은 호방하신 분이구려. 그럼 금천장주와 손을 잡으신 것도 그런 이유에서겠구려."

"흠, 천하를 도모하는 일이 어찌 도검으로만 되겠소이까? 금천장은 강호에서 내로라하는 거부이니 당연히 인연이 닿으면 도움이 되는 곳이지요. 물론 아직이야……."

허소산의 말에 야율거공이 심각한 표정을 지으며 물었다.

"파 대협께서는 금천장에 대해 얼마나 알고 계시오?"

"금천장이 작금에 이르러 천하의 강자들과 두루두루 인연을 맺고 있다는 것은 알고 있소. 그 장주 금선웅이라는 사람을 만나 보니 만만한 자는 아니더이다. 흉중에 천하를 손에 넣고 싶어 하는 욕심이 가득하더구려."

"그런데도 그런 자와 손을 잡았단 말입니까? 그가 두렵지 않으시오?"

"뭐가 두렵단 말이오?"

"내가 아는 금선웅은 음흉한 사람이오. 그 속을 알 수 없는 자란 말이오. 그런 자는 언제 어느 때 동업자의 등에 비수를 꽂을 지 알 수 없는 사람이오."

"후후, 그러니까 그의 배신이 두렵지 않느냐는 말이구려?"

"그렇소이다. 본시 상가의 족속들이란 믿을 것이 못되오. 달면 삼키고 쓰면 뱉는 자들이라……. 파 대협의 쓰임이 다하거나 혹은 파 대협의 그릇이 너무 커 자신들이 담기 어렵다고 판단되면 그때는 분명……."

야율거공이 크게 걱정스런 표정으로 경고를 했다. 그러자 허소산이 한줄기 미소를 흘렸다.

"만약 그런 일이 발생한다면 그건 금천장으로서는 무척 애석한 일이겠지요."

"어째서 말이오?"

"그때는… 금천장의 식솔 중 단 한 명도 살아남지 못할 테니 말이오."

한순간 허소산의 눈에서 시퍼런 살광이 일렁였다. 그러자 야율거공의 눈에도 번개처럼 이채가 서리고 지나갔다.

"그들을 상대할 자신이 있다는 말이구려?"

야율거공이 물었다.

"천하에 나 파금검의 등에 칼을 꽂을 사람은 없소이다. 난 그렇게 약한 사람이 아니오."

허소산이 광오할 정도의 자신감을 드러냈다. 그러나 그 자신감이 이상하게도 진실처럼 들렸다. 허소산과 함께 야율거공을 만나러 온 허산왕이나 원보, 그리고 감명은 파금검으로서의 허소산이 보이는 자신감과 오만함이 왠지 모르게 그와 무척 잘 어울린다는 생각이 들었다. 그 모습이 평소의 허소산과는 정반대의 모습임에도 불구하고……

"아, 역시 파 대협께선 대단한 호협이시오. 난 강호에 나와 파 대협과 같은 패기를 지닌 사람을 지금껏 보지 못했소이다."

"이건 패기가 아니라 사실이오. 날 적으로 돌리는 사람은 세상에서 가장 어리석은 사람이라고 할 수 있소. 난 천하는 양보할 수 있어도 배신은 받아들이지 못하는 사람이라오."

"천하를 양보한다?"

야율거공의 눈빛이 다시 반짝였다. 그러자 허소산이 다시 호방한 음성으로 말했다.

"사실 내가 천하를 발아래 두려 하는 것은 천하에 욕심이 있어서라기보다는 일단 강호에 나왔으니 한판 신나게 놀아보고 싶기 때문이오. 그러니 천하 따위 누구에게든 던져줄 배포는 있소."

"오, 정말 파 대협은 천외천의 사람인 듯하오. 천하를 한낱 노리개로 여기시다니……."

야율거공이 짐짓 감탄한 기색을 드러내며 허소산에게 찬사를 보냈다. 그러자 허소산이 은근한 어조로 야율거공을 불렀다.

"대인!"

"왜 그러시오?"

"사내답게 솔직히 말씀해 보시구려. 도대체 이 무창에서 무슨 일을 하려고 하시는 거요?"

허소산의 갑작스런 질문에 야율거공이 즉시 대답을 하지 못하고 잠시 생각에 잠겼다가 무겁게 입을 열었다.

"나 역시 파 대협과 마찬가지로 천하를 상대로 한판 놀이를 벌이고 있소이다."

"어허! 역시 그랬구려. 내 분명 그럴 줄 알았소. 야율 대협을 처음 보는 순간 일개 서생일 리가 없다고 생각했지. 그럼 역시 오릉은… 가짜란 말이구려?"

허소산의 말에 야율거공이 고개를 저었다.

"아니오. 오릉은 실재하오."

순간 허소산이 놀란 표정을 지었다.

"아니, 오릉이 정말로 존재한단 말이오? 야율 대협이 강호의 강자들을 끌어들이기 위해 만든 것이 아니었소?"

"천하의 일을 도모하는데 어찌 일을 허술하게 하겠소이까? 속임수라는 것도 아흔아홉 개의 진실 중 하나의 거짓을 섞어야 완벽해지는 것이 세상의 이치라오."

"아, 역시 야율 대협은 보통 분이 아니구려. 아흔아홉 개의 진실 중 하나의 거짓이라……. 그럼 그 하나의 거짓이 무엇인지 내게 말해줄 수 있겠소?"

허소산의 질문에 야율거공이 빙그레 미소를 지으며 대답했다.

"그건 오늘 이곳에서 파 대협과 내가 어떤 약속을 하느냐에 달렸을 것이오."

"이미 하나의 거짓이 포함되어 있다는 것을 알고 있는데 그 내용을 숨기는 것은 무의미하지 않겠소?"

"파 대협께서 함부로 오늘의 일을 외부에 발설치는 않으리라 생각하오. 아니 그것보다 오늘 반드시 이곳에서 우리 두 사람이 하나의 일에 합의할 거라 생각하오. 그러니 뒷일을 걱정할 필요는 없지 않겠소?"

"만약 합의에 이르지 못한다면 어찌시겠소?"

허소산이 슬쩍 몸을 뒤로 젖히며 물었다. 마치 당장에라도 야율거공을 향해 검을 뽑을 듯한 기세였다. 그러자 야율거공이 희미한 미소를 지으며 주변을 둘러보았다.

아름다운 연못에 고인 물들이 수로를 통해 들어오는 바람에 하늘거리고 있었고, 그 위로 수십 척 절벽의 그림자가 연못 안에 다른 하늘을 만들고 있었다.

"이곳은 무척 깊고 험한 곳이지요."

야율거공이 나직하게 입을 열었다. 잘 들어보면 그 어떤 협박보다도 두려운 협박이 흘러나온 것이다.

"글쎄올시다. 내가 보기엔 세상 넓은 줄 모르는 개구리들이 사는 우물 같은데……."

허소산이 한줄기 미소를 지었다. 순간 싸늘한 긴장감이 장내를 휘어감았다. 누가 먼저 검을 뽑아도 이상할 것이 없는 분위기에 허산왕과 원보, 그리고 감명이 자신들의 병기에 손을 가져갔다.

"과연 파 대협이 천하를 아우를 능력이 있는지 궁금하구려."

허소산의 실력을 시험해 보고 싶다는 야율거공의 말이었다. 그러자 허소산이 지지 않고 응대했다.

"지금껏 날 시험하고자 한 자 중 살아남은 자는 금천장주 오직 하나요. 그가 살아난 이유는 수중에 재물이 많았기 때문이오. 자기 목숨 하나 건질 만큼……. 그런데 야율 대협께는 그런 재물이 있소?"

허소산의 말에 실린 살기에 야율거공의 동공이 한차례 흔들렸다. 아마도 허소산의 무공을 시험해야 할지 말아야 할지 판단이 서지 않는 모양이었다. 그러자 허소산이 다시 입을 열었다.

"이건 어떻소?"

"뭐가 말이오?"

"스스로 시험의 대상이 되는 것 말이오! 만금의 재물보다 그대의 머리가 무거울 것 같은데⋯⋯. 정녕 그런지 나도 시험을 해보리다!"

허소산의 말이 끝나는 순간 그의 검이 움직였다.

第九章
간웅(奸雄)

　영락대인 야율거공의 몸이 부유하듯 허공으로 떠올랐다.

　삭!

　그가 있던 자리를 허소산의 검이 섬광처럼 베었다. 영락대인의 옷자락이 허소산의 검에 베어져 바람에 흩날렸다. 허소산의 검을 급하게 피해낸 영락대인은 어느새 정자를 벗어나 그의 뒤쪽 연못으로 내려서고 있었다.

　팟!

　허소산이 재빨리 몸을 날려 영락대인의 뒤를 쫓았다.

　투툭!

　영락대인의 신형이 연못의 수면 위로 떨어져 내리는 순간 그의 발이 연못가에 빼곡하게 들어찬 연꽃잎을 차며 다시 허공으로 치솟았다. 그리고는 자신을 향해 달려드는 허소산을 향해 일검을 뻗어냈다.

슈우욱!

살아 있는 뱀처럼 꿈틀거리는 영락대인의 검이 그 입을 벌려 검기를 쏟아냈다.

지잉!

허소산이 사선으로 검을 휘둘러 검기의 방향을 틀었다. 그리고는 비껴나가는 검기를 타고 오르며 영락대인의 머리 위로 날아올랐다.

"음!"

영락대인의 입에서 나직한 신음성이 흘러나왔다. 동시에 그가 급히 신형을 뭍으로 날렸다. 그 순간 허소산의 검이 그가 있던 자리를 베어냈다.

삭!

다시 허공을 벤 허소산의 검에 애꿏은 연꽃 하나가 반으로 갈라져 나갔다. 허소산이 여유를 두지 않고 연못을 벗어나 영락대인의 뒤를 쫓았다.

일단 땅 위에 올라선 영락대인은 움직임을 멈추고 검을 두 손으로 잡아 자신의 가슴 어림을 가린 채 자신을 추격해 오는 허소산을 응시하고 있었다.

그리고 잠시 후 허소산의 발이 땅에 닿는 순간 번개처럼 검을 휘둘렀다.

우웅!

영락대인의 검에서 일어난 검기가 묵직한 파공음과 함께 대기를 가르며 허소산의 두 다리를 베어갔다. 부챗살처럼 퍼져 나오는 영락대인의 검기를 허소산이 허공으로 솟구쳐 오르며 피해냈다. 그러자 한순간 영락대인이 왼손을 번개처럼 뿌렸다.

파아악!

영락대인의 왼손에서 언제 빼어 들었는지 한 자루 비도가 허소산의 심장을 향해 날아들었다.

"좋아!"

허소산이 짐짓 감탄사를 흘려내며 허공에서 기이하게 몸을 비틀었다.

팡!

순간 그의 발이 자신을 향해 날아오던 비도를 벼락처럼 쳐냈다. 허소산의 발에 막힌 영락대인의 비도가 연못으로 날아가 물속으로 사라졌다. 그러는 사이 허소산이 영락대인의 머리를 향해 일검을 내리그었다.

웅!

태산처럼 무거운 파공음이 장내를 울렸다. 영락대인이 급히 검을 들어 올려 허소산의 검을 막았다. 그러나 허소산의 검에 실린 공력을 이기지 못하고 그의 무릎이 푹 굽혀졌다. 땅에 닿을 듯 구부러진 그의 다리가 겨우 허소산의 공세를 버티고 있을 때 허소산의 신형이 빙글 회전했다.

턱!

허소산의 발이 땅에 끌리듯 회전하며 영락대인의 발목을 가격했다.

"웃!"

영락대인의 입에서 다급한 음성이 흘러나오며 그의 몸이 중심을 잃고 비틀거렸다. 그 순간 다시 허소산의 검이 허공을 갈랐다. 영락대인이 비틀거리는 와중에도 급히 검을 들어 올려 허소산의 검을 막아갔다. 그러나 허소산의 검은 격류를 헤치고 올라가는 연어처럼 영락대인의 검을 타고 올라가 한순간 영락대인의 목을 찔렀다.

"주인님!"

순간 사방에서 고함 소리가 터져 나오며 여덟 개의 그림자가 폭풍처럼 허소산을 향해 달려들었다.

"흥!"

허소산에게서 한줄기 비웃음이 흘러나왔다. 그는 막 영락대인의 목을 찌르려던 검을 회수하더니 훌쩍 신형을 뒤로 물리며 서너 차례 검을 그었다.

사삭!

미세한 파열음이 허소산의 검 주위에서 일어났다. 동시에 그의 신형과 여덟 개의 검은 그림자가 한 덩어리로 얽혀들었다.

"욱!"

"큭!"

한순간 두 마디의 비명성이 흘러나오고 허소산의 신형이 신룡처럼 허공으로 치솟아올라 검은 그림자들로부터 벗어났다.

투툭!

허소산이 벗어난 자리에 둔탁한 소음과 함께 두 명의 검은 무복 사내가 쓰러졌다. 그리고 나머지 여섯 명의 사내들도 허소산을 쫓을 엄두를 내지 못하고 서둘러 영락대인 야율거공의 주위를 호위하듯 둘러섰다.

허소산은 유유히 허공에서 내려서더니 검을 한차례 휘둘러 검에 서린 사기를 흘려냈다. 그러자 어느새 정자를 내려온 허산왕과 원보, 그리고 감명이 재빨리 허소산 주위에 늘어섰다.

"이거… 생각보다 실망인걸……."

허소산이 거만한 표정으로 고개를 갸웃하며 중얼거렸다.

"그대는 예상보다 대단한 사람이구려."

영락대인이 검은 무복의 수하들에게 둘러싸인 채 말했다.

"설마 그런 정도로 무림천하를 꿈꾸고 있었던 거요?"

허소산이 다시 오만한 표정으로 물었다.

"천하를 손에 쥐는 일이 어찌 무공으로만 이뤄지겠소."

"가슴에 대계를 품고 있다는 말이군. 하지만 힘이 없으면 그 대계도 아무런 쓸모가 없을 터인데?"

"그 힘, 파 대협이 보태주시겠소?"

영락대인이 거두절미하고 손을 내밀었다. 그러자 허소산이 가만히 영락대인을 응시하다 고개를 저었다.

"싫소."

순간 야율거공의 얼굴에 언뜻 노기가 서렸다.

"내 제안을 거절할 줄은 몰랐구려."

"그걸 예상 못했다면 그대는 천하를 품을 지혜가 없는 것이오."

"거절의 이유를 물어봐도 되겠소?"

"두 가지 이유가 있소. 하나는 천하는 본래 둘로 나눠 가질 수 없는 것이니 우리 두 사람 중 하나는 결국 다른 사람의 밑에 들어가야 할 거요. 그런데 당신이나 나나 누구 밑에서 일할 사람은 아니잖소?"

"으음……. 그럼 두 번째 이유는 뭐요?"

"두 번째 이유는 내가 이미 금천장과 손을 잡았다는 거요. 나 파금검은 보기와 달리 무척 신의가 있는 사람이라오. 한 번 맺은 맹약을 스스로 깰 사람이 아니라는 말이오. 더군다나… 금천장주 금선웅은 그대보다 다루기가 훨씬 쉬울 것 같단 말이오."

허소산의 솔직한 대답에 야율거공이 한줄기 미소를 지었다. 그리고는 천천히 고개를 끄덕였다.

"파 대협께서 말씀하신 그 이유들은 무척 합당한 이유요. 그러나 풀지 못할 것도 없는 문제인 것 같소."

"어떻게 그 두 가지 문제를 해결하시겠소?"

허소산이 호기심이 동한 표정으로 물었다. 그러자 야율거공이 수하들 틈에서 벗어나 천천히 연못가를 거닐며 말했다.

"먼저 금천장의 문제를 말하자면 내가 금천장을 재기불능으로 만들면 더 이상 파 대협이 금천장과 손을 잡을 이유는 없을 거요."

"호오, 그럴 자신이 있소?"

"이번 무창에서의 일에서만 파 대협께서 금천장을 깊게 돕지 않는다면 그렇소."

그러자 허소산이 잠시 생각에 잠겼다가 고개를 끄덕였다.

"본래 금천장과는 아직 매듭짓지 못한 문제가 있어 그 맹약이 완벽하게 이뤄졌다고 보기 어려운 상태요. 적어도 무창에서는 금천장의 일에서 한 발 물러나 있을 수 있소."

"다행이구려. 그렇다면 난 충분히 금천장을 요리할 자신이 있소."

"하하, 한 번 기대해 보리다. 그런데 다른 한 가지 문제는 어떻게 해결하시겠소?"

허소산의 물음에 야율거공이 신중한 표정으로 입을 열었다.

"내게 무림천하가 필요한 것은 다른 한 가지 일을 하기 위해서지 무림 자체가 필요하기 때문은 아니오."

"그 일이 무엇이오?"

"그건 지금 말해줄 수 없소."

야율거공이 단호하게 고개를 저었다.

"그렇소? 그럼 난 이만 물러가겠소."

허소산이 냉정하게 말했다. 그리고는 신형을 돌려 서슴없이 조치효가 그들을 태우고 온 나룻배를 향해 걸어갔다.

"정녕 이대로 가실 거요?"

야율거공이 차갑게 물었다.

"안녕히 계시오. 혹 당신의 흉중에 품고 있는 모든 것을 털어놓을 마음이 생기거든 그때 망향원으로 오시구려."

허소산의 대답 역시 싸늘하다. 그러자 야율거공이 살짝 이를 악물었다. 그리고는 다시 소리쳤다.

"이번 오릉의 일에 관여할 생각이오?"

"글쎄. 그 아흔아홉 개의 진실 중 보물이 있다는 말이 사실이라면… 구미가 당기기는 하는구려. 만약 오릉에 들더라도 날 위협하지만 않으면 굳이 그대의 일에 참견할 생각은 없으니 걱정 마시오. 하지만 만약 내게 한가닥이라도 위협이 되는 일을 하게 된다면 그땐 당신의 그 원대한 계획도 끝이 날 거요. 다음번에 검을 들게 된다면 그땐 반드시 영락대인 당신의 목숨을 노리게 될 테니 말이오. 그럼 오릉에서 봅시다!"

"이 일을 강호에 발설할 것이오?"

"음… 아흔아홉이 진실인 일을 거짓이라고 말하면 세상사람들이 믿겠소?"

"알겠소. 그대의 말을 믿겠소. 편히 가시오."

"하하하, 나 또한 그대가 날 편히 돌려보낼 것을 믿겠소."

허소산이 호탕한 웃음을 터뜨리고는 훌쩍 신형을 날려 배위로 올랐다. 그러자 허산왕 등도 재빨리 허소산의 뒤를 따랐다.

펑!

모든 사람이 배에 오르자 원보가 재빨리 수면을 향해 장력을 내쳤다. 그러자 나룻배가 나는 듯이 수면을 가르며 연못을

헤쳐나가기 시작했다. 그리고 잠시 후 연못과 이어진 수로를 따라 그 모습을 감췄다.

"명을 내려주십시오."

허소산을 태운 나룻배가 모습을 감추자 조치효가 야율거공에게 말했다.

"그냥 보내라."

"하지만……."

"그는 입이 무거운 사람이다. 절대 내 일을 강호에 발설치 않으리라. 그 스스로 내 일에 참견치 않는다고 했으니……."

"사람의 입은 믿을 것이 못됩니다."

"사람의 입은 믿을 수 없어도 사람의 눈은 믿을 수 있지. 그는… 알려진 것과 다른 사람이다."

"어찌 그리 생각하십니까?"

"그가 드러낸 무공이 전부라고 생각하느냐?"

"아니온지요?"

"난 그의 술에 하독을 했다."

"네?"

조치효가 놀란 얼굴로 되물었다.

"오직 그의 잔에만 약간의 손을 봐놓았지. 그런데 그는 전혀 독에 영향을 받지 않았어. 그건 그의 공력이 술잔에 발라진 독 정도는 한순간에 태워 버릴 수 있는 경지라는 거지. 그러고도 나를 궁지에 몰아넣었고. 팔혈랑 중 둘을 베어버렸다. 그대는 저런 무공을 지닌 자를 본 적이 있던가?"

"없습니다. 팔혈랑을 그리 쉽게 상대할 수 있는 자가 있을 거라고는 미처 생각지 못했습니다."

"맞아. 무공으로만 보자면 정말 천하제일을 다툴 자야."

"그렇다고 이대로 놓아두시는 건……."

"물론 그대로 놓아두지는 않겠다. 그를 곤궁하게 만들어 결국 내 손을 잡을 수밖에 없게 만들겠다. 죽일 수도 있겠지만 너무 아까운 사냥개라서 말이야."

"어찌할까요?"

"봉화호 주변에 모여든 자들을 죽여라. 가능한 많이! 오직 파금검 그자만 온전히 살려 보내라."

"아!"

순간 조치효가 뭔가를 깨달은 듯 탄성을 흘렸다. 그러자 야율거공이 진득한 목소리로 중얼거렸다.

"그의 손발을 묶어놓겠다. 무창에 모인 모든 고수들이 그를 의심하게 만들어라. 그가 깊은 수렁에 빠져 헤어나오지 못할 때 그때도 내가 내민 손을 거절할 수 있는지 두고 보겠다."

배는 빠르게 수로를 벗어났다. 노가 아니라 장력으로 배를 밀어내고 있었기에 나룻배는 뒤집힐 듯 요동을 치면서도 바람처럼 수면을 갈랐다. 수로에서 벗어난 배는 이내 봉화호로 접어들었다. 곧이어 호수 위를 가린 수목에서 벗어났고 다시 햇살이 눈부시게 부서지는 수면으로 모습을 드러냈다.

그제서야 원보는 장력으로 수면을 때리는 것을 멈추고 노를 잡았다.

삐이겨!

노 젓는 소리가 시작되고 배는 유유히 물살을 가르기 시작했다.

"추격은 없는데요."

감명이 긴장한 눈으로 그들이 빠져나온 수로를 보며 말했다. 그러자 허산왕이 주의를 주듯 말했다.

"공격은 어디서든 있을 수 있단다. 오면서 봤겠지만 봉화호 곳곳에 그의 수하들이 숨어 있으니까."

"아, 그렇군요. 그럼 그들이 우릴 공격할까요?"

"글쎄. 그의 비밀을 알게 되었으니 쉽게 보낼 것 같지는 않은데……. 그래서 의문이다. 왜 그냥 우리가 그의 소굴을 벗어나게 놓아두었을까?"

허산왕이 고개를 갸웃했다. 그러자 허소산이 입을 열었다.

"그가 여전히 내게 욕심을 내고 있기 때문이겠지요."

"네게 욕심을 내고 있다고?"

"그렇지 않다면 자신의 비밀을 알게 된 날 그냥 보내지 않았을 겁니다."

"음, 그렇다면 걱정이구나. 그의 성정을 보건대 모계를 좋아하는 사람 같더구나. 그런 자와 얽히면 좋지 않은 일이 벌어지는데……."

"걱정 마세요. 그가 날 두고 모략을 꾸민다면 그건 그의 큰 실수가 될 테니까요. 내가 그에게 한 말은 그냥 해본 말이 아니거든요."

"다음번엔 목숨을 노리겠다는 말 말이냐?"

허산왕이 묻자 허소산이 고개를 끄덕였다.

"정말 그를 벨 생각이냐?"

"그런 사람에겐 한 번의 기회를 주는 것으로 족하지요. 오늘 그를 베지 않은 것으로 그에게 한 번의 기회가 생긴 거예요. 그 기회가 얼마나 소중한지 모른다면 결국 그는 파멸하게 될 거예요."

허소산이 단호한 목소리로 말했다. 그런데 그때 봉화호를 둘러싸고 있는 산 중턱에서 문득 비명 소리가 터져 나왔다.

"악!"

날카로운 비명 소리에 일행이 소리가 들린 곳으로 시선을 틀었다. 그러자 봉화와 이어진 깎아지르는 절벽 위에서 한 사람이 호수로 떨어져 내렸다.

풍덩!

"뭐지?"

원보가 노 젓기를 멈추고 산 위를 살폈다. 그러자 곳곳에서 병장기 부딪치는 소리가 들려오기 시작했다. 그 소리에 섞여 간간히 이어지는 비명 소리가 처절했다.

"싸움이 벌어졌나 봐요."

감명이 두려운 표정으로 말했다.

"설마 그들이 공격을 시작한 걸까?"

허산왕이 고개를 중얼거렸다. 그러자 원보가 고개를 갸웃하며 말했다.

"왜 우리가 아니라 다른 자들을 공격하는 걸까?"

그러자 허소산이 입을 열었다.

"술책을 부리고 있군요."

"술책?"

"우릴 공격하지 않고 다른 사람들을 공격한다는 것은 곧 이 봉화호에서 벌어지는 혈사를 우리에게 덮어씌우려는 속셈일 거예요. 우릴 강호 공적으로 만들려는 수작이겠지요."

"하지만 우린 아무 짓도 하지 않았는데요?"

감명이 이해가 가지 않는다는 듯 물었다. 그러자 원보가 고개를 저으며 말했다.

"명아, 강호에서 누군가를 모함에 빠뜨리는 일은 그리 어려운 일이 아니다. 몇 가지 우연한 일과 몇 사람의 입이면 한순간에 누군가는 강호 공적이 되기도 하지. 더군다나 영락대인의 명성을 생각하면 우릴 이 혈사의 주인공으로 만드는 일은 그리 어려운 일이 아닐 거다."

"그럼 어쩌죠?"

감명이 걱정스런 표정으로 물었다. 그러자 허소산이 대신 대답을 했다.

"사실 이 일의 해결책은 무척 간단하단다."

"어떻게요?"

"우리가 이대로 이곳을 떠나면 야율거공의 의도대로 사람들은 우릴 이 혈사의 주인공으로 알게 되겠지. 아마도 야율거공도 그렇게 생각하고 이 일을 벌이고 있는 것일 게다. 그러나 그는 아주 간단한 사실을 간과했어."

"무엇을요?"

여전히 감명이 허소산의 말을 이해하지 못하겠다는 듯 물었다.

"우리가 사람들을 구할 수도 있다는 생각 말이다. 강호의 공적이 아니라 강호의 영웅이 될 수도 있다는 점을 그는 간과한 거지."

"하하하, 그렇구나. 소산 말이 맞다. 기왕에 될 거면 강호의 공적보다야 영웅이 낫지. 그 영락대인이란 자! 영웅이 될 소질은 없고 크게 되어보아야 간웅이렸다. 반면 우리는 사람들을 구한 영웅이 되겠지."

허산왕이 호탕한 웃음을 터뜨렸다.

"그럼 배를 뭍에 댈까?"

원보가 허소산에게 물었다.

"그러죠. 이참에 파금검의 무명을 세상에 널리 알려야겠어요."

허소산이 한줄기 미소를 지으며 말했다.

*   *   *

"모두 조심해!"

남궁황이 삼문삼협을 위시한 절대삼문의 고수들을 보며 경고를 보냈다. 산중에는 이미 여러 사람의 시신이 나뒹굴고 있었다.

"도대체 누가 이 일을 벌인 걸까?"

상관청이 이를 갈며 중얼거렸다.

"분명 그 파금검이라는 자의 소행일 걸세."

남궁옥룡이 노기를 드러내며 말했다.

"그러나 그자는 이곳에 영락대인을 만나러 온 것이 아닌가? 영락대인이란 자의 소행일 수도 있지."

상관청이 남궁옥룡의 말을 반박했다. 그러자 남궁옥룡이 고개를 저으며 말했다.

"그건 가능성이 거의 없는 일이네. 영락대인이 비록 그 정체가 불분명한 자이기는 하나 그동안 조사한 바에 의하면 지금 이 중석산에서 벌어지는 혈사를 일으킬 만한 세력은 없는 것이 분명해. 그렇다면 결국 일을 꾸민 자는 파금검이라는 자일 수밖에 없네."

남궁옥룡이 단정적으로 말했다. 그러자 제갈현이 신중하게 말했다.

"아직은 속단할 때가 아니네. 파금검이란 자도 무공은 뛰어나지만 적어도 무창에서는 그 세력은 미미하네. 그런 자가 이 중석산에 천라지망을 펼칠 수는 없네."

"숨겨둔 세력이 있을 수도 있지 않나?"

남궁옥룡이 여전히 고집을 부렸다.

"그렇게 따지자면 영락대인이라는 자에게도 숨겨둔 세력이 있을 수 있는 것이지."

제갈현의 말에 남궁옥룡이 더 이상 반박을 하지 못하고 입을 다물었다. 그러자 남궁황이 입을 열었다.

"지금 그런 게 중요한 게 아니다. 먼저 이곳을 벗어나는 일이 중요해. 일단 중석산 입구에 남은 형제들과 합류한 후 길을 뚫는다. 가지!"

남궁황이 훌쩍 신형을 날려 가파른 산길을 따라 달리기 시작했다. 그러자 삼문삼협을 비롯한 절대삼문의 고수들이 일제히 남궁황의 뒤를 따르기 시작했다.

쒜액!

한순간 수십 대의 강전이 비호처럼 산을 타던 절대삼문의 고수들 앞으로 쏟아져 내렸다.

"조심하라!"

남궁황이 검을 휘두르며 사자후를 터뜨렸다.

차차창!

남궁황의 검에서 일어난 검기가 소나기처럼 떨어져 내리는 화살들을 사방으로 튕겨냈다. 다른 삼문의 고수들도 검을 들어 사방에서 날아드는 화살들을 쳐내기 시작했다. 그러나 한 번 시작된 화살비는 그칠 줄을 몰랐다.

"악!"

쏟아지는 화살비를 견뎌내지 못하고 삼문의 고수들 입에서 드디어 비명이 흘러나오기 시작했다. 그리고 일단 한 명이 쓰러지자 화살에 상하는 자가 급격하게 늘어났다.

"이놈들!"

남궁황의 입에서 노성이 발해지고 그가 비처럼 쏟아지는 화살을 뚫고 적을 향해 나아가려 했지만 그럴수록 날아드는 화살의 강도가 강해져 남궁황도 삼문삼협도 좀처럼 앞으로 전진할 수 없었다. 그러는 사이 삼문의 고수들은 거의 모두 쓰러져 이제 남궁황과 삼문삼협, 그리고 두어 명의 고수만이 근근이 목숨을 부지하고 있었다.

"잘 가거라. 그래서 남의 뒤를 졸졸 따라다니면 안 되는 법이다."

남궁황 등을 완전히 수세에 몰아넣은 흉수들의 조롱하는 목소리가 들려왔다.

"이놈들, 모습을 드러내거라!"

남궁황이 다시 검을 휘둘러 서너 대의 화살을 쳐내며 소리쳤다.

"하하하, 우리 얼굴은 죽은 뒤에 저승에서 보도록 하거라. 그리고 너무 분해하지 말거라. 오늘 이 중석산에 들어온 자들은 모두 죽을 테니 저승길이 외롭지는 않을 게다."

다시 조롱 섞인 목소리가 숲 속에서 흘러나왔다. 순간 남궁황의 얼굴이 차갑게 굳어졌다.

"함정이었구나!"

"하하하, 이제야 그걸 깨달았다니 생각보다 어리석구나."

"영락대인이란 놈! 간교하기 이를 데 없구나."

남궁황이 이를 갈았다. 그러자 숲 속에서 다시 한줄기 비웃음이 들려왔다.

"흥, 영락대인? 아직도 정신을 차리지 못했군."

순간 남궁황의 얼굴에 묘한 표정이 감돌았다.

"너희들의 주인이 영락대인이 아니라는 말이냐?"

"흐흐흐, 영락대인 같은 서생이 우리 주인이 될 순 없지."

"그럼 네놈들의 정체가 뭐냐?"

"굳이 그걸 말해줘야 아는가? 정말 어리석군."

숲 속에서 들려오는 조롱에 갑자기 남궁옥룡이 소리쳤다.

"이건 분명 그 파금검이라는 자의 소행일 겁니다! 그렇지 않느냐, 이놈들! 너희들은 분명 파금검 그자의 사주를 받은 자들이렷다?"

"그건 그대들 상상에 맡기겠다. 물론 죽어서도 생각할 머리가 남아 있을지 모르겠지만……."

굳이 부인하지 않는 대답과 함께 다시 화살이 쏟아져 들어왔다.

차차창!

어지러운 충돌음이 일어나고 한바탕 난장이 벌어졌다.

"욱!"

그 와중에 상관청이 어깨에 살을 맞고 신음성을 흘렸다.

"괜찮은가?"

제갈현이 서둘러 상관청 주위로 날아드는 화살을 쳐내며 소리쳤다.

"괜찮네. 검을 쓰는 쪽이 아니네."

상관청이 다시 검을 휘둘러 심장을 노리고 날아드는 화살을 부러뜨리며 말했다.

"이놈들!"

남궁황의 얼굴이 노기로 시뻘겋게 달아올랐다. 그러나 노기만으로 이 완벽한 죽음의 덫을 벗어나기는 힘든 상황이었다. 흉수들의 수중에 화살이 얼마나 있는지 모르겠지만 화살비는 쉽게 끊이지 않을 것 같았다. 이대로라면 전멸을 면치 못할 상황이었다. 그런데 죽음의 그물이 남궁황 일행을 덮쳐 오는 바로 그 순간 갑자기 숲 속에서 새로운 비명 소리가 터져 나오기 시작했다.

"악!"

"웬놈들이냐!"

차창!

거친 도검의 충돌음과 함께 비명 소리가 점점 많아지기 시작했다. 덕분에 남궁황 등을 향해 닥쳐들던 화살비가 순식간에 멎었다.

"어찌 된 일이지요?"

남궁옥룡이 어리둥절한 표정으로 남궁황에게 물었다.

"모르겠구나. 가보자!"

남궁황이 번개처럼 신형을 날렸다. 그러자 삼문삼협이 잠시 서로를 바라보다 이내 신형을 날려 남궁황의 뒤를 따랐다.

차창!

싸움을 주도하고 있는 것은 원보였다. 그의 도가 허공에 달 그림자를 그릴 때마다 검은 무복을 입은 사내들이 한 명씩 쓰러졌다. 허산왕과 감명은 그런 원보의 뒤를 따르며 측면과 후방에서 원보를 공격해 들어오는 적을 상대하고 있었다. 허소산은 멀찍이서 팔짱을 끼고 싸움을 지켜보고만 있었다.

"모두 죽여 버렷!"

한순간 검은 무복을 입은 사내들 사이에서 노성이 터져 나왔다. 그러자 숲에 숨어 있던 십여 명의 사내가 일제히 신형을 뽑아 올려 원보 등을 향해 날아들었다. 그런데 그 순간!

"이놈들!"

한마디 노성과 함께 숲에서 남궁황이 장내로 날아들었다.

슈우욱!

허공으로 떠오른 남궁황의 검에서 기이한 소음이 일어났다. 그러자 한줄기 푸른 검기가 허공을 가르더니 원보 등을 향해 달려들던 검은색 무복의 사내 둘을 단번에 베어버렸다.

쿠쿵!

흉수 둘의 시신이 땅 위를 나뒹굴었다. 그러나 원보 등을 향해 달려들던 사내들의 걸음은 멈추지 않았다. 동료의 죽음에도 불구하고 묵빛 사내들은 원보 등을 향해 살검을 뿌려댔다.

"흥!"

순간 원보에게서 한줄기 비웃음이 흘러나왔다. 동시에 그의 도가 허리 높이에서 횡으로 그어졌다. 순간 그를 향해 달려들던 사내들의 다리를 향해 달처럼 둥근 도기가 벼락처럼 뻗어 나갔다.

"헉!"

"음!"

원보의 놀라운 무공에 달려들던 자들이 소스라치게 놀라며 뒤로 물러났다. 그런데 그 와중에 갑자기 두 마디 비명 소리가 터져 나왔다.

"악!"

"윽!"

비명을 흘린 것은 좌측에서 뛰어들던 사내들이었는데 어느새 허산왕이 두 사람 사이로 뛰어들어 한 사람의 허리를 베어 내는 동시에 다른 자의 어깨에는 손으로 화살을 박아 넣고 있었다. 그야말로 허소산과 헤어져 살던 동안 절대의 살수로 지내왔던 공력이 고스란히 드러나는 순간이었다.

원보 일행의 놀라운 무공에 흉수들은 더 이상 도발할 생각을 하지 못하고 숲 속으로 모습을 감췄다. 그러자 허소산의 입에서 오만한 목소리가 흘러나왔다.

"돌아가서 너희들 주인에게 전하거라. 더 이상 얕은 수를 부리지 말라고. 만약 이각 안에 중석산의 혈사를 멈추지 않는다면 이 파금검이 산을 내려가는 대신 다시 그를 만나러 가겠다고 말이다."

허소산의 경고에 대한 답은 들려오지 않았다. 그러나 숲에 숨어 있던 흉수들이 물러나고 있다는 것은 보지 않아도 알 수 있었다.

"파 대협이셨구려."

남궁황이 허소산을 보고 아는 척을 했다.

"음… 사람이 많이 상하지는 않았소?"

허소산이 얼굴에서 오만한 기색을 거두고 짐짓 걱정스런 표정으로 물었다.

"안타깝게도 제법 많은 형제들이 상했소이다. 그나마 파 대협의 도움으로 우리는 죽음의 덫에서 벗어날 수 있었소. 도움에 감사드리오."

남궁황은 노련한 인물이었다. 삼문삼협과 같이 자존심을 먼저 드러내 상대를 불쾌하게 만드는 경솔함은 그에게 없었다.

"별말씀을……. 솔직히 말하자면 나도 그의 함정에 빠진 듯하오."

허소산이 얼굴을 찌푸리며 말했다.

"그라면……?"

"영락대인이란 그 여우같은 자 말이오."

"그를 만났소이까?"

"만났소이다."

"음……. 어떤 자이더이까?"

"속이 천길 물과 같아 그 내심을 짐작하기 어려운 자였소."

"무슨 이야기를 나누었소이까?"

남궁황이 자신의 처지를 생각지 않고 영락대인과 허소산의 만남에 대해 물었다. 그러자 허소산이 살짝 얼굴을 찌푸린 후 냉랭하게 말했다.

"뭐, 별 소득은 없었소. 하지만 그가 결코 일개 서생이 아닌 것이 확실하오. 또한 오릉에 대해 물어보니 실재로 존재하는 것이긴 하더이다. 물론 그 말이 사실인지는 모르지만……."

"오릉이 거짓일 수도 있다는 말이오?"

"그의 말로는 분명히 존재한다고 했으니 있기는 있을 거요. 적어도 그 사실을 거짓으로 말한 것은 아닌 듯 보였소이다. 그러나……."

허소산이 슬쩍 말꼬리를 흐렸다. 그러자 남궁황이 조급함을 드러냈다.

"무슨 걱정이 되는 점이라도 있으시오?"

"그는 나에게 자신의 수하가 되어달라고 하더이다. 그러나 이 파금검이 어찌 다른 사람의 밑에 들어가겠소. 그리하여 우린 약간의 칼부림을 하였는데 그가 아무리 음흉한 자라도 날 이길 수는 없었소. 난 그에게 따끔한 맛을 보여주고 그를 떠나왔는데 그자가 내가 떠난 후 중석산에 든 강호의 고수들을 공격한 것이오. 그건 아마도 나에게 누명을 씌우기 위해서였을 거요."

허소산의 말에 남궁황과 삼문삼협이 조금 의심스런 눈으로 허소산을 바라봤다. 비록 허소산의 무공이 뛰어나다는 것은 알고 있었지만 허소산이 하는 말에는 자신을 돋보이기 위해 무공을 과장하는 듯한 느낌이 있었던 것이다. 그러나 허소산의 말이 부풀려졌다고 해도 영락대인이 오늘 혈사를 주도한 것은 부인할 수는 없는 사실이었다.

"그것과 오릉의 문제가 무슨 상관이 있단 말이오?"

문득 남궁옥룡이 물었다. 그는 허소산 일행이 자신들을 구해주기는 했으나 여전히 허소산 일행에 대해 감정이 좋지 않은 모양이었다.

"오늘 중석산에서 그가 꾸민 계략을 생각한다면 오릉을 두고도 어떤 계략을 꾸미지 않았을 거라 장담할 수가 없다는 거요. 오릉이 실제로 존재한다고 해도 오릉의 보물을 차지하려면 그자의 계략을 이겨내야 할 거란 말이오."

"그가 오릉을 두고 계략을 꾸민 이유는 무엇이오?"

이번에는 제갈현이 물었다. 그러자 허소산이 가볍게 혀를 찼다.

"당신들은 도대체 내가 그에 대해 얼마나 알고 있다고 생각하는 거요? 설마 내가 그의 뱃속까지 들어갔다 나왔다고 생각하는 거요? 그의 진실한 목적은 나도 모르겠소."

허소산의 면박에 제갈현이 얼굴을 붉히며 뒤로 물러났다. 그러자 남궁황이 멋쩍은 미소를 지으며 말했다.

"미안하게 되었소. 워낙 창졸지간에 일을 당하다 보니 우리가 조금 성급했던 모양이오. 그런데 이제 파 대협께서는 어쩔 생각이시오?"

"뭐, 그자가 날 이곳에서 강호의 공적으로 만들려고 했으니 난 그 반대로 이곳에서 강호의 영웅이 되어볼 생각이오. 지금도 이 중석산 곳곳에서 그자의 수하들이 강호의 형제들을 향해 살검을 뿌리고 있을 거요. 내키지는 않지만 그의 계략에 당하지 않으려면 사람들을 구해야 할 것 같소. 흠, 이거 역시 내 팔자는 강호의 일대영웅이 될 팔자인 듯해. 가지!"

허소산이 다시 한 번 오만한 말을 흘리고는 이내 허산왕 등을 이끌고 숲 속으로 사라졌다.

"어르신, 어찌 생각하십니까?"

허소산이 사라지자 제갈현이 남궁황에게 물었다.

"글쎄. 그의 말이 거짓인 것 같지는 않은데……."

"하지만 저자의 말을 모두 믿을 수는 없습니다."

남궁옥룡이 차갑게 말했다.

"그러나 또한 믿지 않을 수도 없다. 그러니 지금 경계해야할 것은 파금검 저자가 아니라 영락대인이란 자일 것이다. 이무창이 영락대인이란 자가 만든 오릉이라는 거대한 그물에 덮여 있는 것 같구나. 일단 가자. 호수 입구에 있던 형제들의 안위가 걱정이구나!"

남궁황이 고개를 젓고는 황급히 자리를 떴다.

그날 하루 중석산에선 날이 질 때까지 도검의 충돌음이 그치지 않았다. 허소산의 경고에도 불구하고 영락대인 야율거공은 중석산에 오른 강호의 고수들을 향해 소름끼치는 살수를 해가 질 때까지 펼쳤다.

그러나 그의 예상과 달리 중석산의 살업이 허소산을 강호의
공적으로 만들지는 못했다. 대신 허소산은 파금검이라는 이름
으로 하루아침에 강호의 의협으로 떠올랐다. 중석산에 펼쳐졌
던 살수들의 천망을 끊어내고 수많은 고수들을 구한 강호의
젊은 영웅이 되었던 것이다.

허소산은 중석산에서 마지막 격돌음이 사라질 때까지 산에
남아 있었다. 영락대인의 수하들은 웬일인지 허소산에 대해서
는 도발을 하지 않았다. 어쩌면 허소산의 무공을 두려워한 것
일 수도 있고, 아니면 야율거공의 심중에 다른 계략이 담겨 있
을 수도 있었다.

그러나 어찌 되었든 그날로 허소산은 일약 강호의 강자로
부각되었다. 중석산에서 내려온 지 단 하루가 지났을 뿐인데
도 망향원 주변을 어슬렁거리는 무인들의 숫자는 배로 늘어
났다. 덕분에 망향원 사람들의 행동은 더욱 조심스러워졌
다.

사람들의 이목이 집중된 망향원에서 만재방 식솔들의 정체
를 감추는 것은 결코 쉬운 일이 아니었다. 그러나 그 따갑던
사람들의 시선도 한 가지 소문이 무창에 퍼지자 이내 사라졌
다. 드디어 오릉의 정확한 위치가 발견되었다는 소식이 전해
졌던 것이다.

*　　　*　　　*

"아아, 피곤한 일이야."

원보가 망향원의 문을 닫으며 고개를 저었다. 오늘만 해도 벌써 수십 명의 사람들이 허소산, 그러니까 강호에 파금검으로 알려진 신진고수를 만나러 망향원을 찾았다. 그러나 그들 중 허소산의 얼굴을 본 사람은 아무도 없었다.

허소산은 중석산에서 돌아온 이후에는 그 누구도 만나지 않았다. 금천장주 금선옹도 매일 사람을 보내 다시 한 번 만날 기회를 갖자고 청했으나 허소산은 그저 인편에 인사를 전할 뿐 금선옹과의 만남을 약속하지 않았다.

그래서 바빠진 것은 원보였다. 원보는 망향원으로 밀려드는 강호고수들을 되돌려 보내는 일을 하느라 하루해가 어떻게 가는지도 모르고 있었다.

그렇게 다시 해가 지고 망향원의 문이 굳게 닫혔다. 이제는 천하의 그 누가 와도 망향원의 문이 열리지 않을 것이다.

"제길, 오늘 오릉의 위치가 발견되었다는 소문이 돌았으니 내일부터는 좀 뜸해지겠지."

원보가 손을 툭툭 털며 장원의 안쪽으로 걸어 들어갔다.

"수고하셨소이다."

원보가 허소산의 처소에 가까이 이르자 허산왕이 웃는 낯으로 원보를 맞이했다.

"이건 말이오. 허 노사께서 하셔도 되는 일이었을 텐데 말이외다."

원보가 짐짓 자신에게 손님을 맞는 일을 맡긴 일을 불평했다. 그러자 허산왕이 고개를 저으며 말했다.

"이 얼굴로 손님을 맞으면 하루 만에 망향원은 마도의 소굴이라고 소문이 날 거요."

"무슨 말씀을! 과거에는 어땠는지 몰라도 요즘 허 노사 얼굴은 아주 보기 좋소이다."

"어? 그렇소이까?"

허산왕이 얼굴을 매만지며 되물었다.

"아마도 훌륭한 아드님을 만나니 얼굴도 변하는 모양이오."

"아직도 질투를 하시는 거요?"

"질투라니, 무슨 말이오?"

"후후, 내가 소산의 아버지라는 걸 무척 부러워하는 것 같아서 말이오."

허산왕의 말에 원보가 은근한 목소리로 말했다.

"솔직히 말하자면 질투가 나 미칠 지경이오. 나도 어디서 아들 하나 주워와야지, 원……."

"천하를 뒤져도 우리 소산이와 같은 아이는 없지요."

"쩝, 그래서 함부로 나서지도 못하겠구려."

"하하하. 자, 농은 그만하시고 들어갑시다. 소산과 아가씨가 기다리고 있소이다."

허산왕이 원보의 소매를 끌며 말했다.

"역시 오릉의 문제겠구려."

"그렇지요."

"소산이 오릉에 간다고 하더이까?"

"가려는 모양이오."

허산왕이 고개를 끄덕였다.

"음, 그 야율거공이란 자… 위험한 인물인데……."

원보가 얼굴에 그늘을 드리우며 중얼거렸다.

第十章

오릉지문(吳陵之門)

"금천장주가 서운해하겠어."

전조명이 허소산을 보며 말했다.

"아직은 내가 완전히 그들의 사람이 아니라는 걸 알려줄 필요가 있어. 그래야 그들이 가지고 있는 모든 것을 내 눈앞에 드러내게 될 테니까."

"결국은 금천장주의 뒤에 있는 사람을 만나야 한다는 거지?"

"그렇지. 어쩌면 그가 모든 일의 시작일 수도 있으니까. 적어도 금천장과 금가가 한 뿌리에서 나온 것이라면……."

"그는 언제 북방에서 돌아온대?"

"글쎄. 서둘지는 않을 모양이야. 그건 곧 내가 그들에겐 아직 그렇게 중요한 사람은 아니라는 말이지. 그래서 오릉은 내게도 기회야. 이번 기회를 잘 살리면 그들에게 난 놓칠 수 없는 존재가 될 테니까."

"하지만 난 걱정이 되는걸?"

"뭐가 걱정인데?"

허소산이 전조명 앞에 바짝 얼굴을 들이대며 물었다.

"그냥……. 소산 널 믿지만 또한 모든 게 불안해. 그 야율거공이란 자도 그렇고 북방을 여행 중이라는 금천장주의 주인이란 자도 그렇고……. 또 신황림에서도 도주한 목인몽이란 자도 분명 어디선가 재기를 노리고 있을 거야."

"듣고 보니 정말 내게도 이제 적이 많구나."

"그래서 강호는 은원의 바다인 것 같아. 일단 발을 들이면 헤어날 수가 없으니……."

"하지만 걱정 마. 난 적어도 다른 사람의 손에 죽을 사람은 아니니까."

허소산이 짐짓 호기를 부렸다. 그러자 전조명이 나직하게 웃음을 흘렸다.

"호호, 소산 넌 요즘 정말 파금검이 된 것 같아."

"내가?"

"그래. 예전이라면 그런 호기는 부리지 않았을 거야."

"후후, 그런가? 나도 모르게 어느새 정말 파금검과 같은 사람이 되어가는 모양이네."

"하지만 뭐 나쁘지는 않아. 보기 좋아. 사실 예전의 너는 너무 말이 없었거든."

"내가 그랬나?"

허소산이 고개를 갸웃했다.

"그래. 그래서 내가 가끔 서운했었다고!"

전조명이 갑자기 허소산의 볼에 입을 맞췄다. 그러자 허소산이 살짝 전조명의 허리를 감싸안으며 물었다.

"우리가 혼인을 하려면 얼마나 걸릴까?"

"아버지가 서역에서 돌아오셔야 하니까 꽤 오래 걸리겠지?"

"소식은 없었지?"

"응, 반년 전에 인편으로 천산 서쪽에 계시다고 했으니까 언제 돌아오실지…… 중원에 들어서시면 전서구를 보내실 텐데."

전조명이 걱정스런 표정으로 말했다.

"걱정하지 마. 사신 어른이 계시니 큰일은 없을 거야."

"그렇긴 하지만…… 보고 싶어."

전조명이 허소산의 품에 안겼다. 허소산이 부드럽게 전조명의 어깨를 감싸며 말했다.

"걱정 마. 결국 모든 일은 처음 그대로 돌아가게 되어 있으니까. 언젠가 우린 벽란도에 있을 거야."

"정말?"

"그래. 내가 약속할게."

"소산, 넌 정말 변했구나."

"사람은 누구나 변해."

"하지만 나에 대한 마음은 변하지 않을 거지?"

전조명의 물음에 허소산이 가만히 전조명의 머리를 쓰다듬으며 말했다.

"영원히!"

"정말 안 되는 거예요?"

감명이 절실한 표정으로 물었다. 그러자 감천홍이 단호하게 고개를 저었다.

"다른 때라면 모르지만 이번만은 허락할 수 없다."

"아버지, 저도 이제 제 한 몸은 지킬 수 있다고요."

"물론 네 무공이 제법 뛰어나다는 것은 안다. 하지만 이번에는 안 돼."

"왜요?"

"오릉에는 천하에서 내로라하는 고수들이 모두 모여들 거다. 거기에 야율거공의 함정도 있겠지. 무공과 간계가 난무하는 곳이 될 거란 말이다. 그런 곳에서 넌 아직 애송이에 지나지 않는다. 다른 사람의 방해가 될 거야."

"아버지……."

감명이 억울하다는 듯 감천홍을 불렀다. 그러자 이번에는 원보가 입을 열었다.

"그래. 명아, 이번에는 장원에 머물러 있거라."

"할아버지도 같은 생각이세요?"

"네가 짐이 될 거란 생각은 아니다. 그러나 위험한 것은 위험한 거지. 그리고 우리가 떠나 있는 동안 이 장원을 지키는 일도 무척 중요하다."

"하지만 장원에는 망산오선 어르신들이 계시잖아요."

"두 분에게 모든 것을 맡길 수는 없지 않겠느냐? 네가 전 아가씨와 아라를 지켜줘야지."

원보의 말에 감명이 어쩔 수 없다는 듯 풀이 죽은 모습으로 물러났다.

"그만 가자."

감명이 물러나자 허산왕이 허소산을 보며 말했다.

"가요!"

허소산이 고개를 끄덕이고는 자리에서 일어났다. 그러자 전조명이 재빨리 허소산 곁으로 다가왔다.

"조심해야 해."

"걱정 마. 보물을 얻으러 가는 건 아니니까. 아, 뭐 기회가 닿으면 선물 하나쯤은 건져 올게."

"난 금이 좋더라."

"후후, 역시 상가의 딸다워. 알았어. 좋은 금붙이 하나 가져와 보지."

허소산이 미소를 짓고는 걸음을 옮기기 시작했다.

망향원을 나선 일행은 무창 북쪽 송산을 향해 천천히 걸음을 옮겼다. 그들이 송산으로 향하는 도중에도 수많은 사람들이 관도를 따라 북쪽으로 이동하고 있었다. 대부분의 사람들이 도검을 든 무인이었는데 개중에는 말에 오르거나 가마를 들린 상인들도 보였다.

"하여간 상인들이란 겁이 없어. 도대체 천하의 고수들이 득시글대는 곳에 뭐하러 가는 걸까?"

원보가 앞서가는 한 대의 가마를 보며 혀를 찼다.

"본래 장사치가 그렇지 않소이까? 재물이라면 목숨도 내놓지요."

허산왕이 담담한 목소리로 대답했다.

"그런데 이상하군."

갑자기 원보가 고개를 갸웃했다.

"뭐가 말이오?"

"분명 우리가 야율거공의 존재를 알렸는데도 이렇게 많은 사람들이 오릉으로 향하고 있으니 말이오."

"눈이 먼 게지요. 재물에……."

"허허, 함정이 있는 줄을 알면서도 불나방처럼 지옥을 향해 뛰어들다니 인간이란 참 어리석은 존재인 것 같소."

"그게 버릴 수 없는 욕망 때문이 아니겠소? 사실 그 욕심만 훌어버리면 세상은 참 편하고 살기 좋은 곳인데……."

허산왕이 중얼거렸다. 그런데 그 순간 허산왕의 말을 듣고 있던 허소산의 가슴이 한 차례 울렸다.

'본래 인간은 심독을 타고난 것인가?'

불쑥 허소산의 마음속에 이런 생각이 떠올랐다. 그도 공맹의 글을 읽었으니 성악과 성선의 대립은 알고 있었다. 그러나 그때는 그 문제가 그리 중요하게 느껴지지 않았는데 오늘 문 득 허산왕이 흘린 한마디 말에 인간의 본성에 대한 문제가 태 산처럼 크게 느껴지는 것이었다.

'오결의 구결은 좀 더 원초적인 문제를 다룬 것인지도 모르 겠구나.'

허소산이 내심 천독공 제오결에 대해 한 꼬투리를 잡았다고 느끼는 그 순간 갑자기 그들 곁으로 한 명의 노인이 다가섰다.

"경주!"

신황림 외천삼노 설도우였다.

"오셨군요."

허소산이 상념에서 깨어나 설도우를 맞이했다.

"어서 오십시오. 신노 어른!"

원보도 정중하게 설도우를 맞이했다. 그러자 설도우가 원보 에게 고개를 끄덕여 보이고는 허소산에게 한 장의 종이를 꺼 내 보였다.

"이런 것이 나돌고 있습니다."

허소산이 설도우에게 종이를 받아보니 종이에는 몇 개의 산 모양이 그려져 있고 그중 한 개의 봉우리로 향하는 다섯 갈래 의 길이 그려져 있었다. 그리고 종이의 가장 위쪽에는 오릉지 문(吳陵之門)이라는 글씨가 쓰여져 있었다.

"오릉지문이라……. 무슨 의미죠?"

허소산이 묻자 설도우가 대답했다.

"오늘 아침부터 송산으로 가는 길 위에 뿌려지기 시작한 지도입니다. 오릉에 들어갈 수 있는 다섯 갈래의 길을 표시한 것이지요."

"누가 이런 일을 한 거죠?"

"소문으로는 영락대인이 한 일이랍니다."

"영락대인이요?"

의외의 말에 허소산이 의심스런 표정으로 설도우를 바라봤다.

"지도를 뿌리며 영락대인의 수하들이 강호에 남긴 말이 있습니다. 영락대인이 그동안 오릉의 위치를 파악하기 위해 노력한 결과 얼마 전 정확한 오릉의 위치와 그에 이르는 길을 알아냈다는 것이지요. 그리고 자신은 오릉에 욕심이 없으니 강호의 영웅 중 천연이 있는 자에게 오릉의 보물을 양보하겠다는 겁니다. 해서 애써 알아낸 오릉의 위치를 이렇게 만인에게 공개한다는 것이지요."

"음…… 무슨 속셈일까?"

설도우의 말이 끝나자 허산왕이 고개를 갸웃했다. 그러자 원보가 눈을 가늘게 뜨며 말했다.

"역시 보통 인물은 아니구려."

"야율거공 말이오?"

허산왕이 묻자 원보가 고개를 끄덕였다.

"그렇소이다. 기실 우리가 중석산에 다녀온 이후 그는 곤란한 지경에 처했을 거요. 소산을 음모로 끌어들이려다가 오히려 자신이 그 덫에 걸린 셈이니. 그래서 사람들은 오릉을 찾으면서도 영락대인의 흉수를 조심할 수밖에 없는 상황이었소. 그래서야 그가 굳이 강호에 오릉의 존재를 알린 이득이 없지 않겠소?"

"그래서 이런 일을 벌였단 말이오?"

"그렇소이다. 일단 이 지도가 널리 퍼지면 비록 그것이 함정이라 해도 오릉을 찾으려는 자들은 모두 송산으로 몰려갈 거요. 이 지도가 눈앞에 있는 이상 우리가 경고한 영락대인의 음모 같은 것은 금세 사람들의 뇌리에서 사라져 강호인들은 그에 대한 경계심을 풀 수밖에 없을 것이오."

원보의 말에 설도우가 고개를 끄덕였다.

"내가 생각하기에도 원 노사의 말이 맞는 것 같소. 사실 이미 송산으로 가는 사람들 사이에는 그 영락대인이란 자에 대해 좋게 말하는 자들이 생겨나고 있소. 소문대로 그가 오릉에 함정을 판 것이 아니라 오릉의 보물을 모든 사람과 나누려는 대인(大人)이라는 칭송이 흘러나오기 시작한 것이오."

"허허, 지도 한 장으로 사람들의 마음을 흐트러 놓다니 과연 간교한 자군."

허산왕이 혀를 찼다. 그러자 허소산이 입을 열었다.

"그렇다고는 해도 여전히 그의 뜻대로 모든 일이 이뤄지기는 어렵지요. 이미 강호의 강자들은 그를 경계하고 있을 테니까요."

"그렇긴 하지. 그의 간계 정도야 팔황에 속한 고수들이라면 누구라도 쉽게 알아챌 수 있을 테니까."

원보가 고개를 끄덕였다.

"그러면서도 그가 사람들을 오릉으로 불러들이는 것은 그만한 자신이 있다는 의미 아닐까?"

허산왕이 허소산에게 물었다.

"그렇지요. 봉화호에서 만나본 그는 무척 자존심이 강한 사람이었어요."

"후후, 가끔 쓸데없는 자존심이 스스로를 상하게도 하지."

원보가 말했다.

"그렇소이다. 더군다나 감히 경주님을 두고 간계를 부렸으니 이미 그는 오릉의 일에서 실패를 한 거나 마찬가지요."

설도우가 미소를 지으며 말했다.

설도우까지 합류한 일행은 사람들의 물결을 따라 송산으로 향했다. 무창에서 송산까지는 보통 사람의 걸음으로는 오 일 정도의 거리였지만 무인들은 그 시간을 절반 정도로 줄일 수 있었다.

허소산 일행은 오산금림의 고수 주표가 은밀히 마련한 안가들을 이용해 휴식을 취하며 삼 일 만에 송산의 입구에 접어들었다.

"어느 길로 가시겠습니까?"

설도우가 송산 아랫자락에 이르자 허소산에게 물었다. 물론 그의 손에는 영락대인 야율거공이 뿌린 지도가 들려 있었다.

적어도 지금은 그 지도가 일행에게 제법 쓸모가 있었다.

"지도대로라면 남쪽 길을 따라 가는 것이 가장 빠른 길이군요."

"그럼 그 길로 가시겠습니까?"

설도우가 물었다. 그러자 허소산이 고개를 저었다.

"서쪽 길로 가지요."

"그러나 그러자면 한참을 돌아가야 합니다만……."

"번거로운 것보다는 나을 것 같군요."

"알겠습니다. 그럼 그리 길을 잡지요."

설도우가 고개를 끄덕이고는 앞서서 길을 잡기 시작했다.

송산을 오르는 서쪽 길은 경사가 무척 완만하기는 하지만 대신 송산에 이르는 거리가 길었다. 그러나 허소산 일행은 모두가 뛰어난 고수들인지라 일단 사람들의 시야에서 벗어난 이후에는 공력을 끌어올려 산을 오르는 속도를 높이기 시작했다. 덕분에 일행은 반나절이 지나지 않아 송산의 여섯 봉우리 중 가장 서쪽에 위치한 노송봉에 이르렀다.

노송봉에 오르자 송산의 봉우리들이 한눈에 들어왔다. 송산의 여섯 봉우리는 높지는 않으나 그 기상이 제법 대단하고, 숲이 깊어 사람의 접근이 쉬운 곳은 아니었다. 그래서인지 분명 일행에 앞서 송산에 들어섰을 무림인들의 모습도 눈에 들어오지 않았다.

"생각보다 숲이 깊군. 오릉의 위치가 여간해서 발견되지 않은 이유가 있었어."

원보가 눈앞에 펼쳐진 송산의 봉우리들을 보며 중얼거렸다.

"지도대로라면 오릉은 저기 보이는 현조봉에 있을 겁니다."

설도우가 허소산 옆에서 손을 들어 노송봉에서 이어진 산준령이 두 개의 봉우리와 만나는 지점 너머로 보이는 봉우리를 가리켰다. 설도우가 가리킨 산봉우리는 기이하게도 다른 봉우리들과 달리 운무에 휩싸여 있었다.

"맑은 날 운무라……. 썩 기분 좋은 곳은 아니군."

원보가 현조봉을 보며 말했다.

"그가 어떤 수작을 부려놓은 것 같은데……."

허산왕이 걱정스러운 표정으로 말했다.

"일단 가봅시다. 천하의 고수들이 모여들었으니 아무리 그가 간계에 능한 자라도 함부로 사람들을 해치지는 못할 것이오. 경주님, 가시지요."

설도우가 허소산을 보며 말하고는 앞서서 걸음을 옮기기 시작했다.

노송봉을 따라 동쪽으로 이어진 능선은 부드러운 곡선을 그리다가도 어느 순간 가파른 절벽과 깊은 계곡이 앞을 막아 전진을 어렵게 했다. 그러나 허소산 일행은 두어 시진 정도 산을 탄 후 결국 현조봉 아래에 도착했다.

현조봉은 멀리서 보던 것보다 더 짙은 운무에 휩싸여 있었다. 지도가 없다면 도저히 오릉이 있다는 지점까지 오를 수 없을 정도였다.

"이래서… 사람들이 그동안 오릉을 발견하지 못한 것이군."

원보가 현조봉을 휘감고 있는 운무를 보며 고개를 끄덕였다.

"그러나 안개만으로 오릉을 숨길 수 있었을 것 같지는 않소이다만……."

설도우가 고개를 저으며 말했다.

"그럼 다른 이유가 있다는 말씀이십니까?"

원보가 묻자 설도우가 눈을 가늘게 뜨고 운무에 쌓인 현조봉을 살피며 말했다.

"이 운무는 아무래도 정상적으로 생겨난 것 같지가 않소."

"정상적으로 생긴 운무가 아니라니요?"

"대저 이런 운무가 일어나려면 근처에 커다란 호수가 있거나 강이 흘러야 하오. 아니면 남방의 숲처럼 밀림이 우거져 그 안에 습기가 가득하거나……. 그런데 현조봉 근처에는 큰물도 없을뿐더러 땅도 습하지가 않소이다."

설도우의 말에 원보가 재빨리 고개를 숙여 땅을 살폈다. 과연 설도우의 말처럼 땅이 메마른 것은 아니지만 그렇다고 눈앞에 보이는 것처럼 짙은 운무를 일으킬 만큼 습한 것도 아니었다.

"그럼 이게 어찌 된 일일까요?"

허산왕이 불안한 기색으로 물었다. 그러자 설도우가 눈을 가늘게 뜨고 현조봉을 바라보며 말했다.

"이건… 진법에 의해 생기는 현상인 것 같구려."

"진법이요? 설마 하니 현조봉 전체에 진법을 펼쳤다는 말입니까?"

원보가 불가능한 일이라는 듯 되물었다. 그러자 그때까지 침묵을 지키고 있던 허소산이 입을 열었다.

"야율거공이라면 가능한 일일지도 모르지요."

"소산, 너도 진으로 보는 거냐?"

원보가 물었다.

"우리가 그를 만나러 갔던 봉화호를 생각해 보세요. 그 수로와 절벽 안의 연못하며……. 보통사람의 생각으로는 해내기 어려운 것들이었지요."

"음, 그렇긴 하다만 이 큰 산을……."

원보가 다시 한 번 현조봉을 올려다보았다. 운무는 여전히 거대한 강을 이뤄 현조봉을 휘감아 흐르고 있었다.

"아마도 지도 없이 현조봉에 오르려는 사람들은 큰 곤욕을 치르게 될 겁니다."

허소산이 걱정스런 표정으로 말했다.

"그러나 지도를 가지고 움직이는 사람들도 위험하긴 마찬가지지. 만약 이 운무가 그가 펼친 진에 의한 것이 확실하다면 그는 지도에 그려진 다섯 개의 길을 완벽하게 살피고 있을 테니까. 그야말로 현조봉에 들어온 사람들은 독 안에 든 쥐라고 할 수 있겠지."

원보가 조금 두려운 표정으로 말했다. 그러자 허소산이 한줄기 미소를 지으며 입을 열었다.

"가끔은 쥐가 독을 깨뜨리기도 하지요."

"응? 그런가? 하하하, 그렇기도 하군. 그럼 독을 깨러 가볼까?"

원보가 두려움을 떨쳐 버리고는 호탕하게 웃으며 운무 속으로 걸음을 옮겼다.

짙은 운무는 시야를 완전히 가려 사람의 눈이 제 노릇을 하지 못하게 만들었다. 허소산 일행은 하나같이 뛰어난 고수였지만 그들도 손에 든 지도가 아니었다면 눈 뜬 장님처럼 산을 기어올라야 했을 터였다.

현조봉에 오른 뒤 얼마 후부터는 아예 동서남북 사방을 가늠하기도 어려운 상황에 이르렀다. 일행은 마치 꿈속의 길을 걷듯 그렇게 지도에 그려진 선을 따라 오릉을 향해 전진했다.

짙은 안개를 뚫고 산을 오르기를 한 시진, 어느 순간 일행 앞에 새로운 풍경이 펼쳐졌다.

좌우로 깎아 지르는 듯한 절벽이 우뚝 서 있고 그 안쪽으로 십여 장 길이의 길이 나 있었다. 그리고 그 안쪽에 하나의 거대한 석문이 길을 막고 있었다.

"다 왔나 보군요."

허소산이 절벽 안쪽으로 난 길과 석문을 보며 말했다.

"사람들이 없군."

원보가 주변을 돌아보며 중얼거렸다.

"아마 서로를 택한 사람은 많지 않을 거예요. 이 길은 가장 먼 쪽 길이라 보물에 욕심을 내는 사람이라면 택할 길이 아니죠."

그런데 허소산의 말이 끝나기 무섭게 불쑥 짙은 운무를 뚫고 여섯 사람이 장내에 모습을 드러냈다.

그들은 기이하게도 키 작은 아이부터 태산 같은 덩치의 어른까지 포함된 일행이었는데 자세히 보면 아이의 모습을 한 자의 얼굴에도 숨길 수 없는 세월의 주름살이 지어져 있었다. 그중에는 여인도 두 명 포함된 것이 정체를 가늠하기 어려운 사람들이었다.

장내에 나타난 여섯 사람은 허소산 일행을 보고는 잠시 경계의 빛을 보이다가 이내 허소산 일행을 지나쳐 앞으로 나갔다.

"대형, 다 온 모양입니다."

여섯 사내 중 가장 앞에 섰던 마르고 키가 큰 사내가 말했다. 그러자 어린애 모습을 한 키 작은 사내가 입을 열었다.

"그렇구만. 저 석문의 모습을 보니 과연 오릉이 분명해 보이는구나."

키 작은 사내가 고개를 끄덕였다. 그러자 허산왕이 나직하게 속삭였다.

"아이쿠야. 저 어린애 같은 자가 개중 가장 나이가 많은 모양이군. 대형이라니……."

"그러게 말이에요. 신기한 사람들이죠?"

"세상에 나오니 정말 별별 사람들을 다 보는구나."

그때 키 작은 사내가 앞으로 한 걸음 나서서 절벽 사이로 난 길과 석문을 살피기 시작했다. 그러더니 일각여가 흐른 뒤 심각한 표정으로 중얼거렸다.

"동생들, 아무래도 조심해야 할 것 같네."

"왜 그러세요. 오라버니?"

두 명의 여인 중 고혹적인 자태를 자랑하는 여인이 키 작은 사내에게 물었다.

"홍매, 자세히 봐. 절벽과 석문 주변에 작은 구멍들이 나 있지?"

"그러고 보니 그러네요."

"아마도 저건 침입자들을 막기 위한 기관들일 거야."

"설마 영락대인이란 자가 사람들을 끌어들여 죽이려고 저런 기관을 설치했다는 건가요?"

"아니지. 구멍들을 자세히 봐. 모두 오래된 것들이잖아."

그러자 여인이 다시 눈을 가늘게 뜨고 절벽에 난 구멍들을 살폈다. 그러다가 이내 고개를 끄덕였다.

"정말 그러네요. 곳곳에 이끼가 끼어 있어요. 비바람에 닳은 곳도 있고요."

"아마 처음 오릉이 생길 때 만든 것일 거야. 진시황의 무덤에도 수많은 기관이 숨겨져 있다고 하잖아. 이렇게 사람들의 침입을 막기 위해 기관이 설치되어 있다는 건 이 안에 보물이 있다는 의미도 되는 거지. 흐흠, 아마도 영락대인이란 자는 혼자 이 기관들을 뚫을 수 없기에 일부러 소문을 내어 강호의 고수들을 이 무창으로 불러들인 것 같군."

"호호호, 그렇다면 그자는 아주 멍청한 자겠군요."

"무슨 소리야?"

"이 기관도 해체하지 못한 자가 천하에서 몰려든 강자들을 어떻게 상대하고 보물을 차지하겠어요. 고수들에 의해 오릉의 문이 열려도 결국 그의 손에는 아무것도 남지 않을 텐데요."

"그렇기도 하군. 그러나 그가 아무런 대책 없이 사람들을 불러 모으지는 않았을 것 같은데?"

"아무리 그래도 일이 너무 커졌어요. 그는 이제 오릉의 보물이 타인의 손에 들어가는 것을 보고 있을 수밖에 없을 거예요. 오라버니, 서둘러 들어가요. 서로로 오는 바람에 시간이 지체되었어요. 다른 자들은 이미 오릉에 들어갔을 수도 있어요."

"그래. 그러자꾸나."

키 작은 사내가 고개를 끄덕이면서 슬쩍 허소산 일행을 살폈다. 그리고는 잠시 망설이다가 경계심을 드러내며 물었다.

"당신들은 오릉에 들지 않을 거요?"

키 작은 사내의 물음에 원보가 심드렁하게 대답했다.

"여기까지 왔는데 어찌 오릉에 들지 않겠소."

"그런데 왜 가만히 있는 거요?"

"오는 길이 너무 험했기에 잠시 쉬고 있는 거요."

"그렇구려. 그럼 우리가 먼저 들어가도 되겠소?"

"내 조상 무덤도 아닌데 무슨 상관 있겠소. 먼저 들어가시오."

원보의 말에 키 작은 사내가 잠시 의심 어린 표정으로 허소산 일행을 바라보다 다시 불쑥 질문을 던졌다.

"혹 그대들의 존성대명을 들을 수 있겠소?"

"스쳐 가는 인연, 이름은 알아서 무엇하시게?"

"혹 최근 무창을 뒤흔들고 있는 그 젊은 영웅이 아니신가 해서……?"

작은 키의 사내가 기대가 서린 표정으로 다시 물었다.

"음, 제법 안목이 있구려. 맞소이다. 이분이 바로 파금검 대협이시오."

원보가 짐짓 호기를 드러내며 말했다. 그러자 키 작은 사내가 크게 고개를 끄덕이며 말했다.

"역시 그렇구려. 내 그렇잖아도 여러분의 기도가 심상치 않다 느끼고 있었소이다. 이렇게 만나게 되어 영광이외다. 우린 양양육수(襄陽六手)라 불리는 사람들이외다. 난 그중 맏이인 강이상이라 하오."

키 작은 사내가 묻지도 않는데 자신들의 정체를 밝혔다. 그러나 허소산이나 허산왕, 그리고 원보가 그들을 알 리 없었다. 그런데 의외로 설도우가 양양육수를 아는 척했다.

"그대들이 바로 양양육수구려. 그대들의 명성은 익히 들었소. 그런데 양양육수께서는 좀체 양양을 벗어나지 않으신다고 들었는데 무창까지 오셨구려. 과연 오룡이 대단하긴 한가 보오."

설도우가 자신들을 알아보자 강이상이 만족한 미소를 지으며 말했다.

"지금 천하의 고수들이 모두 이 오룡으로 몰려왔는데 어찌 우리라고 오지 않을 수 있겠소이까? 덕분에 이렇게 강호의 명사들과 교분을 틀 기회도 얻었으니 이번 무창행은 여러모로 쓸모가 있는 것 같소이다."

"그런데 어째서 서로를 택하셨소? 이 길은 오룡에 들기에는 가장 먼 길인데?"

설도우가 궁금하다는 듯 물었다. 그러자 강이상이 고개를 저으며 말했다.

"본시 사람이 많은 곳은 반드시 분란이 생기는 법이니 길이 좀 멀더라도 한적한 길을 택하는 것이 상책이지요."

"하하, 역시 노련하시구려."

설도우가 크게 고개를 끄덕였다. 그러자 강이상이 의뭉스런 목소리로 물었다.

"그런데 오룡에는 언제 들어가실 생각이시오?"

"기다리는 사람도 없는데 천천히 들어가지요. 먼저들 들어가시구려."

설도우가 손을 들어 양양육수에게 오룡에 들기를 권했다. 그러자 강이상이 사양치 않고 대답했다.

"그럼 먼저 실례하겠소이다."

"무운을 빌겠소."

설도우가 고개를 끄덕이자 강이상이 슬쩍 허소산을 살펴본 후 다시 다른 양양육수들에게 입을 열었다.

"망향원의 대협들이 길을 양보하셨으니 들어가 보세."

강이상의 말이 떨어지자 양양육수가 누가 먼저랄 것 없이 동시에 절벽 사이의 길을 향해 걸음을 옮겼다.

양양육수가 석문을 향해 오 장 정도 전진했을 때 갑자기 사방의 절벽에서 날카로운 파공음이 일어났다.

슈우욱!

거친 파공음과 함께 절벽에 뚫린 구멍에서 강전이 날아들었다.

"기다리고 있었다!"

양양육수는 마치 살아 있는 적을 상대하듯 호기롭게 소리치며 병기를 꺼내 들어 날아드는 화살을 쳐내기 시작했다.

차차창!

양양육수의 무공은 예상보다 훨씬 뛰어났다. 절벽에서 날아드는 화살들은 거의 한 자 간격을 유지할 정도로 빼곡한 것이었으나 그 어느 것도 양양육수의 옷자락을 건드리지 못했다.

특히 강이상의 무공은 놀라워서 그는 허리춤에 매달린 검을 뽑지도 않은 채 자그마한 두 팔을 움직여 순식간에 십여 대의 화살을 움켜쥐는 것이었다.

양양육수는 비처럼 닥쳐드는 화살을 대략 반 각 정도 상대했다. 그리고 그 와중에도 전진을 멈추지 않아 화살 공격이 끝났을 때는 어느새 그들 모두 석문 앞에 이르러 있었다.

"우리도 가지. 좋은 길잡이를 얻었는데……."

원보가 허소산을 보며 말했다. 그러자 허소산이 빙그레 미소를 지으며 대답했다.

"저들의 무공이 예상보다 뛰어나군요."

허소산의 말에 설도우가 말을 거들었다.

"양양육수는 호북에선 무척 유명한 사람들입니다. 그들은 평생 양양을 떠난 적이 없는 사람들이지만 절대삼문이나 사천맹의 고수들도 양양에서는 그들을 함부로 대하지 못한다는 소문입니다. 더군다나 양양 주변의 수로채들에게는 저승사자와 같은 이름이지요."

"수로채에요?"

"저들이 명성을 얻은 것이 양양 일대를 주름잡던 수로채인 마승채를 정벌하고 나서부터지요. 단 여섯이서 마승채의 수적 일백을 제압했으니까요."

"생각보다 더 대단한 자들이군요."

"오룡에 온 자들 중에서도 손에 꼽힐 겁니다."

"그럼 뒤따라 가볼까요? 호기심이 생기네요."

"가지죠."

설도우가 앞장서서 양양육수가 통과한 절벽 사이의 길로 들어섰다. 양양육수가 통과하는 동안 기관에 설치된 화살들이 모두 소비되었는지 허소산 일행이 석문에 도달할 때까지는 단 한 대의 화살도 나타나지 않았다.

"이거… 신세를 졌소이다."

어슬렁거리며 석문 앞에 도착한 원보가 겸연쩍은 표정으로 말했다. 그러자 강이상이 고개를 저으며 말했다.

"신세랄 것 없소이다. 아이들 장난 같은 것을……."

강이상의 말투에서 자신들의 무공에 대한 자신감이 묻어났다. 그런데 그때 문득 양양육수의 두 여인 중 요염한 기운을 풍기는 여고수가 입을 열었다.

"첫 번째 관문은 우리가 수고를 했으니 두 번째 관문은 파 대협께서 힘을 써주시겠어요?"

여인은 의도하지 않아도 천성적으로 염기가 느껴지는 사람 이었다. 그녀와 같은 사람을 상대해 보지 않았던 허소산이 잠 시 당황했으나 이내 무덤덤한 표정을 지으며 대답했다.

"난 검을 함부로 뽑지 않소."

무뚝뚝한 허소산의 대답에 여인이 묘한 표정을 지으며 물었다.

"그럼 파 대협의 검은 언제 뽑히나요?"

"알고 싶소?"

"무척 궁금하군요."

그녀가 여전히 짙은 염기를 뿜어내며 대답했다. 그러자 두 사람 사이로 원보가 끼어들었다.

"아마 주인의 대답을 듣지 않는 게 좋을 거요."

"무슨 말씀이시지요? 노사?"

여인이 원보를 보며 물었다.

"아이쿠야. 여협의 이름은 무엇이오?"

원보가 여인이 묻는 말에는 대답하지 않고 그녀의 이름을 물었다.

"제 이름을 알고 싶으세요?"

"무척 궁금하구려."

원보가 방금 전 그녀가 허소산에게 했던 말을 그대로 흉내 내어 말했다. 그러자 여인이 한줄기 미소와 함께 대답했다.

"전 은월후라고 해요. 양양육수의 둘째죠."

여인의 말에 원보는 물론 허소산 일행이 모두 놀랐다. 그녀의 외모로 보면 아무리 많이 봐줘도 사십을 넘기지 않았을 나이였다. 그런데 양양육수의 둘째라면 그녀는 특별한 주안술을 익히고 있는 것이 분명했다.

"미안하지만 한 가지만 더 물읍시다."

"얼마든지요?"

"은 여협의 나이가 몇이오?"

"호호호, 여인의 나이를 함부로 묻다니 예의가 없는 분이시 군요?"

"흐흐흐, 그래서 이 나이가 되도록 혼자 살고 있다오."

"저런, 너무 안되셨군요. 제 나이를 꼭 알고 싶으세요?"

"그렇소."

"좋아요. 말씀드리죠. 제 나이가 올해로 쉰다섯이군요. 참… 오래도 살았죠?"

은월후의 말에 원보가 짐짓 놀란 표정으로 말했다.

"오, 정말 대단한 주안술을 지니고 있구려. 누가 은 여협을 쉰다섯으로 보겠소. 난 이십대의 처녀로 보았소이다. 하하."

"호호호, 농이 지나치시군요. 아무리 주안술로 나이를 숨긴다고 해도 오십의 늙은이가 스무 살의 처녀가 될 수는 없지요. 그런데 이젠 제 질문에 대한 답도 해주셔야 하지 않을까요?"

"우리 주인님이 검을 뽑을 때가 언제인지 정녕 알고 싶소?"

"그래요."

은월후가 고개를 끄덕였다.

"음, 우리 주인님은 말이오. 피를 봐야 할 때만 검을 뽑는다오. 다시 말해 우리 주인께서 검을 뽑으면 꼭 혈사가 일어난단 말이오. 이중에 혹시 우리 주인님의 검에 피를 묻히고 싶으신 분이 있으시오? 은 여협 생각은 어떻소?"

원보의 서늘한 말에 은월후가 자신도 모르게 흠칫했다. 그러면서 슬쩍 허소산을 바라봤다. 오만해 보이지만 그렇다고 독해 보이지는 않는 허소산이 그렇게 살기 짙은 심성을 가지고 있을까 하는 의구심이 그녀의 표정에 나타났다. 그러나 감히 허소산의 검을 보자는 말을 꺼내지는 못하는 은월후였다. 이미 신진고수 파금검에 대한 명성을 귀가 따갑게 들었기 때문이었다.

"저는 감히 파 대협의 검을 볼 용기가 없네요."

은월후가 금세 다시 고혹적인 표정을 지으며 대답했다.

"후후, 잘 생각하셨소. 우리 주인께선 피를 묻히시는데 남녀를 구분하지 않으신다오."

"그럼 대신 노사께서 이 석문을 열어주시겠어요?"

은월후가 허소산 대신 원보로 상대를 바꿨다. 그러자 원보가 고개를 끄덕였다.

"어디 그래 봅시다."

시원하게 대답을 한 원보가 성큼성큼 걸음을 옮겨 석문 앞으로 다가갔다.

"그냥 열리는 문은 아니더이다."

원보가 석문에 다가가자 강이상이 말했다. 이미 석문을 얼추 살펴본 모양이었다.

"열쇠가 필요한 것은 아니고……."

원보의 말처럼 석문에는 열쇠를 꽂을 자리가 없었다.

"그렇다면 힘으로 열라는 말인가 보구려."

어느새 원보의 뒤로 다가온 설도우가 말했다. 그러자 원보가 인상을 찌푸리며 투덜거렸다.

"제길, 처음부터 힘을 쓰게 생겼네."

"조심하구려. 분명 석문 안에도 침입을 방지하기 위한 기관이 있을 터인즉……."

"노사께서 살펴주시겠습니까?"

원보가 미소를 지으며 물었다.

"하하하, 이 늙은이의 검이 필요하다면 할 수 없지."

설도우가 흔쾌하게 고개를 끄덕였다. 그러자 원보가 심호흡을 크게 하고는 석문에 두 손을 대었다.

"어디 보자……. 적당히 버텨라. 서로 얼굴 붉히지 말자꾸나."

원보가 마치 석문이 사람이나 되는 듯 중얼거렸다. 그러고 잠시 후 원보의 얼굴이 굳어졌다. 그의 얼굴에서 장난기가 사라지자 일순 그가 지금까지와 전혀 다른 사람으로 느껴졌다.

'역시 어르신이셔.'

허소산이 내심 고개를 끄덕였다. 진면목이 드러나는 순간 원보가 절대고수의 기운을 뿜어내기 시작한 것이었다. 양양 육수가 원보의 강렬한 기세에 밀려 자신들도 모르게 뒤로 물러났다. 그리고 그 순간 석문이 서서히 옆으로 밀리기 시작했다.

그그긍!

천 근의 석문이 사람의 힘에 의해 열리고 있었다. 석문 아래에는 어떤 장치도 없어서 오로지 사람의 힘으로만 움직이고 있었다. 석문을 여는 자의 공력이 극에 달해야 움직일 수 있는 거대한 바윗덩어리. 그게 곧 오릉의 문이었다.

그궁!

한순간 석문이 마지막 비명을 내지르며 오릉으로 들어가는 길을 활짝 드러내 보였다. 그 순간이었다.

쐐애액!

갑자기 석문 안쪽 어두운 공간에서 날카로운 파공음이 일어났다. 차가운 한기가 석문 안쪽에서 원보를 향해 닥쳐들었다. 그의 머리칼이 한기에 날려 난발로 휘날렸다.

"조심하시게!"

순간 설도우의 목소리가 흘러나오더니 어느새 그의 신형이 원보의 앞을 가렸다.

우웅!

설도우의 손에 들린 검이 허공에 부드러운 원을 그렸다. 그러자 한기를 타고 날아들던 강전들이 마치 소용돌이에 휘말린 듯 설도우의 검기 안으로 모여들었다. 그리고 한순간 설도우의 검이 번개처럼 십자로 그어졌다.

쿠릉!

한줄기 번개가 일어나며 설도우의 검으로 몰려들었던 묵빛 강전들이 산산조각 나며 오릉 안으로 되돌아갔다. 직후 장내가 갑자기 적막에 휩싸였다. 원보와 설도우의 놀라운 무공을 목도한 양양육수는 할 말을 잃고 있었다. 그러나 침묵은 오래가지 않았다.

"들어갑시다."

허소산이 퉁명스레 말을 하고는 자신이 먼저 오릉 안으로 들어갔다. 그러자 허산왕과 원보, 그리고 설도우가 재빨리 허소산의 뒤를 따랐다.

"우리도 가야죠."

문득 은월후가 강이상에게 말을 건넸다. 그러자 강이상이 무겁게 고개를 끄덕였다.

"가야지. 가자. 아우들!"

강이상의 말이 끝나기 무섭게 양양육수가 허소산 일행을 놓칠세라 어두운 오릉 안으로 뛰어들었다.

『독경(毒經)』 6권에 계속…

秘龍潛虎

비룡잠호

오채지 新무협 판타지 소설

『백가쟁패』, 『혈기수라』의 작가 오채지가 돌아왔다!
그가 선사하는 무림기!

비룡잠호!

야만의 전사 오백으로 일만 마병을 쓰러뜨리고
홀연히 사라진 희대의 잠룡(潛龍).
그가 십 년의 은거를 깨고 강호로 나오다.

"나를 불러낸 건 실수야."

이가 갈리고 치가 떨리는
경험을 만들어주겠다!

Book Publishing CHUNGEORAM

유행이 아닌 자유추구
WWW.chungeoram.com

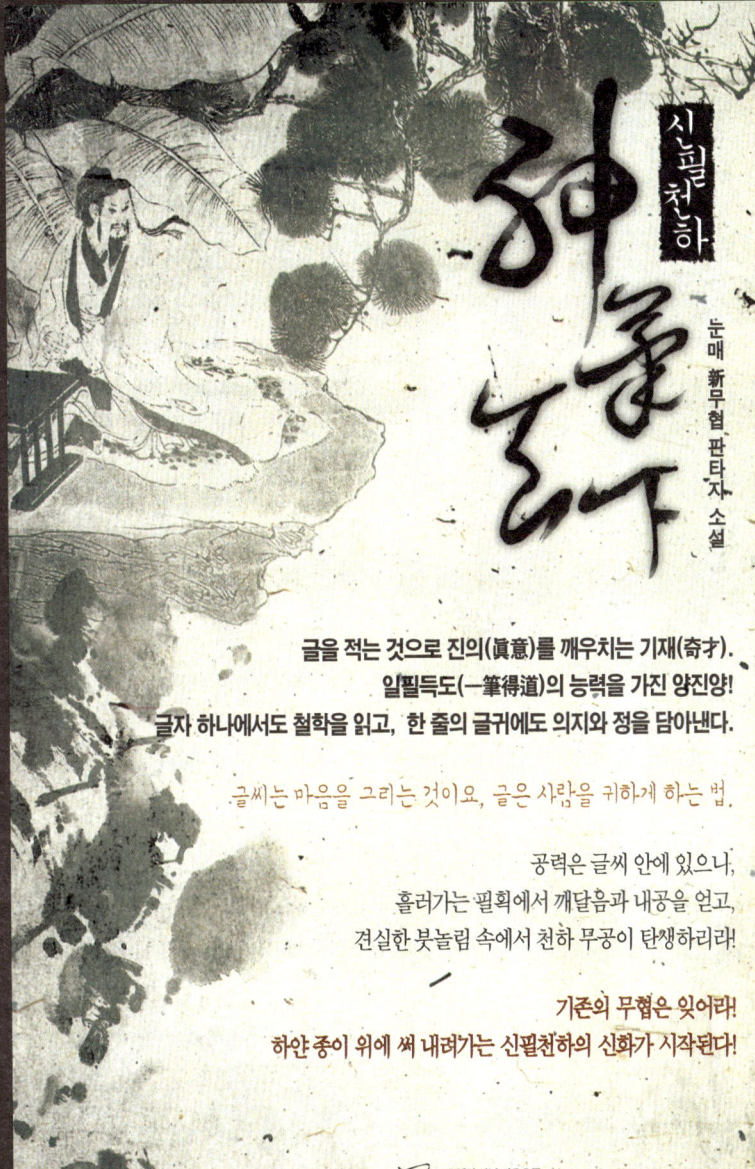

시필천하

神筆天下

눈매 新무협 판타지 소설

글을 적는 것으로 진의(眞意)를 깨우치는 기재(奇才).
일필득도(一筆得道)의 능력을 가진 양진양!
글자 하나에서도 철학을 읽고, 한 줄의 글귀에도 의지와 정을 담아낸다.

글씨는 마음을 그리는 것이요, 글은 사람을 귀하게 하는 법.

공력은 글씨 안에 있으니,
흘러가는 필획에서 깨달음과 내공을 얻고,
견실한 붓놀림 속에서 천하 무공이 탄생하리라!

기존의 무협은 잊어라!
하얀 종이 위에 써 내려가는 신필천하의 신화가 시작된다!